One true loves

Van Taylor Jenkins Reid verscheen eveneens
bij Ambo|Anthos *uitgevers*

Supernova
In een ander leven
Daisy Jones & The Six
The seven husbands of Evelyn Hugo / De zeven echtgenoten van Evelyn Hugo
Malibu rising / Het feest van de eeuw
Carrie Soto is back / De comeback van Carrie Soto

Taylor Jenkins Reid

One true loves

Vertaald uit het Engels
door Marja Borg

Ambo|Anthos
Amsterdam

MIX
Papier | Ondersteunt verantwoord bosbeheer
FSC® C014496

ISBN 978 90 263 6561 4

Oorspronkelijke titel *One True Loves*
Oorspronkelijke uitgever Washington Square Press
An Imprint of Simon & Schuster, Inc.
Omslagontwerp Margo Togni op basis van het ontwerp van Pip Watkins / S&S Art Dept
Omslagillustratie © Arcangel Images en plainpicture
Foto auteur © Scott Witter

Verspreiding voor België:
Veen Bosch & Keuning uitgevers nv, Antwerpen

Dit boek gaat over Acton, Massachusetts.
Ik draag het dan ook op aan Andy Bauch
uit Boxborough.
Maar ook aan Rose, Warren, Sally, Bernie, Niko en Zach
uit Encino, Californië.

HET ETENTJE MET MIJN FAMILIE EN MIJN VERLOOFDE LOOPT ten einde wanneer mijn man belt.

Het is de vierenzestigste verjaardag van mijn vader. Hij draagt zijn lievelingstrui, een jagersgroene trui van kasjmier die mijn oudere zus, Marie, en ik hem twee jaar geleden hebben gegeven. Volgens mij is hij er daarom zo dol op. En ja, ook omdat hij van kasjmier is. Ik maak mezelf echt niets wijs.

Mijn moeder zit naast hem in een witte katoenen blouse en kaki broek. Ze probeert haar lachen in te houden. Ze weet dat er elk moment een klein taartje met een kaars naar de tafel kan worden gebracht, vergezeld door gezang. Ze heeft altijd iets kinderlijks gehad, met haar voorliefde voor verrassingen.

Mijn ouders zijn vijfendertig jaar getrouwd. Ze hebben twee kinderen grootgebracht en bestieren samen een succesvolle boekwinkel. Ze hebben twee schattige kleinkinderen. Een van hun dochters neemt de zaak over. Ze hebben veel om trots op te zijn. Dit is een mooie verjaardag voor mijn vader.

Marie zit aan de andere kant van mijn moeder en op dit soort momenten, als ze naast elkaar zitten en dezelfde kant uit kijken, valt me altijd weer op hoeveel ze op elkaar lijken. Donkerbruin haar, groene ogen, frêle bouw.

Ik ben degene die met een dikke kont zit opgescheept.

Gelukkig heb ik daar vrede mee gesloten, en meer dan dat. Er zijn natuurlijk vele liedjes geschreven over de heerlijkheid van een achterste, en als ik iets heb geleerd in mijn leven, dan is het dat ik er klaar voor ben om mezelf te zijn zonder me nog ergens voor te verontschuldigen.

Ik heet Emma Blair en ik heb een kont.

Ik ben eenendertig, bijna een meter zeventig en heb kort blond haar. Mijn bruingroene ogen worden benadrukt door een sterrenstelsel van sproetjes op mijn rechterjukbeen. Mijn vader zegt vaak voor de grap dat hij er de Kleine Beer in kan zien.

Vorige week heeft mijn verloofde Sam me de ring gegeven waar hij twee maanden naar gezocht heeft. Het is een roségouden ring met een diamantje. En hoewel het niet mijn eerste verlovingsring is, is het wel de eerste diamant die ik ooit heb gedragen. Wanneer ik naar mezelf kijk, heb ik nergens anders oog voor.

'O nee,' zegt mijn vader wanneer hij drie obers ziet komen aanlopen met een stuk taart met een aangestoken kaarsje erop. 'Jullie hebben toch niet...'

Het is geen valse bescheidenheid van hem. Mijn vader moet altijd blozen als mensen voor hem zingen.

Mijn moeder draait zich om om te kijken wat hij ziet. 'O Colin,' zegt ze. 'Doe niet zo moeilijk. Je bent jarig...'

De obers maken een abrupte bocht naar links, naar een andere tafel. Blijkbaar is mijn vader niet de enige die op deze datum is geboren.

Wanneer mijn moeder ziet wat er gebeurt, probeert ze de situatie snel te redden. 'En daarom heb ik ze speciaal gevraagd om geen taart te komen brengen.'

'Laat maar,' zegt mijn vader. 'Je hebt jezelf allang verraden.'

De obers zijn klaar bij de andere tafel en de manager komt met een andere taartpunt aanlopen. Nu komen ze allemaal recht op ons af.

'Als je je liever onder de tafel wilt verstoppen, dan zeg ik wel dat je er niet bent,' zegt Sam.

Sam is aantrekkelijk op een vriendelijke manier, wat volgens mij de beste manier is om aantrekkelijk te zijn, met warme bruine ogen die alles met tederheid lijken te bekijken. En hij is grappig. Echt grappig. Toen Sam en ik begonnen te daten merkte ik dat mijn lachrimpeltjes dieper werden. Waarschijnlijk is dat ook omdat ik ouder word, maar toch heb ik echt het gevoel dat het komt omdat ik vaker lach dan ooit tevoren. Wat kun je je nu nog meer wensen dan iemand die aardig en grappig is? Ik geloof niet dat ik andere dingen echt belangrijk vind.

De taart komt, we zingen allemaal uit volle borst en mijn vader wordt zo rood als een biet. Dan lopen de obers weer weg en blijven we achter met een groot stuk chocoladetaart met vanille-ijs.

Ze hebben vijf lepeltjes op tafel gelegd en mijn vader pakt ze meteen allemaal. 'Ik snap niet waarom ze er zoveel hebben gegeven. Aan eentje heb ik genoeg.'

Mijn moeder wil ook een lepeltje pakken.

'Niet zo snel, Ashley,' zegt hij. 'Ik heb de vernedering lijdzaam ondergaan en ik vind dat ik daarom wel het hele stuk taart heb verdiend.'

'Nou, als we zo gaan beginnen...' zegt Marie. 'Dan wil ik volgende maand op mijn verjaardag ook wel die hele heisa ondergaan. Voor zo'n hele punt.' Ze neemt een slokje van haar cola light en kijkt op haar telefoon hoe laat het is. Haar man Mike is thuisgebleven bij mijn nichtjes Sophie en Ava. Marie laat hen zelden lang alleen. 'Ik moet gaan. Sorry, maar...'

Ze hoeft niets uit te leggen. Mijn vader en moeder staan allebei op en omhelzen haar even.

Nadat Marie is vertrokken, en mijn vader het eindelijk goed vindt dat wij ook een hapje taart nemen, zegt mijn moeder: 'Het klinkt stom, maar dat mis ik. Ik mis het om ergens op tijd weg te gaan omdat ik zo graag naar mijn kleine meisjes terug wil.'

Ik weet al wat er komt.

Ik ben eenendertig en sta op het punt om te gaan trouwen. Ik weet precies wat er komt.

'Hebben jullie het er al over gehad wanneer jullie aan kinderen beginnen?'

Het lukt me om niet met mijn ogen te rollen. 'Mam...'

Sam lacht al. Die luxe heeft hij. Ze is niet zijn moeder, hooguit in een soort vrijwillige hoedanigheid.

'Ik zeg het alleen maar omdat uit steeds meer onderzoeken blijkt dat je niet al te lang moet wachten met zwanger worden,' voegt ze eraan toe.

Er zijn altijd weer onderzoeken waaruit blijkt dat ik moet opschieten en andere onderzoeken waaruit blijkt dat dat niet zo is, en ik heb besloten een kind te nemen als ík daaraan toe ben, wat mijn moeder ook allemaal in de *Huffington Post* leest.

Gelukkig ziet ze aan mijn blik dat ze beter wat gas kan terugnemen. 'Ach, let maar niet op mij.' Ze wappert wat met haar hand in de lucht. 'Ik klink nu net als mijn eigen moeder. Ik zal het niet meer doen.'

Mijn vader lacht en slaat een arm om haar heen. 'Oké,' zegt hij, 'ik heb een suikerdip en ik weet zeker dat Emma en Sam wel wat beters te doen hebben dan hier bij ons te blijven zitten. Laten we de rekening vragen.'

Een kwartiertje later staan we met zijn vieren voor het restaurant, op weg naar onze auto's.

Ik draag een marineblauwe wollen jurk met lange mouwen en een dikke maillot die me maar net beschermen tegen de koude avondlucht. Dit is een van de laatste avonden dat ik zonder wollen jas de deur uit ga.

Het is eind oktober. De herfst heeft zich al helemaal in New England genesteld. De bladeren zijn geel en rood en zullen binnenkort bruin en knisperend worden. Sam is al één keer bij mijn ouders geweest om de tuin aan te harken. En in december, wanneer de temperatuur in een vrije val raakt, zullen hij en Mike sneeuw gaan schuiven.

Maar nu hangt er vaag nog iets van warmte in de lucht en ik probeer er zo veel mogelijk van te genieten. Toen ik in Los Angeles woonde, genoot ik nooit van warme avonden. Je geniet niet van dingen die eeuwig duren. Dat is een van de redenen waarom ik ben teruggegaan naar Massachusetts.

Terwijl ik naar de auto loop, hoor ik ergens een mobieltje overgaan. Het dringt tot me door dat het het mijne is, dat in mijn tas zit, en hoor tegelijkertijd nog dat mijn vader Sam probeert over te halen om hem een paar gitaarlessen te geven. Mijn vader heeft de ergerlijke gewoonte om elk instrument te willen leren bespelen dat Sam bespeelt; hij denkt abusievelijk dat Sam, omdat hij muziekleraar is, meteen ook zíjn muziekleraar is.

Ik grabbel in mijn tas, op zoek naar mijn toestel en pak het enige ding dat verlicht is en flitst. Ik herken het nummer niet. Het kengetal 808 zegt me niets, maar maakt me wel nieuwsgierig.

De laatste tijd word ik alleen nog maar gebeld door nummers met kengetallen als 978, 857, 508 of 617, allemaal nummers uit Boston en omgeving.

En 978 was voor mij altijd thuis, ongeacht in welk kengetal ik zelf woonde. Ik mag dan een jaar in Sydney (61 2) hebben gewoond, maanden door Europa hebben gebackpackt, van Lissabon (351 21) tot Napels (39 081), ik mag mijn huwelijksreis hebben doorgebracht in Mumbai (91 22) en jaren tot grote tevredenheid in Californië hebben gewoond – in Santa Monica (310) om precies te zijn – maar wanneer ik de behoefte voelde om naar huis te gaan, betekende 'huis' 978. En daar ben ik nu nog steeds.

Ineens weet ik het.

808 is Hawaï.

Ik neem op. 'Hallo?'

Sam heeft zich omgedraaid en kijkt naar me, en mijn ouders volgen al snel zijn voorbeeld.

'Emma?'

De stem die ik door de telefoon hoor, is een stem die ik altijd, overal zou herkennen, een stem die jarenlang dag in dag uit tegen me heeft gepraat. Een stem waarvan ik dacht dat ik die nooit meer zou horen, een stem waarvan ik niet kan geloven dat ik hem nu hoor.

De man van wie ik vanaf mijn zeventiende heb gehouden. De man die me als weduwe achterliet toen zijn helikopter ergens boven de Stille Oceaan neerstortte en hij spoorloos verdween.

Jesse.

'Emma,' zegt Jesse. 'Ik ben het. Ik leef. Kun je me horen? Ik kom naar huis.'

Misschien heeft iedereen wel een moment waarop zijn of haar leven zich in tweeën lijkt te splitsen. Als je je eigen tijdlijn bekijkt, zie je ergens onderweg een scherpe punt, een of andere gebeurtenis die je heeft veranderd, die je leven heeft veranderd, meer dan welk ander moment dan ook.

Een moment dat een 'voor' en een 'na' schept.

Misschien het moment waarop je je grote liefde leert kennen of het moment waarop je ontdekt wat je met je leven wilt of het moment waarop je je eerste kind krijgt. Misschien iets prachtigs. Misschien iets tragisch.

Maar wanneer dat moment komt, zal het al je herinneringen kleuren, zal dat het beeld veranderen dat je van je leven hebt, en het zal ineens zijn alsof alles wat je hebt meegemaakt onder het label 'voor' of 'na' valt.

Ik dacht altijd dat dat voor mij het moment was waarop Jesse stierf.

Alles in ons liefdesverhaal leek naar dat moment te hebben toegewerkt. En alles daarna is er een reactie op geweest.

Maar nu weet ik dat Jesse nooit is gestorven.

En weet ik zeker dat dít mijn moment is.

Alles wat vóór vandaag is gebeurd voelt nu anders, en ik heb geen idee wat er hierná zal gebeuren.

VOOR

Emma en Jesse
Of hoe je verliefd wordt en vervolgens hardhandig uit de droom wordt geholpen

IK HEB ER NOOIT VAN GEHOUDEN OM VROEG OP TE STAAN. MAAR het allerergst was nog het felle ochtendlicht op zaterdag om tien over acht 's ochtends tijdens mijn middelbareschooltijd.

Je kon de klok er letterlijk op gelijkzetten. Mijn vader klopte dan op mijn deur en zei: 'De bus vertrekt over een halfuur.' Al was 'de bus' dan gewoon zijn Volvo en was school niet het reisdoel. Het reisdoel was de familiezaak.

Blair Books was in de jaren zestig opgezet door de oom van mijn vader op de plek waar de winkel nog steeds stond: aan de Great Road in Acton, Massachusetts.

En op de een of andere manier bracht dat met zich mee dat ik, zodra ik oud genoeg was om officieel te mogen werken, de kassa moest bedienen, iedere zaterdag en soms ook doordeweeks na schooltijd.

Mij was de zaterdag toegewezen, omdat Marie de zondag wilde. Ze had gespaard en de zomer ervoor van haar spaargeld een aftandse donkerblauwe Jeep Cherokee gekocht.

De enige keer dat ik in Marie's Jeep heb gezeten, was op de avond dat ze hem had gekocht en ze me, totaal in de wolken, uitnodigde om een ijsje te gaan halen bij Kimball's Farm. We kochten een grote beker chocolade-ijs voor onze ouders en lieten dat smelten terwijl we op de motorkap onze eigen ijsjes opaten, genietend van de warme zomerlucht.

We klaagden over de boekwinkel en over het feit dat onze moeder altijd Parmezaanse kaas over de aardappels deed. Marie biechtte me op dat ze hasj had gerookt. Ik beloofde haar het niet aan onze ouders te vertellen. Toen vroeg ze of ik al eens had gezoend en ik keek de andere kant uit, bang dat het antwoord van mijn gezicht af te lezen zou zijn.

'Dat geeft niks,' zei ze. 'Heel veel mensen doen dat pas als ze veertien of vijftien zijn of zo.' Ze droeg een legergroene korte broek en een blauwe blouse, en haar twee dunne gouden kettinkjes vielen over haar sleutelbeen in de holte van haar beha. Ze knoopte haar blouses nooit helemaal tot bovenaan dicht. Ze stonden altijd net iets verder open dan je zou verwachten.

'Ja,' zei ik. 'Ik weet het.' Maar het viel me op dat ze niet zei: 'Ik heb ook pas voor het eerst gezoend toen ik vijftien was.' Wat ik natuurlijk het liefst had willen horen. Ik was niet bang dat ik anders was dan anderen. Ik was bang dat ik anders was dan zij.

'Het wordt vanzelf leuker nu je wat ouder bent,' zei ze terwijl ze het restant van haar pepermunt-chocolade-ijsje weggooide. 'Echt, geloof me maar.'

Op dat moment, die avond, zou ik alles hebben geloofd wat ze zei.

Maar die avond was een uitzondering in mijn verhouding met mijn zus, een zeldzaam moment van verwantschap tussen twee mensen die toevallig in hetzelfde huis woonden.

Op de middelbare school, toen we ons iedere dag in hetzelfde gebouw bevonden, ontwikkelden we een patroon waarbij we elkaar in de gang passeerden – 's avonds thuis en overdag op school – als vijanden tijdens een staakt-het-vuren.

En daarom was ik erg verbaasd toen ik op mijn vijftiende op een zaterdagochtend in de lente om tien over acht wakker werd en te horen kreeg dat ik die dag niet in Blair Books hoefde te werken.

'Marie gaat een nieuwe spijkerbroek met je kopen,' zei mijn moeder.

'Vandaag?' Ik ging rechtop zitten en wreef in mijn ogen, terwijl ik me afvroeg of dat betekende dat ik nog even kon doorslapen.

'Ja, in het winkelcentrum,' vertelde mijn moeder. 'Je mag zelf kiezen, ik betaal. Ik heb vijftig dollar op het aanrecht gelegd. Maar als je een duurdere wilt, zul je zelf geld moeten bijleggen.'

Ik had een nieuwe broek nodig, want er zaten gaten in al mijn oude. Het was de bedoeling dat ik elk jaar met kerst een nieuwe broek kreeg, maar ik was zo kieskeurig, zo neurotisch over hoe hij er volgens mij moest uitzien, dat mijn moeder het had opgegeven. We waren inmiddels al twee keer naar het winkelcentrum geweest en daar na een uur onverrichter zake weer vertrokken, tot ergernis van mijn moeder, hoewel ze probeerde dat niet te laten merken.

Het was een geheel nieuwe gewaarwording voor me. Mijn moeder wilde altijd bij me in de buurt zijn, mijn hele kindertijd wilde ze me om zich heen hebben. Maar ik was inmiddels zo irritant geworden dat ze bereid was me aan iemand anders af te staan. En dat ook nog op een zaterdag.

'Wie doet de kassa dan?' vroeg ik. Ik had meteen spijt van mijn vraag, bang dat ik het voor mezelf had verpest. Ik had gewoon 'oké' moeten zeggen en er toen het zwijgen toe moeten doen om haar niet op ideeën te brengen.

'Die nieuwe jongen die we hebben aangenomen, Sam,' zei mijn moeder. 'Hij wil graag wat meer uren werken.'

Sam zat bij mij op school. Op een dag was hij de winkel in gelopen om te vragen of hij een sollicitatieformulier kon invullen, hoewel mijn ouders geen vacature hadden en de meeste tieners in de cd-winkel een eindje verderop in de straat wilden werken. Mijn ouders namen hem meteen aan.

Hij was behoorlijk aantrekkelijk, lang en slungelig, met een lichtbruine huid en donkerbruine ogen. Hij was ook altijd goedgeluimd, maar ik merkte dat ik hem gewoon niet leuk kon vinden nadat Marie hem 'echt een schatje' had genoemd. Ik kon gewoon niks leuk vinden wat zij leuk vond.

Ik moet toegeven dat de vriendenvijver waaruit ik had kunnen vissen daardoor behoorlijk klein werd en dat deze denkwijze onhoudbaar begon te worden.

Marie vond iedereen leuk en iedereen vond Marie leuk.

Ze was volmaakt, een kind dat gewoon wel het lievelingskind van mijn ouders moest worden. Mijn vriendin Olive noemde haar achter haar rug om 'de dochter van de boekhandelaren' omdat ze zelfs léék op het soort meisje wier ouders een boekwinkel hadden, alsof dat een speciaal type was waarvan Marie alle kenmerken droeg als een soort erekruis.

Ze las boeken voor volwassenen en schreef gedichten en werd verliefd op romanfiguren in plaats van op filmsterren, en Olive en ik vonden het allemaal om te kotsen.

Op school had ze als keuzevak 'creative writing' gedaan, omdat ze 'schrijver wilde worden'. De aanhalingstekens zijn nodig omdat het enige wat ze ooit had geschreven een thriller van negen bladzijden was, waarin de moordenaar Emily bleek te zijn, het kleine zusje van de hoofdpersoon. Ik heb het verhaal gelezen en zelfs ik kon zien dat het complete flauwekul was, maar ze stuurde het in naar de schoolkrant en daar vonden ze het zo mooi dat ze het tijdens het voorjaarssemester in negen afleveringen hebben gepubliceerd.

Dat ze erin slaagde om al die dingen te doen en toch een van de populairste meisjes op school bleef, maakte alles nog veel erger. Het bewijst maar weer eens dat als je aantrekkelijk genoeg bent, 'cool' je vanzelf komt aanwaaien.

Ik las ondertussen alleen de uittreksels van de boeken die we voor

Engels moesten lezen. In mijn kamer had ik een stapel boeken die ik van mijn ouders cadeau had gekregen, maar ik had ze zelfs nog nooit opengeslagen.

Ik hield van videoclips, van de Must-See TV van NBC op donderdag, en van iedere vrouw die optrad op het Lilith Fair-festival. Als ik me verveelde, bladerde ik door oude reismagazines van mijn moeder waar ik foto's uit scheurde die ik op mijn muur plakte. De ruimte boven mijn bed veranderde in een caleidoscoop van omslagen met Keanu Reeves erop, hoesteksten van de albums van Tori Amos en middenpagina's met foto's van de Italiaanse Rivièra en het Franse platteland.

En echt niemand, ik herhaal, niemand, zou ook maar een seconde denken dat ik populair was.

Mijn ouders zeiden voor de grap dat de verpleegster in het ziekenhuis hun vast het verkeerde kind had meegegeven en dan lachte ik wat, maar ik bestudeerde heel vaak foto's van mijn ouders als kinderen en dan staarde ik naar mezelf in de spiegel, op zoek naar gelijkenissen en mezelf voorhoudend dat ik toch echt van hen was.

'O, te gek,' zei ik tegen mijn moeder. Niet dat ik uitkeek naar een uitje met mijn zus, maar het was een fijn vooruitzicht om niet te hoeven werken. 'Hoe laat gaan we?'

'Dat weet ik niet. Dat moet je aan Marie vragen. Ik moet nu naar de winkel. Ik zie je vanavond. Ik hou van je, schatje. Veel plezier vandaag.'

Nadat ze de deur had dichtgedaan, ging ik snel weer liggen, van plan van iedere minuut extra slaap te genieten.

Ergens na elven banjerde Marie mijn kamer in en zei: 'Kom, dan gaan we.'

We gingen naar drie winkels en ik paste twaalf spijkerbroeken. Sommige waren te wijd, andere te strak en weer andere zaten te hoog om mijn middel.

Toen ik met de twaalfde broek aan het pashokje uit kwam, zag ik Marie met een verveelde blik naar me kijken. 'Die ziet er goed uit, neem die maar.' Zelf was ze van top tot teen gehuld in Abercrombie & Fitch. We praten over de eeuwwisseling. Heel New England was van top tot teen gehuld in Abercrombie & Fitch.

'Hij zit raar bij mijn kont.' Ik bleef roerloos voor haar staan.

Ze keek me aan, alsof ze iets verwachtte. 'Ga je je nog omdraaien zodat ik kan kijken of hij raar bij je kont zit of wat?' vroeg ze toen.

Ik draaide me om.

'Het is net of je een luier omhebt,' zei ze.

'Dat zei ik.'

Marie rolde met haar ogen. 'Wacht even.' Ze draaide met haar vinger in de lucht om aan te geven dat ik het pashokje weer in moest. En dat deed ik dan ook.

Ik had de broek net weer uit toen ze een gebleekte spijkerbroek met rechte pijpen over de deur van het pashokje gooide.

'Probeer die eens,' zei ze. 'Joelle heeft er ook zo een en zij heeft net zo'n dikke kont als jij.'

'Je wordt bedankt.' Ik pakte de broek van de deur.

'Ik wil je alleen maar helpen,' zei ze, en daarna zag ik haar voeten verdwijnen, alsof het gesprek was afgelopen, alleen maar omdat ze er geen zin meer in had.

Ik trok de rits open en stapte in de pijpen. Met moeite kreeg ik de broek over mijn heupen en ik moest mijn buik iets inhouden om de knoop dicht te kunnen doen. Ik nam wat poses aan voor de spiegel en draaide mijn hoofd om te kijken hoe ik er van achteren uitzag.

Mijn kont werd met de dag volumineuzer, maar mijn borsten leken te zijn gestopt met groeien. Ik had genoeg exemplaren van *Glamour* van mijn moeder gelezen om te weten dat dit als 'peervormig' werd aangeduid. Mijn buik was plat, maar mijn heupen werden breder. Olive kreeg juist zwaardere borsten en een buikje en ik vroeg me af of ik niet liever haar figuur had gehad. Appelvormig.

Maar als ik heel eerlijk was dan wilde ik eigenlijk vooral alles wat mijn moeder had doorgegeven aan Marie. Gemiddelde kont, gemiddelde borsten, bruin haar, groene ogen en volle wimpers.

Ik had daarentegen het kleurenpalet van mijn vader geërfd: haar dat niet echt blond was, maar ook niet echt bruin, ogen die ergens tussen bruin en groen in zaten, en een lichaamsvorm die geheel en al de mijne was. Toen ik mijn moeder een keer vroeg hoe ik aan mijn korte, stevige benen kwam, zei ze: 'Dat weet ik eigenlijk niet', op een toon alsof het niet het allerergste was wat ze ooit tegen me had gezegd.

Er was maar één ding aan mijn uiterlijk dat ik echt mooi vond. Mijn sproetjes, die verzameling kleine donkere vlekjes onder mijn rechteroog. Toen ik nog klein was, trok mijn moeder met haar vinger altijd lijntjes tussen de stippen wanneer ze me naar bed bracht.

Ik was dol op mijn sproetjes maar haatte mijn kont.

Het enige wat ik wilde toen ik daar in het pashokje stond, was een broek die mijn kont kleiner maakte. Wat deze broek leek te doen.

Ik stapte het hokje uit om Marie te vragen wat ze ervan vond. Helaas was ze in geen velden of wegen te bekennen.

Ik sloot me weer op in het hokje in het besef dat ik de enige was die een beslissing kon nemen.

Opnieuw bekeek ik mezelf in de spiegel.

Vond ik hem mooi? Misschien wel.

Ik keek op het prijskaartje. Vijfendertig dollar.

Dan hield ik nog geld over voor kip teriyaki.

Ik trok de broek uit, liep naar de kassa en betaalde met het geld van mijn ouders. Ik werd beloond met een tas met daarin een broek die ik niet per se haatte.

Marie viel nog steeds nergens te bekennen.

Ik keek of ik haar ergens in de winkel zag. Toen liep ik naar de Body Shop om te kijken of ze daar soms lippenbalsem of shampoo aan het kopen was. Een halfuur later vond ik haar bij Claire's, waar ze oorbellen kocht.

'Ik heb je overal gezocht,' zei ik.

'Sorry, ik was sieraden aan het bekijken.' Marie nam haar wisselgeld aan, stopte het zorgvuldig terug in haar portemonnee en pakte toen het kleine witte plastic tasje waar ongetwijfeld oorhangers van nepgoud in zaten waarvan haar oorlelletjes grijsgroen zouden uitslaan.

Ik liep achter haar aan terwijl ze zelfverzekerd de winkel uit liep naar de ingang van de parkeergarage.

'Wacht.' Ik bleef ineens staan. 'Ik wilde nog kip halen.'

Ze draaide zich naar me om. Ze keek op haar horloge. 'Sorry, dat gaat niet. Dan komen we te laat.'

'Waarvoor?'

'We hebben afgesproken samen naar het zwembad te gaan.'

'Met wie? Niemand heeft me daar iets over verteld.'

Ze gaf geen antwoord, maar dat was ook niet nodig. Ik liep al achter haar aan naar de auto, bereid haar te volgen, bereid te doen wat ze ook maar van me verlangde.

Pas in de auto verwaardigde ze zich me te vertellen wat we gingen doen. 'Graham is dit jaar de aanvoerder van de zwemploeg.'

O ja.

Graham Hughes. Aanvoerder van elke ploeg waar hij in zat. De jongen met de 'mooiste lach' in het jaarboek van school. Precies het soort jongen waar de heilige Marie uit Acton iets mee zou beginnen.

'Te gek,' zei ik. Ik wist al hoe het zou gaan. Niet alleen zou ik vanaf een tribune naar de vijftig meter vrije slag moeten kijken, daarna zou ik ook nog eens in Marie's auto moeten wachten tot zij en Graham uit waren gevreeën in zijn auto.

'Maar kunnen we dan onderweg niet even langs een wegrestaurant rijden?' vroeg ik, hoewel ik me al bij het onvermijdelijke had neergelegd.

'Oké, goed.'

Ik verzamelde al mijn moed en zei: 'Jij betaalt.'

Ze lachte en keek me aan. 'Je bent veertien. Dan kun je je eigen lunch toch wel betalen?'

Ze bezat het verbazingwekkende talent om me zelfs als ik op mijn allerzelfverzekerdst was toch het gevoel te geven dat ik een onnozel kind was.

We stopten bij een Burger King, waar ik een Whopper Junior bestelde die ik in de auto opat. Mijn handen kwamen onder de ketchup en mosterd te zitten zodat ik er nog eens uit moest om een servet te halen.

We hadden de chloorlucht nog niet geroken, of Marie liet me aan mijn lot over. Ik ging op de tribune zitten en probeerde mezelf dan maar te vermaken.

Het binnenbad was vol bijna naakte, fitte jongens van mijn leeftijd. Ik wist niet goed waar ik moest kijken.

Graham klom op het startblok. Er werd op een fluit geblazen. Ik keek naar hem terwijl hij het water in dook met het gemak van een vogel die door de lucht vliegt. Vanaf het allereerste moment was duidelijk dat hij de wedstrijd zou winnen.

Ik zag Marie aan de andere kant van het bad in de hoek op en neer springen, hem aanmoedigend, compleet overtuigd van zijn overmacht. Toen Graham als eerste had aangetikt, stond ik op en ging naar de overkant van het bad. Ik liep door de sportzaal, op zoek naar een snoepautomaat.

Toen ik terugkwam, vijftig cent armer en een zakje Doritos rijker, zag ik Olive vooraan zitten samen met haar familie.

Afgelopen zomer, vlak voordat de school weer zou beginnen, had Olive, toen we zaten te chillen in haar kelder, me verteld dat ze dacht dat ze misschien gay was.

Ze zei dat ze het niet zeker wist. Ze had alleen niet het gevoel dat ze compleet hetero was. Ze vond jongens leuk. Maar ze begon te denken dat ze meisjes ook leuk vond.

Ik wist bijna zeker dat ik de enige was die het wist. Maar ik wist ook bijna zeker dat haar ouders zo hun vermoedens hadden. Dat ging mij echter niets aan. Ik hoefde alleen maar haar vriendin te zijn.

Dus deed ik met haar de dingen die vriendinnen doen, zoals urenlang naar videoclips kijken in afwachting van 'Torn' van Natalie Imbruglia, zodat Olive naar haar kon staren. Het was niet geheel en al gespeend van eigenbelang, want het was mijn lievelingsnummer en ik fantaseerde erover om mijn haar net zo kort te laten knippen als dat van Natalie Imbruglia.

Het was ook niet helemaal van eigenbelang gespeend dat ik bereid was om om de paar weken weer naar *Titanic* te kijken, terwijl Olive erachter probeerde te komen of ze de seksscène tussen Jack en Rose nu zo leuk vond vanwege Leonardo DiCaprio of vanwege Kate Winslet.

'Hé!' riep ze toen ze me die dag in het zwembad zag.

'Hé,' zei ik ook.

Olive droeg een wit hemdje onder een lichtblauw overhemd dat openhing. Haar lange, steile inktzwarte haar hing over haar schouders. Met een naam als de hare, Olive Berman, zou je niet snel denken dat ze half-Joods, half-Koreaans was, maar ze was er trots op dat de familie van haar moeder uit Zuid-Korea kwam en ze was net zo trots op hoe fantastisch haar bat mitswa was geweest.

'Wat doe jij hier?' wilde ze weten.

'Marie heeft me hier mee naartoe gesleept en me toen aan mijn lot overgelaten.'

'Aha.' Olive knikte. 'Echt iets voor de dochter van de boekhandelaren. Ze is hier zeker voor Graham?' Ze trok een gezicht bij het noemen van die naam en ik vond het fijn dat ze Graham blijkbaar ook een lachertje vond.

'Ja,' zei ik. 'Maar... wat doe jij hier eigenlijk?'

Olives broer had tot zijn examen afgelopen jaar op zwemmen gezeten. Olive had geprobeerd om bij de vrouwenploeg te komen, maar dat was niet gelukt.

'Mijn neef Eli zwemt voor Sudbury.'

Olives moeder draaide zich naar me om. 'Hoi Emma, kom erbij zitten.'

Nadat ik naast Olive was gaan zitten, richtte mevrouw Berman haar blik weer op het bad.

Eli werd derde en mevrouw Berman balde gefrustreerd haar vuisten en schudde toen haar hoofd. Daarna keek ze weer naar mij en Olive. 'Ik ga Eli even troosten en daarna kunnen we wel naar huis, Olive.'

Ik wilde vragen of ik met hen kon meerijden. Olive woonde maar een kwartier rijden bij me vandaan. Mijn huis lag min of meer tussen het hunne en de afrit van de autoweg. Maar ik vond het altijd moeilijk om iets te vragen. Ik vond het gemakkelijker om om dingen heen te draaien.

'Ik kan maar beter op zoek gaan naar Marie,' zei ik. 'Eens kijken of wij ook naar huis kunnen.'

'Je kunt wel met ons meerijden,' zei Olive. 'Toch, mam?'

'Natuurlijk.' Mevrouw Berman stond op en baande zich moeizaam een weg langs de andere toeschouwers. 'Wil je Eli niet even gedag zeggen? Of wachten jullie op me bij de auto?'

'De auto,' zei Olive. 'Maar doe Eli de groeten van me.'

Olive pakte een handjevol Doritos uit mijn zakje. 'Oké,' zei ze toen haar moeder buiten gehoorsafstand was. 'Heb je dat meisje gezien aan de andere kant van het bad, dat meisje dat met die jongen in die rode zwembroek stond te praten?'

'Hè?'

'Dat meisje met die paardenstaart. Die met iemand uit Eli's ploeg praatte. Ze is echt fantastisch. Het hotste meisje van de hele wereld.'

Ik keek naar het zwembad, op zoek naar een meisje met een paardenstaart, maar zag niemand. 'Waar dan?' vroeg ik.

'Nu staat ze naast de duikplank.' Olive wees. 'Daar. Bij Jesse Lerner.'

'Wie?' vroeg ik terwijl ik haar vinger volgde naar de duikplank. Ik zag daar inderdaad een aantrekkelijk meisje met een paardenstaart staan. Maar dat kon me niets schelen. Want ik had alleen oog voor de lange, magere, gespierde jongen naast haar.

Hij had diepliggende ogen, een hoekig gezicht en volle lippen. Zijn korte lichtbruine haar was aan de ene kant geplet en stond aan de andere kant rechtovereind omdat hij zijn badmuts net had afgetrokken. Aan zijn zwembroek zag ik dat hij bij ons op school zat.

'Zie je haar nou?' vroeg Olive.

'Ja,' antwoordde ik. 'Ze is mooi. Maar die jongen met wie ze staat te praten... Hoe heette hij zei je?'

'Wie? Jesse Lerner?'

'Ja. Wie is Jesse Lerner?'

'Weet je echt niet wie Jesse Lerner is?'

Ik keek haar aan. 'Nee. Nooit gezien. Wie is dat dan?'

'Hij woont bij de Hughes in de straat.'

Ik keek weer naar Jesse en zag dat hij een zwembrilletje van de grond raapte. 'Zit hij bij ons in het jaar?'

'Ja.'

Olive zei nog wat, maar ik luisterde al niet meer. Ik richtte mijn aandacht op Jesse, die met de rest van zijn ploeg naar de kleedkamers liep. Graham liep naast hem. Hij legde even een hand op zijn schouder en liep toen snel langs de rij die zich voor hem had gevormd. Ik kon mijn ogen niet van Jesse afhouden, van de zelfverzekerde manier waarop hij zijn ene voet voor zijn andere zette. Hij was jonger dan de andere zwemmers – een jongerejaars in de wedstrijdploeg van de school –, maar leek zich desondanks volkomen op zijn gemak te voelen bij iedereen, halfnaakt met alleen dat piepkleine zwembroekje aan.

'Emma, staar niet zo,' zei Olive.

Precies op dat moment draaide Jesse zich om en zijn blik viel recht op mij, een kort, ademloos moment lang. Intuïtief wendde ik mijn ogen af.

'Wat zei je?' vroeg ik aan Olive, alsof ik al die tijd gewoon naar haar had geluisterd.

'Ik zei dat je naar hem staarde.'

'Nietes.'

Voordat Olive kon reageren, kwam mevrouw Berman weer bij ons staan. 'Ik dacht dat jullie bij de auto op me zouden wachten.'

'Sorry!' Olive stond snel op. 'We komen al.'

'Sorry, mevrouw Berman,' zei ik terwijl ik hen achter de tribune langs naar de uitgang volgde.

Vlak voor de uitgang keek ik nog een keer naar Jesse. Ik zag een flits van een lach. Breed en vrolijk en oprecht. Zijn hele gezicht straalde.

Ik vroeg me af hoe het zou voelen als die lach voor mij bedoeld was, om de oorzaak van die lach te zijn, en ineens veranderde mijn verse verliefdheid in een reusachtige ballon die zo krachtig was dat hij ons allebei mee de lucht in had kunnen nemen als we hem hadden vastgepakt.

DIE WEEK KWAM IK JESSE BIJNA IEDERE DAG ERGENS IN DE GANG tegen. Nu ik wist wie hij was, leek hij overal te zijn.

'Dat is het Baader-Meinhof-fenomeen,' zei Olive toen ik het er in de lunchpauze met haar over had. 'Toevallig had mijn broer het daar pasgeleden over. Eerst valt iets je niet op, maar dan hoor je hoe het heet en dan lijkt het overal te zijn.' Na kort te hebben nagedacht, voegde ze eraan toe: 'Wauw. Volgens mij heb ik last van het Baader-Meinhof-fenomeen óver het Baader-Meinhof-fenomeen.'

'Zie jij Jesse dan ook overal?' vroeg ik nogal dom. Eerder die dag was ik vlak langs hem heen gelopen toen ik uit mijn Spaanse les kwam. Hij stond bij de lockers te praten met Carolyn Bean. Carolyn Bean was de aanvoerster van het meisjesvoetbalteam. Ze droeg haar blonde haar in een knotje, met een sportieve hoofdband, dag in dag uit. Ik had haar nog nooit zonder lipgloss gezien. Als Jesse op dat soort meisjes viel, maakte ik geen schijn van kans.

'Niet vaker dan normaal,' zei Olive. 'Maar ik zie hem sowieso heel vaak. Hij zit bij mij bij wiskunde.'

'Zijn jullie vrienden?' wilde ik weten.

'Niet echt. Maar hij is aardig. Je moet gewoon een keer hoi tegen hem zeggen.'

'Dat is stom. Ik kan niet zomaar hoi tegen hem zeggen.'

'Tuurlijk wel.'

Ik schudde mijn hoofd en wendde mijn blik af. 'Het is echt belachelijk wat je zegt.'

'Wat jij zegt is belachelijk. Hij is gewoon een jongen uit ons jaar. Hij is Keanu Reeves niet.'

Als ik alleen maar even met Jesse Lerner kon praten, dan had ik Keanu Reeves helemaal niet meer nodig, dacht ik bij mezelf.

'Ik kan echt niet zomaar op hem toestappen, dat is stom,' zei ik. Ik pakte mijn dienblad en liep ermee naar de vuilnisbak.

Olive volgde me. 'Mij best,' zei ze. 'Als je maar weet dat hij echt heel aardig is.'

'Zeg dat nou niet! Dat maakt het alleen maar erger.'

'Moet ik soms zeggen dat hij een rotzak is?'

'Weet ik veel! Ik weet niet wat ik wil dat je zegt.'

'Je bent wel een beetje irritant ineens,' zei ze verbaasd.

'Dat weet ik ook wel, oké? Het is gewoon... Kom, dan krijg je een zak koekjes van me.'

In die tijd was een zak koekjes van vijfenzeventig cent voldoende om je irritante gedrag mee af te kopen, en we liepen dan ook naar de kantine waar ik mijn kleingeld uit mijn zak haalde en telde.

'Ik heb precies één vijftig,' zei ik terwijl ik samen met Olive achteraan aansloot in de rij. 'Dus dan nemen we allebei een zakje.' Toen ik Olive aankeek, zag ik dat ze grote ogen opzette. 'Wat is er?'

Met glanzende ogen knikte ze naar degene die voor ons stond.

Het was Jesse Lerner. Hij droeg een donkere spijkerbroek, een T-shirt van de Smashing Pumpkins en zwarte Converse One Stars.

En hij stond hand in hand met Carolyn Bean.

Olive keek me aan in een poging mijn reactie te peilen. Maar ik keek strak voor me uit alsof het me allemaal niets kon schelen – het was een perfecte uitvoering.

En daarna zag ik dat Carolyn Bean haar hand losmaakte uit die van Jesse om lippenbalsem uit haar zak te pakken die ze op haar lippen smeerde.

Ik vond het al erg dat ze zijn hand vasthield, maar dat ze ook nog eens het lef had om hem los te laten, was pas echt erg.

Op dat moment haatte ik haar. Ik haatte haar domme, voetbalspelende, hoofdbanddragende, lippenbalsem-met-pepermuntsmaaksmerende lef.

Als hij ooit mijn hand zou willen vasthouden, dan zou ik hem echt nooit meer loslaten.

'Laten we gaan,' zei ik tegen Olive.

'Ja,' zei ze. 'We trekken wel iets uit de snoepautomaat.'

Ik draaide me om en liep gedeprimeerd en ziek van liefdesverdriet naar de snoepautomaat bij het muzieklokaal.

Ik kocht twee Snickers en gaf er eentje aan Olive. Ik kauwde erop alsof de reep het enige was wat het gat in mijn hart kon vullen.

'Ik ben niet meer verliefd op hem,' zei ik. 'Het sloeg nergens op. Zo stom. Maar het is al over. Echt.'

'Oké,' zei Olive met een klein lachje.

'Serieus. Helemaal over.'

'Vast.' Olive trok haar wenkbrauwen samen en tuitte haar lippen.

En toen hoorde ik een stem achter me. 'Emma?'

Ik draaide me om. Het was Sam, die net het muzieklokaal uit was gekomen.

'O, hallo,' zei ik.

'Ik wist niet dat je nu lunchpauze had.'

Ik knikte. 'Ja.'

Zijn haar zat een beetje warrig en hij droeg een groen T-shirt met daarop de tekst BOM DIA!

'Ik geloof dat we morgen voor het eerst samenwerken,' zei hij. 'In de boekwinkel, bedoel ik.'

'O. O ja.' Op dinsdag had Marie zonder vragen mijn cd van Fiona Apple geleend, zodat ik genoodzaakt was haar 'stomme trut' te noemen binnen gehoorsafstand van mijn ouders. Mijn straf bestond uit een extra dienst draaien in de boekwinkel, op vrijdag. Bij ons thuis kreeg je geen huisarrest en er werden je ook geen privileges ontnomen, nee, je maakte het goed door meer te werken. Een extra dienst draaien in de winkel was de manier van mijn ouders om ons een lesje te leren én om aan gratis personeel te komen. En mij op vrijdag een dienst laten draaien, betekende dat ik niets met Olive kon gaan doen en dat zij 's avonds lekker samen naar de film konden.

'Morgen?' vroeg Olive. 'Ik dacht dat je na school met mij mee naar huis zou gaan.'

'Sorry,' zei ik. 'Ik was vergeten dat ik moest werken.'

De bel luidde, wat voor mij het sein was dat het tijd was om naar het aardrijkskundelokaal te gaan.

'O, ik moet snel gaan,' zei Olive. 'Ik heb mijn boek in mijn locker laten liggen.'

Ze wachtte niet op me, bood het niet eens aan. Niets kon tussen haar en op tijd komen staan.

'Ik moet ook gaan,' zei ik tegen Sam, die totaal geen haast leek te hebben om waar dan ook naartoe te gaan. 'We hebben een repetitie aardrijkskunde.'

'O, dan zal ik je niet langer ophouden,' zei hij. 'Ik wilde je alleen vragen of je misschien wilt meerijden. Morgen. Na school, naar de winkel.'

Ik keek hem verward aan. Ik bedoel, ik was niet in verwarring over wat hij zei. Ik begreep de simpele fysica van in een auto stappen die me van school naar mijn werk zou brengen. Maar het verbaasde me dat hij het aanbood, dat hij aan zoiets dacht.

'Ik heb net mijn rijbewijs gehaald en heb de Camry van mijn broer geërfd,' vertelde hij.

Op school leek iedereen Camry's of Corolla's te erven.

'Dus ik dacht...' Hij keek me aan en wendde toen zijn blik weer af. 'Nou, dan hoef je niet met de bus, bedoel ik.'

Wat attent. Terwijl hij me nauwelijks kende.

'Oké,' zei ik, 'dat zou te gek zijn.'

'Dan zien we elkaar na school op het parkeerterrein?' vroeg hij.

'Ja, te gek. Dank je. Dat is echt heel cool van je.'

'Graag gedaan,' zei hij. 'Tot morgen.'

Terwijl ik naar de dubbele deur aan het eind van de gang liep, op weg naar het klaslokaal, bedacht ik dat het misschien tijd werd om gewoon vriendschap te sluiten met mensen met wie ik vriendschap wilde sluiten, om niet meer zo mijn best te doen om alles af te wijzen wat Marie leuk vond.

Misschien werd het tijd dat ik... dat ik gewoon mezelf werd.

DE VOLGENDE DAG DROEG IK EEN RODE GEBREIDE TRUI EN EEN gewone broek naar school, want ik wist dat mijn ouders niet wilden dat ik in de winkel een spijkerbroek droeg. En toen, tien minuten nadat de laatste bel had geluid, zag ik Sam tegen de motorkap van zijn auto geleund staan, wachtend op mij.

'Hoi,' zei ik toen ik dichterbij kwam.

'Hoi.' Hij liep om de auto heen om het portier voor me te openen. Dat had nog nooit iemand voor me gedaan, behalve mijn vader, en dan was het meestal voor de grap.

'O, dank je.' Ik deed mijn rugzak af en legde hem op de voorbank.

Sam keek even verbaasd, alsof hij niet begreep waar ik hem voor bedankte. 'Voor het openhouden? Graag gedaan.'

Ik ging in de auto zitten terwijl Sam weer om de auto heen liep naar zijn kant. Hij glimlachte zenuwachtig naar me toen hij instapte en de auto startte. En toen schetterde er ineens jazz uit de luidsprekers.

'Sorry,' zei hij. 'Soms moet ik me 's ochtends echt even opladen.'

Ik lachte. 'Helemaal goed.'

Sam draaide aan de geluidsknop en ik luisterde naar de muziek terwijl de auto er zacht mee werd gevuld. Toen zette hij de auto in zijn achteruit, draaide zich mijn kant op, legde zijn arm op de leuning achter me, en reed achteruit de parkeerplek uit.

Het was een puinhoop in zijn auto. Papieren bij mijn voeten, kauwgumwikkels en plectrums op het dashboard. Ik wierp een korte blik op de achterbank en zag een gitaar, een mondharmonica en twee instrumentenkoffers.

Ik draaide me weer om. 'Wie is dit?' vroeg ik terwijl ik naar de stereo wees.

Sam hield de gestage stroom auto's links van hem in de gaten, op zoek naar een gaatje om de weg op te kunnen rijden.

'Mingus,' antwoordde hij zonder me aan te kijken.

Even was er ruimte op de weg en Sam reed een stukje vooruit, draaide snel aan het stuur en voegde zich behendig tussen het verkeer. Hij ontspande zich en wendde zich weer tot mij. 'Charles Mingus,' vertelde hij. 'Hou je van jazz?'

'Ik luister er eigenlijk nooit naar. Dus dat weet ik niet.'

'Oké dan.' Hij zette het geluid harder. 'Dan gaan we nu luisteren en dan weet je het.'

Ik knikte en glimlachte om te laten merken dat ik het prima vond. Het enige probleem was dat ik al binnen drie seconden wist dat Charles Mingus niets voor mij was, maar ik wist niet hoe ik hem op een beleefde manier kon vragen om de muziek uit te zetten. En daarom zei ik niets.

Mijn vader stond achter de kassa toen we binnenkwamen. Hij begon te stralen toen hij me zag. 'Hoi lieverd,' zei hij tegen me. En vervolgens tegen Sam: 'Ha Sam!'

'Hoi pap,' zei ik. Ik vond het niet echt prettig dat mijn vader me 'lieverd' noemde in het bijzijn van iemand van school. Er iets van zeggen zou het er echter niet beter op maken en daarom liet ik het maar zo.

Sam liep meteen door naar achteren. 'Ik moet even naar de wc en daarna kan ik u van uw taken ontlasten, meneer Blair.'

Mijn vader stak zijn duim naar hem op en wendde zich toen tot mij. 'Vertel. Hoe was je dag?' zei hij terwijl ik mijn boekentas onder de kassa legde. 'Beginnen bij het begin.'

Ik keek de winkel rond en zag dat de enige klant een oudere man was die een militaire biografie las. Hij deed alsof hij erin bladerde, maar zo te zien ging hij er volledig in op. Ik was bang dat hij elk moment zijn vinger kon likken om de bladzijde om te slaan of een ezelsoor zou vouwen om zijn lievelingshoofdstuk te markeren.

'Had je geen afspraakje met mama?' vroeg ik.

'Hoe oud denk je dat ik ben?' Hij wierp een blik op zijn horloge. 'Het is nog niet eens vier uur. Denk je soms dat we zo vroeg al ergens een hapje gaan eten?'

'Weet ik veel,' zei ik schouderophalend. 'Ik moest vandaag van jullie werken zodat jullie naar de film konden.'

'Je moest van ons werken omdat je onaardig was tegen je zus.' Hij sprak op terloopse toon, zonder een spoortje verwijt. Mijn ouders waren nooit erg lang boos. Hun straffen en teleurstellingen waren een soort automatisme. Het was alsof ze zich aan regels hielden die iemand anders voor hen had opgesteld. Jij hebt dat gedaan, dus moeten wij dit doen. Laten we allemaal het spel even meespelen, dan hebben we dat weer gehad.

Dat veranderde een paar jaar later, toen ik hen midden in de nacht belde met de vraag of ze me konden komen ophalen van het politiebureau. Plotseling was het niet meer zo grappig. Plotseling waren ze echt teleurgesteld in me. Maar in de tijd waarover ik praat, stond er maar weinig op het spel.

'Ik weet dat jij en Marie niet elkaars beste vriendinnen zijn,' zei mijn vader terwijl hij een stapeltje boekenleggers naast de kassa recht legde. Toen mijn oudoom ergens in de jaren zestig met de boekwinkel was begonnen, had hij van die goedkope boekenleggers laten maken met een aardbol erop en een vliegtuig dat eromheen vloog. De bijbehorende tekst luidde: 'Wereldreis maken? Lees een boek!' Mijn vader vond ze zo mooi dat hij weigerde om ze te vervangen door iets moderners. Steeds opnieuw liet hij dezelfde boekenleggers bijdrukken.

Altijd als ik een van die boekenleggers pakte, dacht ik hetzelfde, namelijk dat ze precies symboliseerden wat ik zo stom vond aan de winkel.

Ik zou de wereld bereizen door dat ook daadwerkelijk te doen!

'Maar ooit, op een dag, eerder dan je denkt, zullen jullie beseffen hoezeer jullie elkaar nodig hebben,' vervolgde mijn vader.

Volwassenen vertellen tieners graag dat er 'ooit' en 'vroeg of laat' van alles zal gebeuren. Ze vinden het fijn om te zeggen dat er dingen gebeuren 'voordat je het weet' en houden er bijzonder veel van om je te vertellen dat 'de tijd vliegt'.

Later zou ik ontdekken dat alles wat mijn ouders me op dat gebied vertelden waar bleek te zijn. De tijd op de universiteit was echt 'voorbijgevlogen'. En inderdaad veranderde ik 'vroeg of laat' van mening over Keanu Reeves. En 'voordat ik het wist' was ik al boven de dertig. En precies zoals mijn vader die middag zei, zou ik mijn zus 'op een dag' heel erg nodig hebben.

Maar toen haalde ik er mijn schouders over op, zoals tieners in het hele land hun schouders ophaalden over alles wat hun ouders op precies hetzelfde moment zeiden.

'Marie en ik zullen nooit vriendinnen worden. Echt niet. En ik wou dat jullie daar eens over ophielden.'

Mijn vader luisterde, knikte langzaam en wendde toen zijn blik af om een ander stapeltje boekenleggers recht te leggen. Toen keek hij me weer aan. 'Ik hoor wat je zegt, luid en duidelijk.' Iets wat hij altijd zei wanneer hij besloten had om het ergens niet meer over te hebben.

Sam kwam de winkel weer in en ging bij ons staan.

De klant die had staan lezen, kwam naar de kassa met het boek in zijn hand en vroeg of wij het voor hem achter konden houden. Ongetwijfeld om er morgen in verder te kunnen lezen alsof het zijn boek was. Mijn vader deed alsof hij niets liever wilde. Mijn vader was erg charmant tegen onbekenden.

Vlak nadat de man weg was, kwam mijn moeder het kantoortje achter in de winkel uit. Helaas zag mijn vader haar niet.

'Ik moet je moeder maar eens gaan zeggen dat het tijd is om te vertrekken.'

Ik wilde hem nog tegenhouden, maar hij draaide zich al half om en begon te schreeuwen. 'Ashley, Emma en Sam zijn er!'

'Jezus, Colin,' zei mijn moeder met een hand op haar oor. 'Ik sta vlak achter je.'

'O, sorry.' Hij trok een gezicht om te laten zien dat hij zich had vergist en raakte toen zacht haar oor aan. Dat soort gebaren, kleine intieme aanrakingen, gaven me altijd het idee dat mijn ouders waarschijnlijk nog seks hadden. Iets wat ik zowel walgelijk als geruststellend vond.

Bij Olives ouders was het altijd net alsof ze elk moment konden gaan scheiden. En een paar jaar daarvoor had de vriendin van Marie, Debbie, zo'n beetje twee maanden bij ons gewoond terwijl haar ouders hun scheiding regelden. Ik was slim genoeg om te beseffen dat ik van geluk mocht spreken met ouders die nog steeds van elkaar hielden.

'Goed, nu jullie er allebei zijn, kunnen wij weg.' Mijn moeder liep terug naar het kantoortje om haar spullen te pakken.

'Je zei net nog dat jullie wat later zouden weggaan,' zei ik tegen mijn vader.

'Ja, maar waarom zouden we hier blijven rondhangen nu onze eigen dochter er is om ons het werk uit handen te nemen?' zei hij. 'Als we opschieten kunnen we thuis nog net even een discodutje doen.'

'Wat is een discodutje?' vroeg Sam.

'Vraag maar niet, nu kom je nooit meer van hem af,' zei ik.

Sam lachte. Ik maakte mensen eigenlijk nooit echt aan het lachen. Ik was bijvoorbeeld niet grappig zoals Olive. Maar ineens, bij Sam, kreeg ik het gevoel dat ik dat best eens zou kunnen zijn.

'Een discodutje, mijn beste Samuel, is een dutje dat je doet voordat je de stad op stelten gaat zetten. Want je moet weten, in de jaren zeventig...'

Ik liep weg, nu al verveeld, en begon de tafel met bestsellers voor de etalage te ordenen. Marie vond het leuk om haar lievelingsboeken de beste plek te geven. Ik wilde alleen maar dat de stapels recht lagen. Ik hield niet van rare uitstulpingen.

Ik was ineens weer bij de les toen ik Sam hoorde reageren op mijn vaders verhaal over een discowedstrijd die hij had gewonnen in Boston. Hij zei lachend: 'Het spijt me, maar dat is niet zo'n goed verhaal.'

Mijn hoofd schoot omhoog en ik keek Sam aan, diep onder de indruk.

Mijn vader lachte en schudde zijn hoofd. 'Weet je wat ik deed toen ik van jouw leeftijd was en een volwassene me een slecht verhaal vertelde?'

'Je probeerde het te onthouden zodat je ons er later mee kon lastigvallen?' deed ik een duit in het zakje.

Sam lachte weer.

Mijn vader grinnikte, al zag ik dat hij eigenlijk wilde doen alsof ik hem gekwetst had. 'Laat ook maar. Blijven jullie hier maar lekker werken, terwijl ik leuke dingen ga doen.'

Sam en ik keken elkaar even aan.

'Ja, wie het laatst lacht...' zei mijn vader.

Mijn moeder kwam aanlopen met haar spullen en een paar minuten later waren mijn ouders op weg naar hun auto, naar hun discodutje. Heel even was ik stomverbaasd dat ze de winkel echt aan mij en Sam overlieten. Twee mensen van onder de zeventien die de avonddienst moesten draaien? Ik voelde me ineens volwassen. Alsof ze vonden dat ze me echt van die volwassen verantwoordelijkheden konden toevertrouwen.

Maar toen kwam Margaret, de assistent-manager, voorrijden en het drong tot me door dat mijn ouders haar hadden gebeld om ons in de gaten te houden.

'Ik ga in het kantoor zitten om het rooster voor volgende week te maken,' zei Margaret meteen bij binnenkomst. 'Als er iets is, moeten jullie me roepen.'

Ik keek even naar Sam, die achter de kassa stond met zijn ellebogen op de toonbank.

Ik liep naar de afdeling biografieën en begon daar ook boeken recht te zetten. Het was doodstil in de zaak. Het leek bijna belachelijk om twee mensen in de winkel te hebben en eentje op kantoor. Maar ik wist dat ik hier was omdat ik straf had, en Sam omdat mijn ouders hem uren wilden geven.

Ik besloot op de grond in de Fodor's-reisgidsen te gaan zitten bladeren zolang er geen klanten waren.

'Maar wat vond je nou van Charles Mingus?' vroeg Sam. Tot mijn verbazing had hij zijn plek achter de kassa verlaten en stond hij een paar schappen verderop de kranten bij te vullen.

'O... Uh... Cool.'

Hij lachte. 'Liegbeest,' zei hij. 'Je vond het verschrikkelijk.'

Ik keek hem aan. Ik vond het gênant om toe te geven. 'Sorry,' zei ik. 'Je hebt gelijk. Ik vond het verschrikkelijk.'

Sam schudde zijn hoofd. 'Maakt mij niet uit. Nu weet je dat tenminste.'

'Ja, als iemand me vraagt of ik van jazz hou, kan ik gewoon nee zeggen.'

'Nou, je kunt nog steeds van jazz houden,' zei Sam. 'Dat je Mingus niks vindt, wil nog niet zeggen dat...' Hij stopte toen hij de blik op mijn gezicht zag. 'Of heb je jazz al helemaal opgegeven?'

'Misschien,' zei ik gegeneerd. 'Ik denk niet dat jazz echt iets voor me is.'

Hij greep naar zijn borst alsof ik hem met een mes in zijn hart had gestoken.

'Doe normaal,' zei ik. 'Er zijn vast ook heel veel dingen die ik leuk vind maar die jij verschrikkelijk vindt.'

'Bijvoorbeeld?'

'*Romeo + Juliet*,' zei ik vol zelfvertrouwen. De film was een ware scheidslijn gebleken tussen de jongens en meisjes op school.

Sam keek naar de kranten voor zich. 'Het toneelstuk?' vroeg hij.

'De film!' verbeterde ik hem.

Hij schudde zijn hoofd alsof hij niet wist waar ik het over had.

'Heb je *Romeo + Juliet* met Leonardo DiCaprio dan nooit gezien?' Ik wist heus wel dat er meerdere versies van *Romeo en Julia* waren, maar in die tijd bestond voor mij alleen Leo, en niet Romeo. Geen Julia, maar Claire Danes.

'Ik ga eigenlijk niet zo vaak naar nieuwe films,' zei hij.

Er kwamen een moeder en zoontje binnen die rechtstreeks doorliepen naar de afdeling kinderboeken achterin. 'Hebben jullie *Het fluwelen konijn*?' vroeg de moeder.

Sam knikte en liep met haar mee naar de stapels achter in de zaak.

Ik ging vast achter de kassa staan. Toen ze terugkwamen, sloeg ik het bedrag aan en gaf hun in een groen plastic tasje het boek mee, met daarin natuurlijk een 'Wereldreis maken? Lees een boek!'-boekenlegger. Toen de klanten weg waren, wendde ik me tot Sam. Hij stond naast de toonbank met niets omhanden.

'Wat vind jij dan leuk om te doen?' vroeg ik. 'Als je niet naar de film gaat, bedoel ik.'

Hij dacht even na. 'Nou, ik moet veel studeren. En ik heb dit baantje hier en ik speel in de fanfare en het orkest en in een jazzband, dus ik heb eigenlijk niet veel tijd over.'

Ik keek hem aan. Dat Marie hem een schatje had genoemd, kon me steeds minder schelen. Ik kon alleen maar denken dat ik hem ook een schatje vond. 'Mag ik je iets vragen?' Ik liep weg bij de stapels voor me en ging bij hem staan.

'Volgens mij is dat de manier waarop je een gesprek voert, dus vraag maar raak,' zei hij glimlachend.

Ik lachte. 'Waarom werk je hier?'

'Hoe bedoel je?'

'Ik bedoel, als je het zo druk hebt, waarom besteed je dan zoveel uren van je tijd aan werken in een boekwinkel?'

'O.' Hij dacht na. 'Nou, ik moet mijn eigen autoverzekering betalen en ik wil graag een mobiel, wat mijn ouders prima vinden zolang ik hem zelf maar betaal.'

Dat gedeelte snapte ik. Bijna iedereen had een bijbaantje, behalve de lui die in de zomer als strandwacht werkten en daar op de een of andere manier zoveel aan overhielden dat ze er het hele jaar op konden teren.

'Ja, maar waarom hier? Je had ook een baantje bij de cd-winkel een eindje verderop kunnen nemen. Of anders die muziekwinkel in Main Street.'

Hij dacht weer na. 'Ik weet het niet. Ik heb dat wel overwogen. Maar ik... ik denk dat ik gewoon ergens wilde werken waar het niet om muziek ging.'

'Hoe bedoel je dat?'

'Ik bedoel, ik bespeel zes instrumenten. Ik oefen me kapot. Ik speel iedere dag minstens een uur piano. Dus dan is het fijn om iets te hebben waarbij het niet draait om mineurakkoorden en tempi en...' Hij leek even weg te zinken in zijn eigen wereldje, maar al snel kwam hij weer boven. 'Soms heb ik gewoon de behoefte om iets totaal anders te doen.'

Ik kon me er geen voorstelling van maken hoe het was om hem te zijn, om iets met zoveel hartstocht te doen dat je het nodig had om er af en toe pauze van te nemen. Zelf had ik geen speciale passie. Ik wist alleen dat ik niet de passie van mijn ouders en zus had. Ik had geen passie voor boeken.

'Welke instrumenten allemaal?' vroeg ik.

'Hè?'

'Welke instrumenten bespeel je?'

'O.'

Er kwamen drie meisjes van school de winkel in. Ik kende hen niet van naam, maar ik had hen weleens in de gangen gezien. Ik wist bijna zeker dat het ouderejaars waren. Ze maakten grapjes met elkaar en besteedden geen aandacht aan Sam en mij. De langste van het stel begaf zich naar de tafel met nieuwe romans, terwijl de anderen de afgeprijsde boeken bekeken. Ze pakten er af en toe eentje op en lachten er dan om.

'Piano,' zei Sam. 'Dat was mijn eerste. Daar ben ik op de basisschool mee begonnen. En verder... even denken...' Hij stak zijn duim in de lucht om te beginnen met tellen en bij elk instrument dat volgde, ging er een vinger omhoog. 'Gitaar, zowel elektrisch als akoestisch, maar je zou het toch wel als één instrument kunnen zien, en ook nog basgitaar, ook zowel elektrisch als akoestisch, wat volgens mij ook als één telt, hoewel het natuurlijk totaal verschillend is.'

'Vijf dus tot nu toe, maar jij beweert dat het er eigenlijk maar drie zijn.'

Hij lachte. 'Precies. En ik drum ook. Maar niet zo goed. Meer voor de lol, al word ik er steeds beter in. En verder nog trompet en trombone. En ik heb onlangs ook een mondharmonica gekocht, gewoon om te kijken hoe snel ik dat oppik. Tot nu toe gaat het best goed.'

'Zeven dus,' zei ik.

'Ja, maar ik bedoel, die mondharmonica telt niet, nog niet tenminste.'

Op dat moment wilde ik dat mijn ouders me op muziekles hadden gedaan toen ik op de basisschool zat. Ik had het gevoel dat het nu te laat was om nog een instrument te leren bespelen. Zo makkelijk maak je jezelf dus wijs dat het ergens te laat voor is. Ik begon ermee op mijn veertiende.

'Is het net zoiets als vreemde talen leren?' wilde ik weten. 'Olive heeft thuis altijd Engels en Koreaans gesproken en ze zegt dat ze daardoor nu heel gemakkelijk nieuwe talen leert.'

Sam dacht even na. 'Ja, inderdaad. Als kind heb ik een beetje Portugees geleerd. En bij Spaans is het daardoor net alsof ik sommige woorden gewoon kan aanvoelen. Dat is net zoiets als gitaar kunnen spelen en dan een basgitaar proberen. Er is beslist een overlapping.'

'Waarom heb je Portugees geleerd?' vroeg ik. 'Ik bedoel, komen je ouders uit Portugal?'

'Mijn moeder is tweede generatie Braziliaans,' vertelde hij. 'Maar ik heb de taal nooit vloeiend gesproken of zo. Ik ken gewoon een paar woorden.'

Het lange meisje liep naar de kassa. Ik legde het boek dat ik vasthad neer en ging naar haar toe.

Ze kocht een boek van Danielle Steel. Toen ik het bedrag aansloeg, zei ze: 'Het is voor mijn moeder. Voor haar verjaardag', alsof ik een oordeel over haar velde. Maar dat deed ik niet. Dat deed ik nooit. Ik maakte me er veel meer zorgen om dat anderen een oordeel over mij velden.

'Ze vindt het vast mooi,' zei ik terwijl ik haar creditcard aanpakte.

Lindsay Bean.

Ineens zag ik de gelijkenis. Ze leek op een oudere, slungeligere versie van Carolyn. Ik stopte haar boek in een tasje en gaf het aan haar.

Sam, die het tafereel had gevolgd, wees naar de boekenleggers.

'O, wacht,' zei ik. 'Je krijgt nog een boekenlegger.' Ik pakte er eentje en stopte hem in de tas.

'Dank je,' zei Lindsay. Ik vroeg me af of ze het goed met Carolyn kon vinden, hoe ze als zusjes waren. Misschien waren ze wel dol op elkaar, vonden ze het leuk om dingen samen te doen. Misschien liet Lindsay Carolyn wel niet in de steek als ze haar meenam naar het winkelcentrum om een spijkerbroek te kopen.

Ik wist dat het stom was om ervan uit te gaan dat Carolyn een leuker leven had dan ik, alleen maar omdat ze gisteren in de rij voor een zak koekjes Jesse Lerners hand had vastgehouden. Maar ik wist ook dat haar leven echt leuker was dan het mijne, juist omdat ze Jesse Lerners hand had vastgehouden in de rij voor een zak koekjes.

De zon was inmiddels bijna onder. De auto's hadden hun koplampen ontstoken. Vaak beschenen de lampen van de hoge SUV's 's avonds de etalage, en dat gebeurde ook toen Lindsay en haar vriendinnen de winkel uit liepen. Een champagnekleurige SUV stopte voor de zaak, met zijn koplampen recht op mij gericht. Toen de chauffeur de motor uitzette, zag ik wie er voorin zaten.

Jesse Lerner zat aan de passagierskant. Achter het stuur zat een man die waarschijnlijk zijn vader was.

Het achterportier ging open en Carolyn Bean stapte uit.

Jesse stapte ook uit om Carolyn te omhelzen, en toen stapte Carolyn in de auto van haar zus, samen met de twee vriendinnen.

Jesse stapte weer bij zijn vader in, ondertussen even de winkel in kijkend. Ik wist niet of hij me zag. Ik nam aan dat hij niet echt had gekeken, niet zoals ik.

Ik kon mijn ogen echter niet van hem afhouden. Mijn blik volgde zijn silhouet, zelfs toen Carolyn en Lindsay al wegreden, zelfs nog toen Jesse's vader de koplampen weer aandeed en wegreed.

Ik draaide me snel om. Op de een of andere manier voelde ik me verdrietig. Alsof Jesse voor mij bedoeld was en ik gedwongen werd de onrechtvaardigheid van dit alles onder ogen te zien.

Mijn hand raakte het stapeltje boekenleggers en ze vlogen allemaal over de toonbank. Ik raapte ze weer op en legde ze op een stapel.

'Dus ik vroeg me af,' zei Sam.

'Wat?'

'Of je het misschien leuk zou vinden om... om een keertje samen naar de film te gaan of zo.'

Ik keek hem verbaasd aan.

Mijn hoofd was op dat moment te vol. Jesse en Carolyn, de koplampen in mijn ogen, en het feit dat er iemand was die me daadwerkelijk meevroeg voor een date.

Ik had moeten zeggen: 'Leuk.' Of: 'Te gek.' Maar in plaats daarvan zei ik: 'O. Uh...'

En verder niets.

'Geeft niks,' zei Sam, die zichtbaar graag snel een eind aan de ongemakkelijke situatie wilde maken. 'Ik snap het.'

En zo eenvoudig serveerde ik Sam Kemper af naar de sectie 'alleen maar vrienden'.

TWEEËNHALF JAAR LATER SLAAGDE SAM VOOR ZIJN EINDEXAMEN.

Ik had een groot gedeelte van mijn een-na-laatste jaar geprobeerd Sam zover te krijgen dat hij me nog eens mee uitvroeg. Ik zei dan bijvoorbeeld dat ik op zaterdagavond niets te doen had of stelde vaag voor om elkaar ook buiten de winkel te zien, maar hij snapte het niet en ik was te laf om hem zelf mee uit te vragen. Dus liet ik het er maar bij zitten.

En sinds die tijd waren we goede vrienden.

Daarom ging ik ook met mijn ouders naar de diploma-uitreiking. We zaten buiten in de drukkende hitte te wachten, Sam in toga en baret.

Marie was nog niet thuis voor de zomer. Ze studeerde Engels aan de universiteit van New Hampshire en schreef daarnaast korte verhalen die ze naar literaire tijdschriften stuurde. Er was nog niets van haar gepubliceerd, maar iedereen was het erover eens dat dat niet lang meer kon duren. Graham was aan dezelfde universiteit gaan studeren, maar ze had het na twee maanden daar met hem uitgemaakt en had nu iets met ene Mike, wiens ouders een keten van sportwinkels bezaten. Voor de grap zei ze vaak dat ze, als ze trouwden, de zaken zouden fuseren. 'Snap je? Boeken en sportspullen verkopen in dezelfde winkel,' legde ze dan uit.

Zoals ik tegen Olive zei, van alles wat Marie zei moest ik bijna kotsen. Maar ik was blijkbaar de enige die daar last van had, want mijn ouders hadden haar bevorderd tot assistent-manager voor de zomer.

Margaret had onlangs ontslag genomen en Marie had zich beijverd om de baan. Het verbaasde me dat mijn moeder daar niet veel voor leek te voelen. 'Ze zou tijdens haar studententijd lol moeten maken,' zei ze. 'En niet terugkomen om zo'n verantwoordelijke taak op haar schouders te nemen.'

Mijn vader was echter zo enthousiast over het idee dat zelfs ik ermee kon leven. Hij had ook een naamplaatje voor haar laten maken met ASSISTENT-MANAGER erop, hoewel verder niemand in de zaak een naamplaatje droeg. En tegen mijn moeder zei hij dat hij zich enorm verheugde op een zomer met allebei zijn dochters in de zaak.

Door de glimlach op zijn gezicht en de glans in zijn ogen nam ik me voor wat aardiger tegen Marie te zijn. Maar ze was nog niet eens thuis en toch vroeg ik me nu al af of dat me wel zou lukken.

Ik keek helemaal niet uit naar de zomer in de winkel. Sam had een maand daarvoor ontslag genomen en had zijn laatste dag er al op zitten. Hij bleef niet in de stad. Hij zou over een paar weken naar Boston vertrekken, waar hij een bijbaantje had gevonden bij een praktijk voor muziektherapie. En in de herfst zou hij beginnen op het conservatorium in Boston.

Het was zijn eerste keuze en toen hij was aangenomen, had ik hem met een omhelzing gefeliciteerd. Maar daarna begon ik hem al snel te plagen omdat hij zo dicht bij huis ging studeren. Het was niet helemaal voor de grap. Ik begreep echt niet waarom het zijn eerste keuze was om te blijven wonen in een deel van het land waar hij al zijn hele leven had gewoond. Zelf had ik mijn vizier gericht op de universiteit van Los Angeles. Ik had al een folder ontvangen en verheugde me op het idee ergens te studeren waar de zon permanent scheen.

Terwijl Sams naam werd omgeroepen over het omgebouwde

voetbalveld, kibbelden mijn ouders over onze patio. Ik moest mijn vader een por tussen zijn ribben geven om zijn aandacht te trekken.

'Sam is aan de beurt,' zei ik.

'Samuel Marcos Kemper,' verkondigde het hoofd van de school.

We gingen alle drie staan om hem toe te juichen en liepen toen naar zijn ouders toe die aan de andere kant van het veld zaten.

Toen Sam bij ons kwam zitten, keek ik even naar hem en zag een glimlach over zijn gezicht trekken.

Vier uur later stonden Olive en ik in de keuken van Billy Yens huis goedkoop bier uit een ijskoud stalen biervat in onze rode plastic bekers te tappen.

Ik was bijna zeventien en had al met twee jongens gezoend en zelfs een maand verkering gehad met Robby Timmer die ik, zonder veel enthousiasme, in mijn slipje had laten graaien. Je zou kunnen zeggen dat ik eraan toe was om maagd af te zijn, en het liefst zo snel mogelijk.

Olive, op haar beurt, had haar ouders verteld dat ze biseksueel was en hen daarna meteen in verwarring gebracht door iets met Matt Jennings te beginnen. Olive had geduldig uitgelegd dat biseksueel niet hetzelfde was als gay, dat het gewoon biseksueel betekende. En hoewel ze dat leken te begrijpen, raakten ze toch opnieuw in verwarring toen Olive en Matt het uitmaakten en Olive iets begon met een meisje dat ze kende van haar bijbaantje in een drogisterij. Ze begrepen gay en hetero, maar Olive begrepen ze niet.

'Heb je gezien wie er ook is?' vroeg Olive. Ze nam een slok van haar bier en trok een vies gezicht. 'Eigenlijk smaakt dit gewoon naar water.'

'Wie dan?' Ik nam ook een slokje en proefde dat Olive gelijk had. Het was waterig. Maar ik hield van waterig bier. Dat smaakte minder naar bier.

'J-E-S-S-E,' zei ze.

'Is hij hier?' vroeg ik.

Ze knikte. 'Ik zag hem daarnet bij het zwembad.'

Toen Olive en ik over het feest hadden gehoord, wisten we niet dat er een zwembad was en dat iedereen rondliep in bikini en zwembroek en elkaar in het water gooide en uitdaagde. Maar als we dat wel hadden geweten, waren we ook gekomen, en beslist niet in badkleding.

Ik nam weer een klein slokje, maar besloot het bier toen in een paar gulpen op te drinken. Daarna vulde ik mijn beker bij.

'Nou, goed dan. Laten we een rondje maken en kijken of we hem ergens kunnen vinden.'

Jesse en Carolyn hadden het eerder dat jaar in de voorjaarsvakantie uitgemaakt. Het was helemaal niet zo raar om te denken dat Jesse me nu misschien wel zou zien staan.

Behalve dat het natuurlijk wel raar was. Compleet absurd zelfs.

Hij was inmiddels aanvoerder van de zwemploeg en dankzij hem was onze school al drie seizoenen ongeslagen gebleven. In de plaatselijke krant had een stuk over hem gestaan met als kop ZWEMWONDER JESSE LERNER VERBREEKT HET STAATSRECORD OP DE 500 METER VRIJE SLAG. Hij was ver boven mijn niveau.

Olive en ik liepen met onze bekertjes bier de tuin in en begaven ons in de chaos rond het zwembad. Op de houten patio zaten meisjes kruidnagelsigaretten te roken en te lachen, stuk voor stuk gehuld in topjes met spaghettibandjes en lage spijkerbroeken. Ik vond het gewoon gênant dat ik precies dezelfde outfit droeg.

Ik had een zwart topje aan met een spijkerbroek met uitlopende pijpen. Tussen het topje en de spijkerbroek was een paar centimeter huid te zien. Olive droeg een camouflagebroek met daarboven een paars T-shirt met V-hals en ook bij haar was een gedeelte van haar buik zichtbaar. Wanneer ik nu naar foto's van toen kijk, vraag ik me af wat ons bezielde om het huis uit te gaan met onze navels voor iedereen zichtbaar.

'Je ziet er trouwens fantastisch uit,' zei Olive. 'Dit kan weleens je meest sexy fase zijn.'

'Dank je,' zei ik. Ik nam aan dat ze het had over hoe mijn lange, blondbruine haar zat, met een scheiding in het midden en tot ver over mijn rug hangend. Maar ik vermoedde ook dat het iets te maken had met hoe ik in mijn lichaam groeide. Ik voelde me minder onzeker over mijn kont, minder verlegen over mijn borsten. Ik stond meer rechtop. Ik was donkerbruine mascara gaan gebruiken en blusher. En net als alle andere meisjes op school was ik verslaafd geraakt aan lipgloss. Hoewel ik me nog lang geen mooie zwaan voelde, voelde ik me ook niet meer het lelijke eendje. Ik zat er ergens tussenin en ik denk dat mijn toenemende zelfvertrouwen aan me af te zien was.

Olive wapperde met haar hand voor haar gezicht toen de rook van de kruidnagelsigaretten onze kant uit kwam. 'Waarom denken meisjes dat ik minder last zou hebben van sigaretten die vaag naar kruidnagel ruiken dan van gewone sigaretten?' Ze liep weg, in de richting van het zwembad, om wat meer afstand aan te brengen tussen ons en de rook.

Pas toen ik een stap op het beton rond het zwembad zette, drong tot me door wie er op het punt stond het water in te duiken.

Daar, in een natte rood-witte zwembroek die aan zijn benen plakte, met zijn tenen keurig om de rand van de duikplank gekruld, stond... Sam.

Zijn haar was nat en zat plat op zijn hoofd. Onder het nauwelijks zichtbare borsthaar en zijn pezige bovenlichaam zat een sixpack.

Sam had een sixpack.

Wat?

Olive en ik keken toe terwijl hij op zijn voorvoeten wipte ter voorbereiding op de duik. En toen was hij in de lucht.

Hij landde op het water met de kenmerkende 'pets' van iemand die plat op zijn buik landt.

'O man, dat moet pijn doen,' riep iemand.

En toen dook Sams hoofd weer op uit het water. Terwijl hij lachend het water uit zijn oren schudde, zag hij mij ineens staan.

Hij glimlachte en zwom naar de rand terwijl een andere jongen na hem het water in dook.

Ik werd ineens zenuwachtig. Als Sam bij me kwam staan, nat en halfnaakt, wat wilde ik dan dat er zou gebeuren?

'Nog een biertje?' vroeg Olive. Ze hield haar bekertje voor me op om te laten zien dat het leeg was.

Ik knikte, ervan uitgaand dat zij het bier zou halen.

Maar in plaats daarvan zei ze: 'Graag!' en gaf me haar bekertje.

Ik lachte. 'Je bent bijzonder irritant.'

Ze glimlachte. 'Ik weet het.'

Ik liep naar het biervat buiten en had net één beker vol getapt toen het kraantje begon te sputteren.

'O man!' hoorde ik achter me.

Ik draaide me om.

Jesse Lerner stond vlak achter me in een T-shirt en spijkerbroek en op leren sandalen. Hij lachte op een manier die zelfverzekerd leek maar ook vaag verlegen, alsof hij wist dat hij aantrekkelijk was maar niet goed wist wat hij daarmee aan moest. 'Je hebt het laatste bier getapt.'

Het was de eerste keer dat Jesse een complete zin tegen me uitsprak, de eerste keer dat ik een onderwerp gevolgd door een gezegde uit zijn mond hoorde komen die voor mij bestemd waren.

Het enige gekke eraan was dat het helemaal niet gek voelde. Van de ene op de andere seconde veranderde Jesse van iemand die ik uit de verte kende, in iemand met wie ik voor mijn gevoel al mijn hele leven in gesprek was. Ik raakte niet geïntimideerd, zoals ik me altijd had voorgesteld. Ik was zelfs niet zenuwachtig. Het was alsof ik jaren had getraind voor een hardloopwedstrijd en nu eindelijk mocht gaan rennen.

'Ja, je vist zogezegd achter het net,' zei ik op plagerige toon.

'Volgens de regels moet je je biertje in één keer achteroverslaan als het het laatste uit het vat is,' zei hij.

En toen klonk uit de menigte het woord op dat geen enkele tiener met een bekertje bier in zijn hand wil horen.

'Politie!'

Jesse keek pijlsnel achterom om te kijken of het echt zo was en niet alleen een slechte grap.

Helemaal achter in de tuin, waar de oprit begon, kon je net blauw en rood licht over het gras zien schijnen.

En toen ineens veel geschreeuw.

Ik keek of ik Olive ergens zag. Ze was al verdwenen tussen de struiken achterin, en toen ze mijn blik ving, gebaarde ze dat ik ook die kant uit moest komen.

Ik liet de bekertjes op de grond vallen. Het bier stroomde over mijn voeten. En toen voelde ik een hand om mijn pols. Jesse trok me met zich mee, precies de andere kant uit. We gingen niet zoals alle anderen naar het bos achter de tuin; we liepen naar de heg met de buren.

Iedereen was aan het rennen. Wat eerst het gecontroleerde soort chaos was geweest dat nu eenmaal hoort bij een bierfeest van jongeren, veranderde in een complete wanorde met tieners die alle kanten uit stoven. Het leek pure anarchie.

Jesse en ik kropen in de heg, die dicht en doornig was. Ik voelde de scherpe stekels langs mijn blote armen en enkels schrapen. We waren ver genoeg van de anderen verwijderd om een soort rust te ervaren, als je de achtergrondgeluiden van een politiesirene en rennende voetstappen tenminste ooit als rustig zou kunnen omschrijven.

Ik voelde Jesse's lichaam vlak naast het mijne, voelde zijn arm langs de mijne strijken.

'Au!' zei hij overdreven fluisterend.

'Wat?' vroeg ik, ook fluisterend.

'Volgens mij heb ik mijn lip opengehaald aan een doorn.'

Een felle lichtbundel scheen over de heg waarin we ons verstopt hadden en ik durfde me niet meer te bewegen. Ik hoorde mijn eigen adem, ik voelde mijn hart tegen mijn borstbeen slaan. Ik was doodsbang, echt doodsbang. Ik was inmiddels ook dronken. Niet stomdronken, maar wel meer dan aangeschoten. We zouden zomaar gesnapt kunnen worden. Het ging me niet alleen om de teleurstelling van mijn ouders, maar ook om de dreiging gearresteerd te worden.

Dat gezegd hebbende kan ik niet ontkennen dat ik me ook opgewonden voelde. Het had iets om je adem te moeten inhouden terwijl de schaduw van een politieman steeds dichterbij kwam. Het was opwindend om de adrenaline door je lijf te voelen gieren.

Na een tijdje leek de kust weer veilig. Geen zware voetstappen meer, geen licht uit zaklantaarns. We hoorden auto's wegrijden en het gefluister om ons heen was gestopt. Ik had ontzettende jeuk aan mijn enkels en ik wist gewoon dat ik door iets of ietsen gebeten was. Per slot van rekening was het mei in Massachusetts; iedere mug was op jacht naar bloed.

Ik wist niet goed wanneer ik mijn mond weer kon opendoen, wanneer ik de stilte kon verbreken.

Aan de ene kant leek het erop dat we veilig de heg uit zouden kunnen kruipen. Aan de andere kant was het beslist niet slim om je te vergissen in dat soort dingen.

Ik hoorde Jesse fluisterend mijn naam zeggen. 'Emma? Alles oké?'

Ik wist niet eens dat hij mijn naam wist, maar toch had hij hem genoemd, alsof hij daar alle recht op had.

'Ja,' zei ik. 'Wat krassen hier en daar, maar meer niet. En jij?'

'Ik ben ook oké.' Na een korte stilte voegde hij eraan toe: 'Volgens mij is de kust veilig. Lukt het je om de heg uit te kruipen?'

Uit de manier waarop hij het vroeg, maakte ik op dat hij zich wel vaker in heggen had verstopt, dat dit waarschijnlijk niet de eerste keer was dat hij zich op een feest bevond waar hij niet had moeten zijn, niet de eerste keer dat hij dingen deed die hij eigenlijk niet mocht doen.

'Ja hoor.'

Een paar onhandige soldaatachtige kruipbewegingen verder en ik stond weer op het gazon, tegenover Jesse Lerner.

Hij had een snee in zijn lip en een kras op zijn voorhoofd. Ik had wat krasjes op mijn armen. Mijn enkel jeukte nog steeds. Toen ik mijn voet iets omhooghield zag ik wat bultjes opkomen op de plek tussen mijn broekzoom en mijn schoen.

Het was aardedonker. In het huis waren alle lampen uit. Het was doodstil. Het enige geluid dat we hoorden was dat van onze eigen ademhaling en dat van de krekels die tjirpend hun pootjes wreven.

Ik wist niet goed wat we nu moesten doen. Hoe we thuis moesten komen.

'Kom.' Jesse pakte opnieuw mijn hand. Twee keer op één avond hand in hand met Jesse Lerner. Ik hield mezelf snel voor dat het niets persoonlijks was. 'We lopen de straat af tot we iemand vinden die ook is ontsnapt en vragen dan of we mee kunnen rijden.'

'Oké.' Ik deed maar al te graag wat hij zei, want zelf had ik geen flauw idee. Ik wilde alleen maar zo snel mogelijk naar huis om Olive te kunnen bellen. Ik wilde weten of het goed met haar ging en haar zeggen dat ik oké was.

Maar Sam was er ook nog. Hij was in het zwembad geweest. Waar was hij gebleven?

Jesse en ik liepen over de donkere straat in de buitenwijk, niet speciaal met een doel voor ogen, maar in de hoop dat zich een oplossing zou aandienen.

'Waarom was jij eigenlijk niet aan het zwemmen?' vroeg ik.

Hij keek me aan. 'Hoe bedoel je?'

'Ik bedoel, jij bent toch de allerbeste zwemmer aller tijden?'

Hij lachte. 'Nou, dat weet ik niet, hoor.'

'Je stond in de krant!'

'Ja, maar ik ben geen vis. Ik besta ook buiten het water,' zei hij plagend.

Ik haalde mijn schouders op. 'Het is een legitieme vraag. Het was per slot van rekening een zwemfeestje.'

Hij reageerde niet meteen. Ik dacht dat ons gesprek er misschien op zat, dat het niet de bedoeling was dat we praatten, dat hij niet met me wilde praten. Maar toen hij na een tijdje begon te spreken, besefte ik dat hij even helemaal in zijn gedachten verzonken was geweest, zich afvragend hoeveel hij me kon vertellen.

'Heb jij weleens het gevoel dat anderen je continu zeggen wie je bent?' vroeg hij. 'Dat mensen doen alsof ze beter dan jij weten waar je goed in bent of wie je zou moeten zijn?'

'Ja, dat gevoel ken ik.'

'Mag ik je een geheim vertellen dat eigenlijk al niet meer zo geheim is?'

'Ja hoor.'

'Mijn ouders willen dat ik probeer me te plaatsen voor de Olympische Spelen.'

'Ah.' Hij had gelijk. Dat was een geheim dat allang niet meer geheim was.

'En mag ik je ook een geheim vertellen dat iets meer geheim is?'

Ik knikte.

'Ik haat zwemmen.' Hij keek recht voor zich uit terwijl hij zijn ene voet voor de andere zette.

'Weten je ouders dat?' vroeg ik.

Hij schudde zijn hoofd. 'Niemand weet het. Nou ja, behalve jij nu dan.'

Op dat moment begreep ik werkelijk niet waarom hij dat uitgerekend aan mij vertelde, waarom hij me dat geheim toevertrouwde. Ik dacht dat het betekende dat ik speciaal was, dat hij misschien altijd al hetzelfde voor mij had gevoeld als ik voor hem.

Nu ik erop terugkijk weet ik echter dat het precies het tegenovergestelde was. Ik was een meisje in de marge van zijn leven en daarom kon hij me veilig zijn geheim vertellen.

'Ik heb zwemmen sowieso nooit echt leuk gevonden,' zei ik ter geruststelling. Ik zei het omdat het waar was. Maar het kwam me ook goed uit om dat te zeggen. Ik wist nu wie hij echt was en toch vond ik hem nog leuk. En dat maakte dat ik anders was dan alle anderen. 'Mijn ouders hebben een boekwinkel. Blair Books.'

'Ja,' zei hij. 'Dat weet ik. Ik bedoel, dat verband had ik al gelegd.' Hij lachte naar me en wendde toen zijn blik weer af. We sloegen een hoek om en bleken op de hoofdstraat uit te zijn gekomen.

'Ze willen dat ik de winkel later overneem,' vertelde ik. 'Ze geven me altijd van die boeken van wel vijfhonderd bladzijden cadeau en zeggen dan dat ik lezen ooit wel leuk ga vinden, net als zij... maar ik weet het niet.'

'Wat precies?' vroeg Jesse.

'Ik haat boeken lezen.'

Hij lachte, verrast en blij. Hij gaf me een high five. Hij had me zijn geheim toevertrouwd omdat hij dacht dat ik een vreemde was, maar nu bleek ik een kameraad te zijn.

Lachend sloeg ik mijn hand tegen de zijne.

Jesse hield mijn hand even vast. 'Ben je dronken?'

'Een beetje. En jij?'

'Ook een beetje.'

Hij hield nog steeds mijn hand vast en ik dacht dat hij me misschien, heel misschien, wel zou kussen. En daarna dacht ik dat het belachelijk was om dat te denken. Dat zou echt nooit gebeuren.

Later, toen Jesse en ik elkaar altijd alles vertelden, vroeg ik hem wat hij toen had gedacht. Ik vroeg: 'Die keer toen je mijn hand vasthield, vlak voordat de politie ons ontdekte, wilde je me toen kussen?' Hij zei dat hij dat niet wist. Hij zei dat hij zich alleen maar herinnerde dat het toen voor het eerst tot hem was doorgedrongen hoe aantrekkelijk ik was. 'Ik herinner me alleen dat ik die sproetjes onder je oog zag. Dus misschien wel. Misschien wilde ik je wel kussen. Ik weet het niet.'

En dat zullen we ook nooit weten.

Omdat we, net toen ik moed aan het verzamelen was om Jesse diep in de ogen te kijken, in die vroege uurtjes van de dag, verblind werden door het felle licht van de zaklamp van een politieagent dat precies in onze ogen scheen. We stonden dronken op de stoep en waren er gloeiend bij.

Een litanie van halve leugens en twee ademtesten later zaten Jesse en ik met handboeien om tegen de muur van het politiebureau van Acton te wachten op onze ouders.

'Mijn ouders vermoorden me,' zei ik tegen hem. 'Mijn vader was woest toen ik hem belde.' In het schelle licht van het politiebureau leek de snee in Jesse's lip donkerrood en de muggenbulten op mijn enkels waren bijna terracotta.

Ik dacht dat Jesse zou zeggen dat het voor hem nog veel erger was, dat zijn ouders helemaal niet te harden zouden zijn, maar dat deed hij niet. Hij zei alleen maar: 'Het spijt me.'

Ik schudde mijn hoofd. Pas nu mijn handen geboeid waren, drong tot me door hoe vaak ik ze gebruikte bij het praten. 'Jij kunt er niks aan doen.'

Hij haalde zijn schouders op. 'Misschien niet, maar toch spijt het me.'

'Nou, goed, dan spijt het mij ook.'

Hij glimlachte. 'Excuses aanvaard.'

Op de tafel iets links van ons lag een lijst van aanhoudingen. Ik keek er steeds stiekem even naar om te zien of er nog meer mensen waren opgepakt. Ik herkende een paar namen van laatstejaars, maar geen Olive, geen Sam. Ik wist bijna zeker dat wij de enigen waren die waren opgepakt.

'Maak je je zorgen om je ouders?' vroeg ik.

Hij dacht even na en schudde toen zijn hoofd. 'Mijn ouders hanteren een paar strikte regels en zolang ik die niet overtreed, kan ik min of meer doen waar ik zin in heb.'

'Wat voor regels?'

'Dat ik nationale records breek en nooit minder dan een acht haal.'

'Echt? Zijn dat de enige regels waar je je aan moet houden?'

'Weet je wel hoe moeilijk het is om én records te breken én overal achten voor te halen?' Hoewel hij niet kwaad op mij was, klonk er iets van irritatie in zijn stem door.

Ik knikte.

'Maar het bijkomende voordeel is dat ze niet al te boos klonken toen ik ze om één uur 's nachts belde vanuit het politiebureau. Dus dat is oké.'

Ik lachte en friemelde met mijn armen om te voorkomen dat de handboeien over mijn polsen schuurden. 'Waarom hebben ze ons die dingen eigenlijk omgedaan? Ze hebben ons niet eens gearresteerd. Waar zijn ze bang voor? Dat we weglopen?'

Hij lachte ook. 'Misschien wel. We zouden zomaar kunnen ontsnappen. Als de nieuwe Bonnie en Clyde.'

Ik vroeg me af of hij wist dat Bonnie en Clyde minnaars waren. Ik overwoog even om hem dat te vertellen.

'Maar jouw ouders vatten het dus niet zo goed op?' vroeg hij.

Ik schudde mijn hoofd. 'O, echt niet! Nee, het komt erop neer dat ik nu tot mijn tweeënnegentigste diensten zal moeten draaien in de boekwinkel.'

'In de boekwinkel?'

'Ja, dat is de favoriete straf van mijn ouders. Bovendien verkeren ze in de veronderstelling dat mijn zus en ik de winkel ooit zullen overnemen, dus...'

'Wil jij dat ook?'

'Een boekwinkel runnen? Echt niet!'

'Wat wil je dan wel?'

'Weg uit Acton,' zei ik. 'Dat allereerst. Ik wil iets van de wereld zien. Mijn eerste stop is de Stille Oceaan en daarna zie ik wel weer. Alles is mogelijk.'

'O ja? Ik zit ook te denken om me aan te melden bij een paar universiteiten in Californië. Want als ik vijfduizend kilometer van mijn ouders vandaan ben, kunnen ze me niet meer dwingen om extra trainingen te doen.'

'Ik zat ook aan Californië te denken. Ik weet niet of mijn ouders dat goed zullen vinden, maar ik wil naar de universiteit van Los Angeles.'

'Wat wil je gaan studeren?'

'Geen idee. Ik weet alleen dat ik wil meedoen aan ieder uitwisselingsprogramma dat ze hebben. Om wat van de wereld te zien,' zei ik nog een keer.

'Dat klinkt te gek,' zei Jesse. 'Dat wil ik ook. Ik wil wat van de wereld zien.'

'Ik weet alleen niet of ik mijn ouders zover kan krijgen.'

'Als je iets wilt, dan moet je het gewoon doen.'

'Dat slaat nergens op.'

'Natuurlijk wel. Als je iets zo graag wilt als jij dat klaarblijkelijk doet, dan ben je het aan jezelf verplicht om ervoor te zorgen dat het gebeurt. Ik doe dat wel tenminste. Ik wil hier weg, dus dan ga ik weg. Heel ver weg. Dat zou jij ook moeten doen,' zei hij.

'Ik denk niet dat mijn ouders dat leuk zullen vinden.'

'Je ouders zijn jou niet. Jij moet jij zijn. Mijn filosofie is dat je, nou ja, dat je het lang genoeg op hun manier hebt gedaan. Binnenkort is het tijd om het op jouw manier te gaan doen.'

Het was duidelijk dat Jesse het niet echt over mijn ouders en mij had. Maar alles wat hij zei, raakte een snaar. Zijn woorden weerkaatsten in mijn hoofd, steeds luider in plaats van zachter.

'Volgens mij heb je gelijk,' zei ik.

'Natuurlijk heb ik gelijk,' zei hij glimlachend.

'Nee, echt. Ik ga me aanmelden bij de universiteit van Los Angeles.'

'Heel goed.'

'Dat zou jij ook moeten doen,' zei ik. 'Gewoon stoppen met zwemmen als je er zo'n hekel aan hebt. Iets anders gaan doen. Iets wat je echt leuk vindt.'

Hij lachte. 'Weet je, je bent heel anders dan ik dacht.'

'Hoe bedoel je?' vroeg ik. Ik kon nauwelijks geloven dat Jesse over me had nagedacht, dat hij voor deze avond zelfs maar van mijn bestaan had geweten.

'Weet ik veel. Je bent gewoon... anders.'

'Leuker of minder leuk?'

'O, leuker natuurlijk,' zei hij met een knikje.

'Hoe dacht je dan dat ik was?' Ik wilde het per se weten. Waarom had hij gedacht dat ik niet leuk zou zijn? Ik moest het weten om ervoor te kunnen zorgen dat ik nooit meer een onleuke indruk zou maken op mensen.

'Ach, dat is niet belangrijk.'

'Zeg nou maar gewoon.'

'Maar ik wil je niet... niet in verlegenheid brengen of zo,' zei hij.

'Wat? Hoe bedoel je dat?'

Hij keek me aan. En besloot toen om het gewoon te zeggen. 'Weet ik veel. Ik had de indruk dat je misschien een beetje verliefd op me was.'

Onwillekeurig schoof ik iets bij hem weg. 'Hè? Echt niet!'

Hij haalde zijn schouders op alsof het hem niet uitmaakte. 'Nou, dan had ik het dus mis.'

'Waarom dacht je het dan?'

'Carolyn, mijn ex...' begon hij uit te leggen.

'Ik weet wie Carolyn is,' onderbrak ik hem.

'Nou, zij dacht dat.'

'Waarom zou ze dat denken?'

'Dat weet ik niet. Ze was altijd jaloers als andere meisjes naar me keken. En jij hebt waarschijnlijk een keertje naar mij gekeken. En toen dacht ze dat.'

'Maar... jij geloofde dat dus.'

'Nou, ik hoopte eigenlijk dat ze gelijk had.'

'Waarom?'

'Hoe bedoel je, "waarom"?'

'Waarom hoopte je dat ze gelijk had? Wilde je graag dat ik verliefd op je was?'

'Natuurlijk wilde ik dat. Iedereen vindt het toch leuk als er mensen verliefd op ze zijn?'

'Maar wilde je speciaal dat ik degene was die verliefd op je was?'

'Tuurlijk,' zei hij op een toon alsof dat toch wel duidelijk moest zijn.

'Maar waarom dan?'

'Wat maakt dat nu uit? Want je was niet verliefd op me. Dus dan is het irrelevant.'

Een gespreksversperring.

Een versperring waar ik alleen langs zou komen als ik de waarheid onthulde. Ik woog de voors en tegens af. 'Oké dan. Ik ben wel een tijdje een beetje verliefd op je geweest. Toen ik een jaar of veertien was of zo.'

Hij keek me lachend aan. 'O ja?'

'Ja, maar nu dus niet meer.'

'Waarom niet?'

'Weet ik veel. Jij had iets met Carolyn. En ik kende je nauwelijks.'

'Maar ik heb niets meer met Carolyn en je kent me nu.'

'Wat bedoel je daarmee?'

'Waarom ben je niet meer verliefd op me?'

'Ja, waarom ben jij niet verliefd op mij?' vroeg ik.

En toen sprak Jesse de woorden die mijn hele volwassen liefdesleven in werking zetten. 'Volgens mij ben ik wel een beetje verliefd op je. Sinds ongeveer anderhalf uur.'

Ik keek hem stomverbaasd aan, op zoek naar woorden. 'Nou, dan ik ook op jou.'

'Zie je wel? Dat dacht ik al,' zei hij glimlachend. En toen boog hij zich naar me toe en omdat er toch niemand naar ons keek, gaf hij me een kus.

Die zomer moest ik drie keer zoveel als normaal in de winkel werken als straf voor het drinken van alcohol onder de wettelijke leeftijd. Ik kreeg vier keer een preek van mijn ouders over hoe teleurgesteld ze in me waren en dat ze nooit hadden gedacht dat ik het soort dochter was dat in een gevangenis zou belanden.

Marie werd assistent-manager en voor een derde van alle uren dat ik wakker was, was ze mijn baas. Ik ontdekte dat er iets bestond wat nog erger was dan met haar omgaan, en dat was bevelen van haar te moeten opvolgen.

Olive bracht de zomer door op de Cape met haar oudere broer; ze werkte als serveerster en lag in haar vrije tijd op het strand.

Sam verhuisde twee weken eerder dan verwacht naar Boston zonder zelfs maar afscheid te nemen.

Maar dat kon mij allemaal niets schelen. Want dat was de zomer waarin Jesse en ik stapelverliefd waren.

'EMMA, DRAAI JE EENS OM?'

'Waarom?'

'Jezus, doe nu eens gewoon wat ik zeg!'

Dat deed ik, en Jesse bleek achter me te staan, op een zandstrand in Malibu, Californië. Hij had een kleine ring met een robijn in zijn hand. Het was negen jaar nadat hij me die keer op het politiebureau van Acton had gekust.

'Jesse...' zei ik.

'Wil je met me trouwen?'

Ik was met stomheid geslagen. Niet omdat hij me ten huwelijk vroeg. We waren vijfentwintig. We waren ons hele volwassen leven al samen. We waren allebei aan de andere kant van het land gaan studeren, aan de universiteit van Los Angeles. We hadden samen een jaar gestudeerd in Sydney, Australië en hadden na ons afstuderen vijf maanden door Europa gereisd.

En we hadden een leven voor onszelf opgebouwd in L.A., ver weg van Blair Books en de vijfhonderd meter vrije slag. Jesse was productieassistent geworden bij natuurdocumentaires en had voor zijn werk reizen gemaakt van Afrika tot de Mojavewoestijn.

Zelf was ik, tot grote ergernis van Marie, een reisschrijver geworden.

In mijn tweede jaar had ik ontdekt dat er op de afdeling journalistiek een cursus reisschrijven werd aangeboden. Ik had gehoord dat het moeilijk was om toegelaten te worden. De docent nam maar negen studenten per jaar aan. Maar áls je werd toegelaten, mocht je een gesubsidieerde reis maken. Ieder jaar was het een andere bestemming en dat jaar was het Alaska.

Ik was nog nooit in Alaska geweest. En ik wist dat ik een reis daarnaartoe zelf nooit zou kunnen betalen. En schrijven had ook niet echt mijn belangstelling.

Uiteindelijk wist Jesse me over te halen om me toch aan te melden.

Je moest daarvoor een stuk van duizend woorden schrijven over welk dorp of welke stad in de wereld ook. Ik schreef een essay over Acton. Ik had het over de rijke historie van het stadje, zijn schoolsysteem, de plaatselijke boekwinkel... Het kwam erop neer dat ik mijn geboorteplaats door de ogen van mijn vader probeerde te bekijken en dat onder woorden te brengen. Dat had ik er wel voor over als de beloning een reis naar Alaska was.

Mijn stuk was behoorlijk slecht. Maar dat jaar waren er maar zestien aanmeldingen en blijkbaar waren er zeven essays die nog slechter waren.

Ik vond Alaska wel aardig. Het was de eerste keer dat ik het continent van de Verenigde Staten verliet en ik moet bekennen dat dat minder enerverend was dan iedereen zei. Maar tot ieders verrassing ontdekte ik dat ik schrijven over Alaska wel heel leuk vond, zelfs veel leuker dan daar zijn.

Ik koos daarna als hoofdrichting de journalistiek en deed mijn best om mijn interviewtechniek te verbeteren en aan mijn beeldspraak te werken, zoals de meeste van mijn docenten me aanraadden.

Ik studeerde af als journalist.

En dat was een harde klap voor Marie. Dat wist ik.

Ik was de schrijver van de familie geworden, terwijl zij in Acton de boekwinkel runde.

Het duurde een paar jaar voordat ik werk vond waarvoor ik ook daadwerkelijk moest reizen, maar op mijn vijfentwintigste was ik redacteur van een reisblog. Ik verdiende niet veel, maar de baan had als bonus dat ik al vijf van de zeven continenten had bezocht.

De keerzijde van dat alles was dat Jesse en ik erg weinig geld hadden.

Hoewel we al bijna zesentwintig waren, hadden we nog steeds geen zorgverzekering en bestond ons avondeten op sommige avonden ook nog steeds uit borrelzoutjes en pindakaas.

Maar het voordeel was groot: Jesse en ik hadden de wereld gezien, zowel samen als los van elkaar.

Jesse en ik hadden het weleens over trouwen gehad. Het was voor iedereen, ook voor onszelf, duidelijk dat we op een goede dag zouden trouwen. We wisten dat we dat zouden doen zodra de tijd rijp was, net zoals je weet dat je nadat je je haar hebt gewassen ook nog conditioner gebruikt.

Dus het overviel me niet dat Jesse met me wilde trouwen.

Wat me overviel was dat er überhaupt een ring was.

'Ik weet dat hij klein is,' zei hij verontschuldigend toen ik hem om mijn vinger schoof. 'En dat het geen diamant is.'

'Ik vind hem prachtig,' zei ik.

'Herken je hem?'

Ik keek er nog een keer naar en probeerde te bedenken wat hij kon bedoelen. Het was een smalle gouden ring met een rond rood steentje in het midden. Het was duidelijk een tweedehandsring, met deukjes en krasjes. Ik vond hem echt prachtig. Alles eraan. Maar ik herkende hem niet.

'Niet echt,' zei ik.

'Zeker weten?' vroeg hij plagend. 'Denk nog eens goed na.'

Ik keek weer naar de ring, hoewel ik die veel minder interessant vond dan de man die me hem had gegeven.

Jesse was uitgegroeid tot een bijzonder aantrekkelijke man, met brede schouders en een stevige rug. Omdat hij niet meer trainde, was hij aangekomen, maar dat stond hem goed. Hij had uitstekende jukbeenderen. En zijn glimlach was nog net zo mooi als altijd en ik verwachtte dan ook dat hij tot op hoge leeftijd een aantrekkelijke man zou blijven.

Ik hield vreselijk veel van hem, al zolang ik hem kende. We deelden samen een diepe en betekenisvolle geschiedenis. Het was Jesse die mijn hand had vastgehouden toen mijn ouders woedend waren omdat ik me helemaal niet had aangemeld voor de universiteit van Massachusetts, waardoor ik hen voor het blok had gezet en ze me toestemming moesten geven om naar Californië te gaan. Het was Jesse die me had gesteund toen ze me, na mijn afstuderen, vroegen om weer in Acton te komen wonen, Jesse die mijn tranen had gedroogd toen mijn vader diep teleurgesteld was omdat ik niet naar huis kwam om in de winkel te werken. En het was ook Jesse die me het vertrouwen had gegeven dat mijn ouders en ik het ooit wel weer zouden bijleggen.

De jongen die ik die dag in het zwembad had gezien, was uitgegroeid tot een integere en aardige man. Hij hield deuren voor me open. Hij kwam thuis met cola light en Ben & Jerry's Chunky Monkey als ik een rotdag had. Hij nam foto's van alle plekken die hij bezocht, alle plekken die we samen bezochten, en hing die overal in huis op.

En nu we volwassen waren en zijn boosheid over zijn jeugd was weggeëbd, was hij weer gaan langeafstandszwemmen. Niet overdreven vaak en ook niet echt regelmatig, maar zo nu en dan. Hij zei dat hij nog steeds niet tegen de chloorlucht van een zwembad kon, maar dat hij verliefd begon te raken op het zout van de oceaan. Ik vond dat vreselijk charmant aan hem.

'Sorry,' zei ik, 'maar volgens mij heb ik deze ring nog nooit gezien.'

Hij lachte. 'Barcelona,' zei hij. 'Die avond toen we...'

Mijn mond viel open.

Hij glimlachte. Hij wist dat hij zijn zin niet hoefde af te maken.

'Nee...' zei ik.

Hij knikte.

We waren net met de trein uit Madrid aangekomen in Barcelona. Op straat stond een vrouw sieraden te verkopen. We waren allebei doodop en wilden meteen door naar ons hostel. Maar de vrouw liet ons niet met rust en smeekte ons toch even te kijken.

En dat deden we.

Ik zag een ring met een robijntje.

En ik zei tegen Jesse: 'Kijk, ik hoef helemaal niet zoiets duurs als een diamant. Zo'n ring is ook prachtig.'

En nu droeg ik een ring met een robijntje.

'Je hebt een ring met een robijntje voor me gekocht!'

Hij schudde zijn hoofd. 'Niet zomaar een ring met een robijntje...'

'Maar dit kan nooit die ring zijn!' zei ik.

Hij lachte. 'Jawel! Dat probeer ik je nou de hele tijd te vertellen. Het is dezelfde ring!'

Ik keek er verbaasd naar. Ik strekte mijn hand om de ring nog wat beter te bekijken. 'Meen je niet! Echt? Hoe heb je dat voor elkaar gekregen?'

Ik zag al voor me hoe hij talloze telefoontjes naar Spanje had moeten plegen en enorm hoge verzendkosten had moeten betalen, maar de werkelijkheid was een stuk simpeler.

'Ik ben die avond stiekem teruggegaan toen jij op zoek ging naar de badkamer,' vertelde hij.

Ik keek hem met grote ogen aan. 'Heb je deze ring al vijf jaar?'

'Ik wist dat ik met je zou gaan trouwen,' zei hij schouderophalend. 'Dus waarom zou ik wachten tot ik een diamant voor je kon kopen terwijl ik al wist wat je wilde?'

'O mijn god.' Ik bloosde ervan. 'Niet te geloven. Hij past precies. Dat is toevallig!'

'Nou,' zei hij verlegen. 'Niet echt.'

Ik keek hem vragend aan.

'Ik heb hem door een juwelier op maat laten maken aan de hand van een andere ring van je.'

Ik zag aan hem dat hij bang was dat dat het minder romantisch zou maken. Maar voor mij werd het er juist nog romantischer door.

'Wauw,' zei ik. 'Het is gewoon... wauw.'

'Je hebt mijn vraag nog niet beantwoord,' zei hij. 'Wil je met me trouwen?'

Het leek absurd dat hij dat moest vragen; het antwoord was zo duidelijk. Het was alsof je iemand vroeg of hij van friet hield of of regen nat was.

Terwijl we daar op het strand stonden, met het zand onder mijn voeten en de Stille Oceaan voor ons, vroeg ik me af waaraan ik het had verdiend om alles te hebben gekregen wat ik wilde.

'Ja,' zei ik. Ik sloeg mijn armen om zijn nek. 'Absoluut. Natuurlijk. Zeker weten. Ja.'

WE TROUWDEN TIJDENS HET WEEKEND VAN MEMORIAL DAY IN het houten vakantiehuis van Jesse's ouders in Maine.

We hadden het erover gehad om in Praag te trouwen, maar dat was niet erg realistisch. Nadat we ons erbij hadden neergelegd dat we in de Verenigde Staten zouden trouwen, wilde Jesse het in Los Angeles doen.

Maar om de een of andere reden wilde ik het alleen maar thuis doen, in New England. Het verraste me zelf. Ik had de hele wereld over gereisd, had altijd alleen maar weg gewild uit Acton...

Maar nadat ik genoeg afstand tussen mij en mijn geboorteplek had aangebracht, begon ik de schoonheid ervan in te zien. Ik begon hem te zien zoals buitenstaanders hem zagen, misschien omdat ik inmiddels zelf een buitenstaander was geworden.

En daarom zei ik tegen Jesse dat het me een goed idee leek om thuis te trouwen, in de lente, en hoewel er enige overredingskracht voor nodig was, stemde hij er uiteindelijk mee in.

En al snel werd duidelijk dat de handigste plek ervoor het vakantiehuis van Jesse's ouders was.

Mijn ouders waren natuurlijk opgetogen. Ik denk weleens dat, in zekere zin, de avond dat ik was opgepakt door de politie en de dag dat ik mijn ouders belde om te zeggen dat we in New England zouden trouwen, veel gemeen hadden.

Beide keren had ik iets gedaan wat volgens mijn ouders totaal niets voor mij was, en ze waren zo verbaasd dat onze relatie er ogenblikkelijk door veranderde.

Toen ik nog op de middelbare school zat, waren ze me gaan wantrouwen, volgens mij niet zozeer omdat ik dronken was geworden, maar door de hele toestand met de politie. En dat ik iets kreeg met de jongen met wie ik was opgepakt, maakte het er alleen maar erger op. In hun ogen was ik van de ene op de andere dag van een lief kind veranderd in een soort hooligan.

En door de bruiloft veranderde ik van hun onafhankelijke, reislustige dochter in een vogel die terugvloog naar zijn nest.

Mijn moeder hield zich bezig met de details, in samenspraak met Jesse's ouders. Ze reserveerde de plek bij de vuurtoren iets verderop en koos de bruidstaart uit, omdat Jesse en ik natuurlijk niet over konden komen om te proeven. Mijn vader onderhandelde met het hotelletje waar we onze receptie zouden houden. En van Marie, die negen maanden daarvoor met Mike was getrouwd, mochten we het bestek, de borden, glazen en linnen tafelkleden lenen van hun bruiloft.

Olive vloog van Chicago, waar ze woonde, naar Los Angeles om mijn vrijgezellenfeest en mijn cadeaufeest te organiseren. Op het eerste werd ze stomdronken en voor het laatste droeg ze een kokerjurkje en een idioot grote hoed. Ze was de eerste die arriveerde in het weekend van de bruiloft – opnieuw een bewijs dat Olive nooit iets half deed.

Onze vriendschap was een langeafstandsrelatie geworden toen we allebei ergens anders waren gaan studeren. Maar ik had daarna nooit meer een vrouw leren kennen die zoveel voor me betekende als zij. Niemand kon me zo aan het lachen maken als zij. En daarom bleef mijn oudste vriendin ook mijn beste vriendin, hoeveel kilometers ons ook scheidden, en dat was de reden dat ik haar als getuige vroeg.

Mijn ouders leken zich even geen raad te weten met het feit dat Marie en ik elkaar die rol niet hadden toebedeeld, maar we waren wel elkaars bruidsmeisjes en dat leek het leed voor hen iets te verzachten.

Aan Jesse's kant waren beide rollen voor zijn twee oudere broers.

Jesse's ouders hadden niet veel met me op en ik wist dat dat kwam omdat ze mij er de schuld van gaven dat hij met zwemmen was gestopt. Jesse had hen erop aangesproken, had hun de waarheid verteld: dat hij trainen haatte, dat hij er sowieso mee zou zijn gestopt. Maar zij zagen alleen de voor hen handige tijdslijn: ik kwam in beeld en ineens wilde Jesse niet meer wat hij volgens hen altijd wel had gewild.

Maar na onze verloving en nadat Francine en Joe te horen kregen dat we de bruiloft in hun vakantiehuis wilden houden, ontdooiden ze wat. Misschien zagen ze het onontkoombare van de situatie in; Jesse zou hoe dan ook met me trouwen, of ze dat nu leuk vonden of niet. Maar ik denk liever dat ze een beter beeld van me hadden gekregen, dat ze, toen ze wat beter naar me keken, ontdekten dat ik honderd procent meeviel. En dat ze ook zagen dat Jesse was uitgegroeid tot een indrukwekkende man, al had hij dan niet hun droom nagejaagd.

Behalve een paar kleine strubbelingen over mijn jurk en over de vraag of we moesten oefenen voor onze eerste dans, verliepen de voorbereidingen redelijk gladjes.

Wat de grote dag zelf betreft, ik herinner me er eerlijk gezegd zo goed als niets van.

Ik herinner me alleen glimpen.

Ik herinner me dat mijn moeder de jurk over mijn lichaam omhoogtrok.

Ik herinner me dat ik de sleep heel hoog hield onder het lopen omdat ik bang was dat de zoom vies zou worden.

Ik herinner me dat de bloemen penetranter roken dan in de winkel.

Ik herinner me dat ik naar Jesse keek toen ik naar hem toe liep – de glans van zijn zwarte smoking, de perfecte golven in zijn haar – en dat er een enorme rust over me neerdaalde.

Ik herinner me dat ik naast hem stond toen er tijdens de cocktail tussen de plechtigheid en de receptie een foto van ons werd gemaakt. Ik herinner me dat hij in mijn oor fluisterde: 'Ik wil alleen met je zijn,' net toen de camera flitste.

Ik herinner me dat ik zei: 'Ik ook met jou, maar er is nog zoveel... bruiloft over.'

Ik herinner me dat ik zijn hand pakte en dat we er stiekem vandoor gingen toen de fotograaf de batterij in zijn toestel moest vervangen.

Niemand lette op ons en we renden naar het vakantiehuis. Pas daar, alleen met Jesse, kwam ik weer tot mezelf. Ik kon weer ademhalen. Ik stond weer met beide benen op de grond. Voor het eerst die dag voelde ik me weer mezelf.

'Ongelooflijk dat we stiekem zijn weggelopen van onze eigen bruiloft,' zei ik.

'Nou...' Jesse sloeg zijn armen om me heen. 'Het is ónze bruiloft. Dan mag dat.'

'Ik weet niet zeker of dat wel zo werkt,' zei ik.

Jesse was al bezig de rits van mijn jurk open te trekken. Het ging moeizaam en daarom schoof hij de jurk omhoog over mijn dijen.

We waren niet verder gekomen dan de open keuken en ik ging op het aanrecht zitten. Jesse duwde zijn lichaam tegen het mijne, en ik het mijne tegen het zijne en alles voelde anders dan de andere keren dat we het hadden gedaan.

Het betekende meer.

Een halfuur later, ik kwam net de badkamer uit waar ik mijn haar had gefatsoeneerd, klopte Marie op de deur.

Iedereen wilde weten waar we bleven.

Het was tijd voor de receptie.

'Nou, dan moeten we maar gaan,' zei Jesse. Ik zag aan zijn glimlach dat hij dacht aan wat we net hadden gedaan.

'Dat moet dan maar,' zei ik op dezelfde toon.

'Ja.' Marie vond het duidelijk minder grappig. 'Dat lijkt me ook.'

Ze liep voor ons uit tijdens de korte wandeling naar het hotel.

'Zo te merken hebben we de dochter van de boekhandelaren boos gemaakt,' fluisterde Jesse.

'Volgens mij ook.'

'Ik moet je iets belangrijks vertellen,' zei hij. 'Ben je er klaar voor? Het is echt belangrijk. Echt groot nieuws.'

'Vertel.'

'Ik zal altijd van je houden.'

'Dat wist ik al,' zei ik. 'En ik zal ook altijd van jou houden.'

'O ja?'

'Ja. Ik zal van je houden tot we zo oud zijn dat we nauwelijks meer zelfstandig kunnen lopen en we wandelstokken moeten aanschaffen waar we dan van die doorgesneden gele tennisballen aan bevestigen. Maar ook daarna zal ik nog van je houden. Tot het eind der tijden zal ik van je houden.'

'Zeker weten?' Lachend trok hij me tegen zich aan.

Marie was inmiddels bij het hotel aangekomen en deed de deur open van de zaal waar de receptie werd gehouden. Ik hoorde geroezemoes. Ik zag voor me hoe die hele ruimte vol vrienden en familie stond die zich aan elkaar voorstelden. Ik zag voor me hoe Olive al vriendschap had gesloten met de helft van mijn vaders grote familie.

Wanneer dit voorbij was, zouden Jesse en ik voor tien dagen naar India vertrekken, een cadeau van zijn ouders. Geen rugzakken, geen hostels. Geen deadlines of filmshoots terwijl we daar waren. Alleen maar twee mensen die van elkaar hielden, die van de wereld hielden.

'Natuurlijk,' zei ik. 'Jij bent de ware voor mij. Volgens mij zou ik zelfs nooit van iemand anders kunnen houden.'

De deuren gingen open en Jesse en ik liepen de zaal in. Ik hoorde de dj aankondigen: 'En dan zijn hier... Jesse en Emma Lerner!'

Het was heel even een schok voor me om mijn nieuwe naam te horen. Het klonk als de naam van iemand anders. Ik nam aan dat ik er wel aan zou wennen, dat hij gewoon zou worden, net zoals een nieuw kapsel na een tijdje gewoon begint te worden.

Bovendien deed de naam er niet toe. Niets deed ertoe zolang ik de man van mijn dromen had.

Het was de gelukkigste dag van mijn leven.

Emma en Jesse. Voor altijd.

Driehonderdvierenzestig dagen later was hij weg.

DE LAATSTE KEER DAT IK JESSE ZAG DROEG HIJ EEN DONKERblauwe chino, Vans en een lichtgrijs T-shirt. Zijn lievelingsshirt. Hij had het de dag ervoor speciaal gewassen om het te kunnen dragen.

De dag daarop zouden we precies een jaar getrouwd zijn. Ik had een freelance opdracht binnen weten te slepen waarvoor ik een stuk moest schrijven over een nieuw hotel in de Santa Ynez Valley in Zuid-Californië. Een werktripje is natuurlijk niet de meest romantische manier om te vieren dat je een jaar getrouwd bent, maar Jesse zou met me meegaan. We zouden het hotel inspecteren, het eten, en er nog een bezoekje aan een of twee wijngaarden tussen persen.

Toen werd Jesse echter door een oude werkgever van hem gevraagd om mee te gaan op een shoot van vier dagen op de Aleoeten.

En anders dan ik was hij nog nooit in Alaska geweest.

'Ik wil de gletsjers zien,' zei hij. 'Jij hebt ze al gezien, maar ik nog niet.'

Ik dacht aan hoe het had gevoeld om naar iets te kijken wat zo intens wit was dat het blauw leek, zo groot dat je je klein voelde, zo vredig dat je vergat dat hun bestaan op het spel stond. Maar ik wist ook dat ik, als ik in zijn schoenen stond, de kans zou laten schieten.

Het had deels te maken met reisvermoeidheid. Jesse en ik hadden bijna tien jaar lang elke kans aangegrepen om op een vliegtuig of trein te kunnen stappen. Ik werkte voor het reisblog en probeerde daarbij ook nog als freelancer mijn verhalen te slijten aan steeds chiquere bladen.

Ik was een pro geworden in het navigeren langs securitycheckpoints en bagagebalies. Ik had zoveel *frequent-flyer miles* verzameld dat ik overal heen kon waar ik maar wilde.

En ik wil heus niet beweren dat het reizen niet fantastisch was, dat ons leven niet fantastisch was. Want dat was het allemaal wel.

Ik had de Grote Muur in China bezocht. Ik had een trektocht gemaakt naar een waterval in Costa Rica. Ik had pizza gegeten in Napels, strudel in Wenen, worstjes met aardappelpuree in Londen. Ik had de *Mona Lisa* gezien. Ik was in de Taj Mahal geweest.

Ik had echt ongelooflijk veel mooie dingen meegemaakt in het buitenland.

Maar ik genoot tegenwoordig thuis ook. Goedkope maaltijden in elkaar flansen met Jesse, 's avonds naar een ijssalon wandelen, op zaterdagochtend vroeg ontwaken en de zon door de glazen schuifdeur zien schijnen.

Ik had mijn leven gebaseerd op het idee dat ik bijzondere dingen wilde zien, overal op de wereld, maar was tot het inzicht gekomen dat het bijzondere overal is.

En ik begon te verlangen naar een mogelijkheid om ons ergens te settelen, om niet steeds een vliegtuig te hoeven pakken om weer naar een andere plek te gaan.

Ik had net gehoord dat Marie zwanger was van haar eerste kind. Mike en zij zouden een huis kopen in de buurt van Acton. Alles wees erop dat ze de boekhandel zou overnemen. De dochter van de boekhandelaren die haar eindbestemming had bereikt.

Maar tot mijn eigen verbazing vond ik haar leven ineens zo gek nog niet.

Ze was niet continu aan het in- of uitpakken. Ze had nooit een jetlag. Ze hoefde nooit een oplader te kopen die ze al had omdat ze de hare thuis had laten liggen.

Ik had dat ook allemaal tegen Jesse gezegd.

'Heb jij nooit eens zin om gewoon naar huis te gaan?' vroeg ik.

'We zijn thuis.'

'Nee, thuis-thuis. Acton.'

Jesse keek me achterdochtig aan. 'Ben jij Emma wel? Of doe je alsof? Want de echte Emma zou dat nooit zeggen.'

Ik lachte en had het er verder niet meer over.

Maar ik dacht er nog steeds aan. Want als Jesse en ik ooit kinderen kregen, wilden we dan echt nog steeds pats-boem op een vliegtuig stappen naar Peru? En misschien een nog belangrijker vraag: wilde ik mijn kinderen wel laten opgroeien in Los Angeles?

Toen ik mezelf dit soort vragen begon te stellen, drong tot me door dat ik met het plannen van mijn leven nooit verder had gekeken dan ongeveer mijn dertigste. Ik had me nooit afgevraagd of ik mijn hele leven wilde blijven reizen, of ik altijd zo ver bij mijn ouders vandaan wilde wonen.

Ik begon te vermoeden dat dit opwindende leven dat Jesse en ik leidden, voor mij altijd tijdelijk had aangevoeld, als iets waarvan ik wist dat ik het moest doen, maar wat op een goede dag voorbij zou zijn.

Ik geloof dat ik me gewoon wilde settelen.

En het enige wat me meer schokte dan dat besef, was het besef dat ik dat nooit eerder had beseft.

Natuurlijk hielp het niet dat ik bijna zeker wist dat Jesse dit allemaal niet dacht. Ik wist bijna zeker dat Jesse dit helemaal niet dacht.

We hadden ons leven ingericht op spontane avonturen. Op dingen zien waarvan iedereen zegt dat ze die ooit nog eens willen zien.

Ik kon moeilijk onze hele manier van leven veranderen.

Dus hoewel ik liever had gehad dat hij zijn trip naar Alaska liet schieten en mij vergezelde naar Zuid-Californië, zei ik dat hij moest gaan.

Hij had gelijk. Ik had al een gletsjer gezien. Hij niet.

En daarom trof ik geen voorbereidingen voor ons eerste huwelijksjubileum, maar reed ik Jesse naar de luchthaven waar hij een vliegtuig naar Anchorage zou nemen.

'We vieren het wel als ik weer terug ben,' zei hij. 'Met alles erop en eraan. Kaarsen, wijn, bloemen. Ik zal zelfs een serenade voor je zingen. En ik bel je morgen.'

Hij zou de rest van de filmploeg in Anchorage ontmoeten en daar op een privévliegtuig stappen dat hen naar Akun Island zou brengen. En daarna zou hij voornamelijk in een helikopter zitten om opnames te maken.

'Maak je daar maar niet druk om,' zei ik. 'Ik snap het best als dat je niet lukt.'

'Dank je,' zei hij, terwijl hij zijn bagage pakte en me aankeek. 'Ik hou meer van je dan er in de hele geschiedenis ooit iemand van iemand heeft gehouden. Dat weet je toch wel? Je weet toch wel dat ik meer van je hou dan Antonius van Cleopatra? Dan Romeo van Julia?'

Ik lachte. 'Ik hou ook van jou. Meer dan Liz Taylor van Richard Burton.'

Jesse liep om de auto heen en bleef bij mijn open raampje staan. 'Wauw,' zei hij. 'Dat is echt heel veel.'

'Zo kan-ie wel weer. Maak dat je wegkomt. Ik moet nog boodschappen doen.'

Hij lachte en gaf me een afscheidskus. Ik keek hem na terwijl hij door de automatische deuren de buik van de luchthaven van Los Angeles in liep.

Precies op dat moment klonk mijn lievelingsliedje uit de radio. Ik zette het geluid harder en terwijl ik zo hard mogelijk meebrulde, reed ik weg.

Onderweg kreeg ik een berichtje van Jesse.

Ik hou van je. Ik zal je missen.

Hij moest het hebben gestuurd vlak voordat hij de beveiliging door ging, of misschien vlak erna. Maar ik zag het pas een uur later of zo.

Ik appte hem terug.

Ik zal je iedere seconde van iedere dag missen. Xoxo.

Ik wist dat het even kon duren voordat hij mijn berichtje zou kunnen lezen, dat ik waarschijnlijk een paar dagen niets van hem zou horen.

Ik zag voor me hoe hij in een klein vliegtuig stapte en daarna op het eiland landde, waar hij in een helikopter stapte en niet veel later een gletsjer zou zien die zo groot was dat het hem de adem benam.

Op de ochtend van ons huwelijksjubileum werd ik kotsmisselijk wakker. Ik rende naar de badkamer en gaf over.

Ik had geen idee waarom. Tot op de dag van vandaag weet ik niet of ik iets verkeerds had gegeten of dat ik, ergens, het naderende drama had voorvoeld, zoals sommige honden een orkaan kunnen voelen aankomen.

Jesse belde niet om me met onze trouwdag te feliciteren.

HET VLIEGTUIG HAALDE ANCHORAGE.

De Cessna haalde Akun Island.

Maar de eerste keer dat ze een rondje met de helikopter maakten, kwam het toestel niet terug.

De uiteindelijke conclusie was dat het ergens boven de Stille Oceaan moest zijn neergestort.

De vier mensen aan boord werden als verloren beschouwd.

Mijn man, mijn enige ware liefde.

Weg.

FRANCINE EN JOE NAMEN HET VLIEGTUIG NAAR L.A. EN LOGEERden bij mij. Mijn ouders kwamen ook en namen een hotel op een paar minuten lopen, maar ze brachten hun tijd voornamelijk in mijn appartement door.

Francine zei steeds dat ze niet begreep waarom het niet op het landelijke nieuws was, waarom er geen landelijke opsporingsactie op touw was gezet.

Joe zei steeds tegen haar dat er voortdurend helikopters neerstortten. Hij zei het op een toon alsof dat goed nieuws was, alsof er een plan klaarlag voor dit soort momenten.

'Ze vinden hem wel,' zei hij voortdurend tegen haar. 'Als iemand zich zwemmend in veiligheid kan brengen dan is het onze zoon wel.'

Ik hield me zo lang mogelijk staande. Ik hield Francine in mijn armen als ze moest huilen. Ik zei tegen haar, net als Joe, dat het een kwestie van tijd zou zijn voordat we een telefoontje kregen met de mededeling dat hij in veiligheid was.

Mijn moeder maakte stoofschotels en ik schepte borden op voor Francine en Joe en zei dingen als: 'We moeten wel eten.' Maar zelf at ik niets.

Ik huilde als ik alleen was en ik kon bijna niet naar mezelf in de spiegel kijken, maar tegen de anderen bleef ik zeggen dat we Jesse snel zouden vinden.

En toen vonden ze aan de kust van Adak Island een propeller van de helikopter. Samen met Jesse's rugzak. En het lichaam van de piloot.

Het telefoontje waar we allemaal op hadden gewacht, kwam.

Maar het verliep heel anders dan we hadden verwacht.

Jesse was nog niet gevonden.

Ze gingen ervan uit dat hij dood was.

Toen ik ophing, stortte Francine in. Joe stond als aan de grond genageld. Mijn ouders keken me stomverbaasd aan.

Ik zei: 'Dat is belachelijk. Jesse is niet dood. Dat zou hij nooit doen.'

Francine kreeg last van zulke hevige paniekaanvallen dat ze terugvlogen naar huis waar Joe haar mee naar het ziekenhuis nam.

Mijn vader en moeder bleven en sliepen op een luchtbed aan het voeteneind van mijn bed en hielden me continu in de gaten. Ik zei tegen hen dat ik alles onder controle had. En dat dacht ik ook serieus.

Ik liep drie dagen als een zombie rond, wachtend tot de telefoon zou gaan, wachtend tot iemand anders me zou bellen om te vertellen dat het eerste telefoontje een vergissing was.

Dat tweede telefoontje kwam niet. In plaats daarvan werd ik platgebeld door mensen die wilden weten hoe het met me ging.

En toen, op een dag, belde Marie. Ze zei dat Mike de winkel van haar overnam en dat ze naar me toe kwam.

Ik was zo verlamd dat ik niet eens wist of ik haar wel om me heen wilde hebben.

Op de dag dat Marie aankwam, werd ik laat in de middag wakker. Mijn moeder was boodschappen gaan doen en mijn vader was naar de luchthaven om Marie op te halen. Voor het eerst was ik alleen. Het voelde alsof dat heel lang geleden was.

Het was een heldere dag. Ik besloot dat ik niet meer binnen wilde blijven. Maar ik wilde ook niet naar buiten. Ik kleedde me aan en vroeg aan de buren of ik hun ladder kon lenen om de goten schoon te maken.

Ik was helemaal niet van plan om wat dan ook schoon te maken. Ik wilde alleen hoog boven de aarde staan, onbeschermd door muren, vloeren en plafonds. Ik wilde zo hoog staan dat ik, als ik viel, dood zou gaan. Dat is niet hetzelfde als dood willen.

Ik klom op het dak en stond daar met rode, betraande ogen. Ik keek recht voor me uit, naar de boomtoppen en door de ramen van de flats. Ik voelde me op het dak niet beter dan in huis. Maar ook niet slechter. Dus bleef ik er maar staan. Staan en kijken. Kijken naar dingen die niets veranderden aan mijn gevoel dat ik me wilde oprollen en in een holletje verdwijnen.

En toen zag ik, in de scherf uitzicht tussen twee flatgebouwen door, zo ver weg dat hij bijna niet te zien was...

De oceaan.

Ik dacht: misschien is Jesse daar ergens in dat water. Misschien is hij aan het zwemmen. Misschien bouwt hij een reddingsvlot om mee naar huis te kunnen varen.

De hoop waaraan ik me op dat moment vastklampte, voelde niet fijn of bevrijdend. Die voelde wreed. Alsof de wereld me een touw gaf dat net lang genoeg was om me aan op te hangen.

Ik klom van het dak af en zocht tussen Jesse's spullen. Ik plunderde zijn kledingkast, zijn ladekast en zijn bureau voordat ik hem vond.

Zijn verrekijker.

Ik klom het dak weer op en ging op de plek staan waar ik de scherf oceaan kon zien. Ik wachtte.

Ik genoot niet van het uitzicht. Ik genoot niet van de rust en de stilte. Ik genoot niet van het feit dat ik alleen was.

Ik zocht Jesse.

Ik zag golven op de kust slaan. Ik zag een boot. Ik zag mensen onder parasols, languit op handdoeken, alsof er geen belangrijk werk te verrichten was.

Ik hoorde mijn vader en zus binnenkomen en naar me zoeken. Ik hoorde 'Emma?' vanuit iedere kamer. Ik hoorde dat hun stemmen steeds bezorgder klonken, omdat hun geroep steeds weer werd beantwoord door stilte. Het duurde niet lang voordat ook mijn moeder thuiskwam en zich met haar stem in het koor mengde.

Maar ik kon niet reageren. Ik moest daar blijven staan zoeken naar Jesse. Dat was mijn plicht, als zijn vrouw. Ik moest de eerste zijn die hem zag wanneer hij aan land kwam.

Toen ik merkte dat er iemand het dak op kwam, nam ik aan dat het mijn vader was en ik dacht: mooi, dan kan hij helpen zoeken.

Maar het was Marie.

Ze stond naar me te kijken, terwijl ik met de verrekijker voor mijn ogen de oceaan afspeurde.

'Hoi,' zei ze.

'Hoi.'

'Wat ben je aan het doen?' vroeg ze terwijl ze mijn kant uit kwam lopen.

'Ik moet hem vinden.'

Ik voelde dat ze haar arm om mijn schouder legde. 'Dat gaat zo... dat werkt zo niet,' zei ze.

'Ik moet blijven kijken. Ik mag hem niet zomaar opgeven.'

'Em, geef mij die verrekijker.'

Hoewel ik haar het liefst wilde negeren, wilde ik haar ook mijn logica uitleggen. 'Het kan dat hij terugkomt. Dus ik moet blijven kijken.'

'Hij komt niet terug.'

'Dat kun je niet weten.'

'Jawel, ik weet dat gewoon.'

'Je kunt het gewoon niet hebben dat ik niet langer in je schaduw sta,' zei ik tegen haar. 'Want dat houdt in dat jij niet meer het middelpunt van de wereld bent. Jesse komt terug, Marie. Ik blijf hier zitten wachten tot het zover is. Want ik ken mijn man. Hij is ongelofelijk. En ik zal niet toestaan dat jij doet alsof dat niet zo is, alleen maar omdat jij je beter voelt als ik me klein voel.'

Marie deinsde naar achteren alsof ik haar een klap had gegeven.

'Ik moet op de uitkijk blijven zitten. Dat is mijn taak. Als zijn vrouw.'

Toen ik de blik op haar gezicht zag, een mengeling van medelijden en angst, drong tot me door dat ze dacht dat ik gek was geworden.

Heel even vroeg ik me af of dat zo was. O mijn god, ben ik soms echt gek geworden?

'Emma, ik vind het zo erg voor je.' Ze sloeg haar armen om me heen en hield me vast, zoals een moeder een kind vasthoudt, alsof we één en hetzelfde lichaam waren. Ik was niet gewend aan dat soort zus, het soort zus dat ook een vriendin is. Ik was gewend om gewoon alleen maar een zus te hebben, zoals sommige docenten alleen maar je docenten zijn en sommige collega's alleen maar collega's. 'Jesse is dood,' zei ze. 'Hij kan niet proberen om naar huis te komen. Hij is weg. Voor altijd. Ik vind het zo erg voor je. Zo erg.'

Even dacht ik: stel dat ze gelijk heeft?

Hardop zei ik: 'Hij is niet dood.' Mijn stem klonk onvast. 'Hij is daar nog ergens.'

'Hij is daar niet,' zei ze. 'Hij is dood.'

Ik dacht: zou dat echt zo zijn?

En toen werd ik overspoeld door de waarheid.

Ik jankte zo lang dat ik iedere ochtend met dikke ogen wakker werd. Ik kleedde me drie weken niet aan.

Ik huilde om hem, om wat ik was kwijtgeraakt en om iedere dag van de rest van mijn leven die ik zonder hem zou moeten doorstaan.

Mijn moeder dwong me om een douche te nemen. Ze stond bij me in de douche, hield mijn naakte lichaam onder het water en torste mijn hele gewicht in haar armen omdat ik niet op mijn eigen benen kon staan.

Alles leek zo donker en somber en betekenisloos. Het leven leek zo zinloos, zo wreed.

Ik dacht aan hoe Jesse voor me had gezorgd, aan hoe hij me had vastgehouden. Ik dacht aan hoe hij had aangevoeld wanneer hij mijn rug streelde, aan hoe zijn adem had geroken, zoet en menselijk.

Ik was al mijn hoop, liefde en goedheid kwijt.

Ik zei tegen mijn moeder dat ik dood wilde.

Ik zei het, hoewel ik wist dat ik haar daar verdriet mee zou doen. Ik moest het zeggen omdat het zo verschrikkelijk pijn deed om het te moeten voelen.

Ze kromp iets ineen, sloot haar ogen en zei toen: 'Ik weet het. Maar dat gaat niet. Je moet leven. Je moet een manier vinden om verder te leven.'

Zes weken nadat ik Jesse had afgezet op de luchthaven, kwam ik mijn slaapkamer uit, liep de keuken in waar mijn ouders zaten te praten en zei, met een kalmte en stelligheid die ik weken niet had gevoeld: 'Ik wil terug naar Acton. Ik wil hier niet meer blijven.'

Mijn vader knikte en mijn moeder zei: 'Als je dat het fijnst vindt...'

Ik kan me niet herinneren wie mijn spullen heeft ingepakt, wie mijn auto en meubels heeft verkocht. Ik kan me niet herinneren dat ik in het vliegtuig stapte. Het enige wat ik weet, is dat ik een week later op Logan Airport landde.

Thuis.

Emma en Sam

Over hoe je jezelf weer bij elkaar raapt

WANNEER JE IEMAND VERLIEST VAN WIE JE HOUDT, KUN JE JE nauwelijks voorstellen dat je je ooit weer beter zult voelen. Dat je op een goede dag zult merken dat je weer in een goede bui bent, gewoon omdat het mooi weer is of omdat de barista van het koffietentje op de hoek weet wat je altijd bestelt.

Maar toch gebeurt dat.

Als je geduld hebt en eraan werkt.

Het begint gewoon met het weer inademen van de lucht in Massachusetts. Je ziel laadt zich al een heel klein beetje op bij het zien van de stenen trottoirs en bakstenen huizen in Boston, en wat later als je de oprit van je ouders op rijdt en je je weer in je oude slaapkamer nestelt.

Je emotionele kracht wordt sterker terwijl je in het bed van je jeugd slaapt en voor het ontbijt je moeders pannenkoeken eet en je verstopt voor de rest van de wereld.

Je kijkt de hele tijd naar Travel Channel en dat begint je zo te vervelen dat je een boek pakt van de stapel in je slaapkamer, de boeken die je ouders je in de loop der jaren hebben gegeven en die je tot nu toe weigerde open te slaan.

Je leest een boek helemaal tot het einde uit, om daar tot de ontdekking te komen dat de echtgenoot sterft. Je smijt het boek door de kamer, waarbij het lampje op het nachtkastje sneuvelt. Als je moeder die avond thuiskomt, vertel je haar wat er is gebeurd. Je vraagt haar om boeken waarin er niemand doodgaat.

Twee dagen later tref je je ouders in de woonkamer aan met een stapel romans op de salontafel. Ze bladeren ze een voor een door om zich ervan te vergewissen dat er werkelijk niemand in sterft. Die avond heb je een nieuwe stapel boeken om te lezen en je slaat het eerste open, ervan verzekerd dat je er niet aan onderdoor zult gaan.

Het is voor het eerst sinds tijden dat je je veilig voelt.

Marie krijgt te horen dat ze een eeneiige tweeling krijgt, meisjes. Je wilt twee dezelfde rompertjes kopen, maar je wilt het huis niet uit. Je bestelt ze online en geeft haar adres op. Als de site je vraagt om een berichtje toe te voegen, weet je dat je haar moet feliciteren met heel veel uitroeptekens, maar je kunt dat gewoonweg niet. Je kunt het enthousiasme niet opbrengen, kunt je er zelfs niet toe zetten om de woorden te typen. In plaats daarvan typ je: 'Voor mijn kleine nichtjes'.

Je moeder komt thuis met een nieuwe lamp voor op je nachtkastje, speciaal gemaakt om bij te lezen; een lamp op een voet, waarvan de kap boven je hoofd hangt, vlak boven de bladzijden. Die week lees je drie boeken van de stapel, overdag bij het licht dat door het raam naar binnen valt en 's nachts bij het licht van de lamp boven je hoofd.

Je nichtjes worden geboren. Ze worden Sophie en Ava genoemd. Je houdt hen vast. Ze zijn prachtig. Je vraagt je af hoe het kan dat Marie altijd alles krijgt wat ze wil en dat jij... hier bent geëindigd. Je weet dat dat zelfmedelijden heet. Dat kan je niet schelen.

Olive komt over uit Chicago om je te bezoeken. Iedereen gaat ervan uit dat ze bij haar ouders zal logeren, maar je voelt een enorme opluchting wanneer ze zegt dat ze liever bij jou op de grond slaapt. Ze vraagt niet hoe het met je gaat, want ze weet dat er geen antwoord is. In plaats daarvan vertelt ze dat ze overweegt te stoppen met cafeine en wil ze dat je haar helpt de man met wie ze net aan het daten is, te stalken op Facebook. Je voelt je minder alleen met haar erbij, wat een hele verademing is na de verpletterende eenzaamheid die je bijna continu voelt. Wanneer ze haar spullen pakt om terug te gaan naar Chicago, zeg je voor de grap dat je met haar mee wilt, dat je wel in het bagagevak boven haar hoofd past. Olive zegt: 'Je ziet het waarschijnlijk zelf nog niet, maar deze plek is goed voor je.'

Op een dag voelen de herinneringen die alle delen van je stad en je huis bevolken, de herinneringen aan waar jij en Jesse elkaar hebben ontmoet en waar jullie verliefd zijn geworden, beheersbaar, weer te behappen. Dus waag je je de straat op.

Je gaat naar de boekwinkel van je familie.

Je beseft pas dat je er nog niet aan toe bent om een hele dag van huis te zijn als je instort bij de kinderboeken van Shel Silverstein die Marie op een tafel in de hoek heeft uitgestald.

Je weet niet eens waarom je instort. Niets van Shel Silverstein doet je aan Jesse denken. Behalve dat Shel schreef over wat het betekende om te leven en jij het gevoel hebt dat je niet meer leeft. En dat is omdat Jesse niet meer leeft. Je hebt het gevoel dat je met leven bent gestopt op de dag dat hij vermist raakte. Je hebt het gevoel dat je slechts tijd aan het verdrijven bent tot het jouw moment is om dood te gaan.

Je weet dat bij je vader in de auto stappen en je door hem naar huis te laten brengen en in bed te laten stoppen, het enige is wat erop zit.

Maar dan voel je je in dat bed sterker worden, alsof je de tranen uit jezelf hebt geperst, het verdriet uit je hebt gewrongen. Je stelt je voor dat de rouw uit je poriën vloeit, dat het vocht uit je ogen het verdriet zelf is. Je stelt je voor dat het je lichaam verlaat en wordt geabsorbeerd door het matras.

Op een ochtend word je wakker en voel je je droog en totaal leeg, zo leeg dat als iemand op je klopte, er een hol geluid uit je zou opklinken.

Je hol en leeg voelen is vreselijk als je gewend bent je blij en gelukkig te voelen. Maar als je gewend bent om je verdrietig te voelen, is het zo slecht nog niet.

Hol voelt oké.

Leeg voelt als een begin.

Wat prettig is, want heel lang heb je het gevoel gehad dat je het einde had bereikt.

Je vraagt je ouders om een nieuw bed. Je voelt je kinderachtig als je het vraagt. Maar je hebt geen geld omdat je al in geen tijden een verhaal hebt verkocht en je gestopt bent met het blog.

Je ouders begrijpen niet waarom je het vraagt en je kunt het hun ook niet goed uitleggen. Je zegt alleen maar: 'Dit bed is besmet.' Maar wat je bedoelt is dat je het gevoel hebt dat het jouw lijden heeft geabsorbeerd. Je weet dat het idioot klinkt maar je gelooft dat je verdriet in dat matras zit en je wilt niet dat het weer wordt geabsorbeerd door je lichaam.

Je weet dat het niet zo simpel ligt. Maar het voelt wel zo.

Twee weken later heb je een nieuw matras en een nieuwe boxspring. Je kijkt naar je vader die de oude spullen op de truck van een vriend vastbindt. Je ziet hem ermee wegrijden, op weg naar de vuilstortplaats.

Je voelt je beter. Vrijer.

Je beseft dat dat nou bijgeloof heet.

Dat vind je niet erg.

Je weet dat je nooit echt vrij zult zijn van het verdriet. Je weet dat het iets is waar je mee moet leren leven, iets wat je wel zal lukken.

Je begint te snappen dat verdriet iets chronisch is. Dat het meer gaat over remissie en terugval dan over genezing. Wat dat voor jou betekent is dat je haast niet kunt wachten tot het voorbij is. Je moet je erdoorheen bewegen, als zwemmen in een onderstroom.

Tegen het eind van Marie's zwangerschapsverlof lopen je ouders een voedselvergiftiging op. Er is niemand die de winkel kan openen. Je biedt aan om het te doen. Ze zeggen een paar keer dat dat niet hoeft. Ze zeggen dat ze het wel aan een van de verkopers kunnen vragen. Je zegt tegen hen dat je het onder controle hebt.

Wanneer ze je bedanken, dringt het tot je door dat je het hebt gemist om nodig te zijn. Je herinnert je de trots van het gevoel vertrouwd te worden.

Je staat vroeg op, neemt een douche en stapt in de auto. Als je de sleutel in het slot van de winkel steekt, besef je dat Jesse weliswaar weg is, maar dat je leven er misschien nog steeds is. Hier. Misschien kun je er iets mee doen.

Drie dagen voordat Marie weer zou gaan werken, zegt ze tegen je ouders dat ze dat niet meer wil. Ze heeft tranen in haar ogen. Ze zegt dat het haar spijt dat ze hen moet teleurstellen, maar ze wil thuisblijven bij haar baby's. Ze zegt dat ze zich niet kan voorstellen hele dagen zonder hen te zijn. Het overvalt je ouders. Maar ze steunen haar algauw.

Die avond hoor je hen erover praten. Je hoort dat je moeder je vader troost en tegen hem zegt dat de winkel niet per se naar jou of Marie hoeft te gaan. Ze zegt dat het wel goed komt.

De volgende dag gaan ze op zoek naar een nieuwe manager.

Je weet wat je te doen staat.

Die avond vraag je hen om samen met jou aan de keukentafel te gaan zitten en dan zeg je dat jij die baan wel wilt. Als ze vragen of je dat wel zeker weet, zeg je ja, maar de waarheid bevindt zich ergens in het grijze gebied tussen ja en nee.

Verbaasd maar blij stemmen je ouders ermee in en ze zeggen dat ze ontzettend trots op je zijn.

Dus nu heb je een baan.

Een baan bij Blair Books, de plek waarvoor je je hele leven op de loop bent geweest. De baan omvat het leeshoekje voor kinderen en de wanordelijke voorraadruimte, de zorgvuldige uitstalling in de etalage en de koopjeshoek achterin. Je kijkt naar de boekenleggers. De boekenleggers waarop staat: 'Wereldreis maken? Lees een boek!'

Je hebt al wereldreizen gemaakt.

Op een zondag komen Marie en Mike met de meisjes eten, en vlak voor het toetje vertelt Mike dat ze op dinsdag een afspraak hebben met een oorarts. Later die avond hoor je je ouders zeggen dat het tijd werd. Het dringt tot je door dat je zo weinig tijd hebt doorgebracht met je nichtjes, zo weinig tijd met je zus, dat je niet eens weet dat de tweeling niet meer reageert wanneer hun namen worden geroepen, dat ze niet op harde geluiden reageren.

Je neemt je voor Marie na die afspraak te bellen. Je zult een attente zus worden. Je zult een goede tante worden.

Marie beantwoordt de telefoon in tranen maar je weet uit haar onsamenhangende verhaal op te maken wat er aan de hand is.

Je nichtjes zullen doof worden.

Dat heeft iets te maken met een gen dat connexine 26 heet.

Die avond ga je naar Marie's huis en neem je dingen voor haar mee waar je jezelf altijd mee troostte op een rotdag. Je geeft haar cola light en Ben & Jerry's. Je kiest voor de variant chocolade-kokos omdat je je herinnert dat ze van Bounty-repen houdt. Ze zet het ijs in de vriezer en laat de cola op het aanrecht staan. Maar ze omhelst je zo stevig dat je denkt dat je er blauwe plekken aan over zult houden. Je omhelst haar ook en laat haar snikken.

Je verhuist van je ouders' huis naar een studio in Cambridge. Je zegt dat je verhuist omdat je graag dichter bij het centrum van Boston wilt wonen, maar de waarheid is dat je verhuist omdat Olive ook vindt dat het tijd voor je wordt om mensen te leren kennen. Wat voor mensen dan ook. Nieuwe mensen.

Als je vijf maanden manager bent, zeg je tegen je ouders dat jullie e-boeken en e-readers moeten gaan verkopen. Je legt hun uit hoe jullie dat moeten aanpakken. Als ze zeggen dat je het fantastisch doet in de winkel, begin je te huilen en mis je Jesse. Fijne momenten zijn het ergst, dan is het verdriet het grootst. Maar je droogt je tranen en gaat weer aan het werk en als je die avond je hoofd te rusten legt op je kussen, vind je dat het een goede dag is geweest.

Een oude studievriend van je vader komt de winkel in, op zoek naar hem, maar hij is er niet. De man ziet dat jij de manager bent en wil weten hoe je heet. Je zegt dat je Emma Lerner heet en de man fronst. Hij zegt dat hij weet dat Colin altijd wilde dat een van zijn dochters de zaak zou overnemen. Je zegt dat je een van zijn dochters bent. De man verontschuldigt zich voor zijn vergissing.

Marie en Mike kopen een huis in de buurt van je ouders. Mike zal lang onderweg zijn naar zijn sportzaken, maar Marie vindt het belangrijk om in de buurt van je ouders te zijn.

Als ze zijn gesetteld, bel je haar en vraag je of ze zin heeft om samen met jou een cursus gebarentaal te volgen in Boston. Je zegt tegen haar dat het je heel leuk lijkt om met je handen te leren spreken. Ze is het ermee eens en het is het enige wat ze buitenshuis doet, zonder haar kinderen. Na een paar weken dringt tot je door dat jij het hele sociale leven van je zus bent.

Op een dag, na de les, vraagt Marie of je zin hebt om met haar te lunchen. Je neemt haar mee naar een Mongoolse grillzaak waar je Jesse's oudere broer Chris tegen het lijf loopt. Jullie begroeten elkaar en praten elkaar bij en het verbaast je dat je niet hoeft te huilen.

Als je met Marie terugloopt naar de metro, vraagt ze hoe je je voelt. Terwijl je haar uitlegt hoe je je voelt, dringt het met een klap tot je door. Mensen zeggen al jaren tegen je: 'Moge de herinnering aan hem een zegen zijn.' En eindelijk besef je dat het nu zover is.

Je bent blijer om het feit dat je hem hebt gekend, dan dat je verdrietig bent om het feit dat je hem hebt verloren.

Je vraagt je af of rouw soms minder chronisch is dan je dacht. Of een remissie ook jarenlang kan aanhouden.

Op een dag ga je naar de kapper en ze vraagt je of je weleens hebt overwogen om highlights te nemen. Je zegt dat ze haar gang mag gaan. Als je de zaak uit loopt, voel je je fantastisch. Je plant toekomstige afspraken in.

Je ouders gaan deels met pensioen en geven jou de winkel. Je bent zo trots, zo blij. Je wilt hem zo graag overnemen dat je besluit je naam weer in Blair te veranderen. Je bent een Blair. Je bent er nog nooit zo trots op geweest dat je een Blair bent. Op de dag dat je je nieuwe rijbewijs krijgt, moet je huilen, en je kijkt naar de lucht, alsof Jesse daar is, en zegt: 'Dit wil niet zeggen dat ik niet van je hou. Dit wil alleen maar zeggen dat ik hou van waar ik vandaan kom.'

Als Marie te horen krijgt dat de winkel naar jou gaat, raakt ze van streek. Ze beschuldigt je ervan dat je hem van haar hebt ingepikt. Je zegt tegen haar dat je alleen maar de bal opraapt die zij heeft laten vallen. Jullie worden allebei woedend. Zij schreeuwt en jij schreeuwt. Uit kwaadheid krijst ze: 'O alsjeblieft. We weten allemaal dat jij hun lievelingetje bent. De volmaakte Emma die alles precies doet zoals papa en mama het willen.'

Je begint te lachen. Omdat het zo absurd is.

Maar dan dringt tot je door dat het waar is.

Je bent de persoon geworden die je ouders zich altijd gewenst hebben en dat is bijna geheel en al per ongeluk gegaan.

Je dacht dat je niet met boeken wilde werken en in Massachusetts wilde wonen en dicht bij je zus wilde zijn. Maar het blijkt dat je dat allemaal wel wilt. Omdat dat je gelukkig maakt.

En dan zeg je tegen jezelf: wacht, nee, dat kan niet kloppen. Ik kan niet gelukkig zijn.

Want je hebt hém niet. Hij is weg. Dan kun je toch niet gelukkig zijn?

En dan denk je even echt na en vraag je jezelf: ben ik gelukkig?

En het dringt tot je door dat je dat misschien wel bent.

Je biedt Marie je verontschuldigingen aan. Zij biedt je haar verontschuldigingen aan. In gebarentaal zeg je: 'Ik heb me stom gedragen.' Marie lacht.

Later vraag je aan haar of het verraad is tegenover Jesse dat je je goed voelt, dat je van je leven houdt zoals het nu is. Ze zegt alleen maar: 'Helemaal niet. Dat is precies wat hij zou willen voor jou.'

Je denkt dat ze weleens gelijk kan hebben.

Je doet je trouwring af en stopt hem in de envelop met je liefdesbrieven en foto's. Je zult hem nooit wegdoen, maar je hoeft hem niet meer te dragen.

Je gaat weer naar de kapper en vraagt haar of ze denkt dat kort haar je goed zal staan. Ze zegt dat het je fantastisch zal staan. Je vertrouwt haar. Je gaat naar huis, fris geschoren, en je weet niet goed wat je van jezelf moet denken.

Maar dan ziet Marie je en zegt dat je op een filmster lijkt, en als je opnieuw in de spiegel kijkt, snap je min of meer wat ze bedoelt.

Een halfjaar later besluit je om piano te gaan spelen.

En alleen maar door die muziekwinkel binnen te lopen, zet je een heel tweede leven in gang.

IK HAD KUNNEN BEGINNEN MET EERST EENS PIANOLES TE NEmen. Maar ik besloot de sprong te wagen. Ik wilde thuis iets met mijn handen doen. Het was óf de piano óf koken en, nou ja, koken leek me nogal rommelig.

Ik vond een winkel in Watertown waar ze tweedehands instrumenten verkochten en reed er op een zondagmiddag naartoe.

De deuren klingelden toen ik erdoor liep en ze vielen weer dicht toen ik binnen was. In de winkel rook het een beetje naar leer. Ik zag rijen gitaren. Er was ook een bladenrek en ik neusde er even in, niet goed wetend wat ik precies wilde.

Ik voelde me plotseling helemaal niet op mijn gemak. Ik wist niet wat ik moest vragen en ook niet aan wie.

Omringd door een sax, wat trompetten en een reeks instrumenten waarvan ik niet eens wist hoe ze heetten, besefte ik dat dit allemaal te hoog gegrepen was voor mij. Het liefst wilde ik gewoon weer naar huis gaan. Toen ik me omdraaide, botste ik tegen twee koperen trommels aan. Ze maakten een metalig geluid toen ze elkaar raakten. Ik hield ze stil en keek of iemand me had gezien.

Vlakbij zag ik een verkoper staan. Hij nam me glimlachend op.

Ik lachte verlegen terug en draaide me weer om naar de tijdschriften.

'Hé,' zei de verkoper. Hij was naast me komen staan. 'Ben je soms paukenist?'

Ik keek hem aan en zag de herkenning in zijn ogen op exact hetzelfde moment dat het bij mij gebeurde.

'Sam?' zei ik.

'Emma Blair...' Hij leek stomverbaasd.

'O mijn god,' zei ik. 'Sam Kemper. Ik weet niet eens wanneer... Wanneer hebben we elkaar eigenlijk voor het laatst gezien?'

'Een jaar of tien geleden, of misschien wel meer,' zei hij. 'Wauw. Je ziet er fantastisch uit.'

'Dank je. Jij ook.'

'Hoe gaat het met je ouders?'

'Goed. Echt heel goed.'

Er viel even een stilte terwijl ik naar hem keek, verbaasd over hoezeer hij was veranderd. Ik probeerde me te herinneren of hij altijd van die opvallend mooie ogen had gehad. Ze waren warmbruin en leken vriendelijk en geduldig, alsof ze alles met compassie bekeken. Of misschien projecteerde ik op zijn gezicht alleen maar wat ik me van hem herinnerde.

Maar het leed geen twijfel dat hij was uitgegroeid tot een aantrekkelijke man. Zijn gezicht was iets hoekiger, er sprak meer karakter uit.

Het drong tot me door dat ik naar hem stond te staren.

'Speel je tegenwoordig pauk?' vroeg hij.

Ik keek hem aan alsof hij Frans sprak. 'Wat?'

Hij wees naar de koperen trommels achter me. 'Ik zag je bij de pauken; ik dacht dat je daar misschien mee was begonnen.'

'O,' zei ik. 'Nee nee. Je kent me. Ik speel helemaal geen instrument. Ik bedoel, behalve dan dat ik op school heb geleerd om "Mary Had a Little Lamb" op blokfluit te spelen, maar dat telt niet echt.'

Hij lachte. 'Het is niet meteen een pauk, maar volgens mij telt het wel.'

'We kunnen niet allemaal tig instrumenten bespelen zoals jij. Hoeveel waren het er ook alweer? Zes?'

Sam glimlachte verlegen. 'Er zijn er eerlijk gezegd nog wat bij gekomen. Maar de meeste op amateurniveau, hoor.'

'En dan heb je mij, met alleen een blokfluit. O!' Ik herinnerde me ineens wat. 'Bij een kerstconcert op school heb ik ook een keer op een vingercimbaal gespeeld! Dus dat zijn er al twee!'

'Nou, dan ben je een echte pro,' zei hij lachend. 'Ik zou jou de vragen moeten stellen.'

Ik speelde het spelletje mee en deed alsof ik een, weliswaar bescheiden, genie was. 'Nou ja, een vingercimbaal is natuurlijk erg basic. Het gaat er voornamelijk om dat ze goed om je vingers passen en dan sla je ze tegen elkaar om een klingelend geluid te maken.' Ik sloeg enthousiast mijn wijsvingers tegen elkaar aan. 'Het gaat puur om zelfvertrouwen hebben.'

Hij lachte weer. Vroeger had hij me ook altijd al het gevoel bezorgd dat ik zo ongeveer de grappigste persoon ter wereld was.

'En als je dat eenmaal kunt, kun je alles,' vervolgde ik. 'Ik ken een meisje dat is begonnen met vingercimbalen en nu bespeelt ze de gewone cimbaal!'

Ik geneerde me meteen een beetje, want nu was het alsof ik meende dat ik de stand-upcomedian kon uithangen omdat hij om me had gelachen. Maar gelukkig lachte hij weer. Een welgemeende lach. En mijn gêne vloeide weg.

'Eerlijk gezegd is dat allemaal gelogen. Ik bedoel, dat van die vingercimbalen klopt, maar nu overweeg ik om piano te leren spelen. Vandaar dat ik hier compleet in verwarring midden in deze winkel sta.'

'Aha.' Hij knikte. 'Nou, als je mijn mening wilt weten...'

'Ja, dat wil ik. Dat is precies wat ik wil.'

Hij glimlachte. 'Nou, volgens mij kun je dan het beste een van die kleinere keyboards van Yamaha kopen. Ze staan daar achter in de winkel, bij de drumcomputers. Er zitten maar eenenzestig toetsen op en ze zijn niet verzwaard, maar als je een beginner bent en nog niet weet of je het wel echt leuk zult vinden, is het onzin om vierhonderd dollar uit te geven aan zo'n serieus keyboard. Maar dat is mijn persoonlijke mening.'

'Ik vind het een heel goed advies. Wil je me een van die apparaten waar je het over hebt laten zien?'

'O,' zei hij op een toon alsof het hem verbaasde dat ik blijkbaar echt naar hem had geluisterd. 'Tuurlijk. Loop maar mee.'

Hij liep naar achteren en ik volgde hem. 'Speel jij eigenlijk nog veel piano?' vroeg ik.

Hij keek me even over zijn schouder aan en knikte. 'Ja, gewoon voor de lol.' Hij stopte bij een kort zwart keyboard op een standaard. 'Dit is denk ik echt iets voor jou.'

Ik sloeg een paar toetsen aan. Ik hoorde niets, behalve het doffe gebonk van mijn vingers op de toetsen.

'Ik geloof dat de stekker er nog in moet...' zei hij.

'O. Oké. Ja, logisch.' Ik schaamde me dood voor mijn poging om op een keyboard te spelen dat niet was aangesloten; de laatste keer dat ik me zo had geschaamd was een paar maanden daarvoor geweest, toen een klant me erop had gewezen dat de rits van mijn broek openstond. 'Hoeveel kost hij?'

'O, eh...' Hij keek op het prijskaartje.

Het bedrag was ongeveer de helft van wat ik in gedachten had gehad. Ik besloot het te doen. 'Oké, dan neem ik hem.'

Hij lachte. 'Zeker weten?'

'Ja, je moet toch ergens beginnen of niet soms?'

'Dat is ook weer waar.'

Er viel een korte stilte.

'Wauw,' zei ik. 'Dat ik jou hier tegen het lijf loop. Niet te geloven.'

'Ja hè? Hoe groot is die kans nou nog?'

'Nou ja, als we in dezelfde stad wonen best groot eigenlijk.'

Hij lachte. 'O, ik dacht dat je ergens in Californië woonde.'

Ik knikte. Ik wist eigenlijk niet wat hij precies wist. 'Ja, nou, je weet hoe het gaat.'

Hij knikte. 'Ja,' zei hij met iets melancholieks in zijn stem. 'Ik weet wat je bedoelt.'

Op dat moment wist ik dat hij alles wist. En mijn eerste reactie was om zo snel mogelijk zo ver mogelijk bij hem vandaan zien te komen. 'Nou, mijn ouders zullen het fijn vinden om te horen dat het goed met je gaat,' zei ik. 'Bedankt voor je hulp, Sam. Het was leuk je te zien.'

Toen ik Sam een hand gaf, zag ik dat hij verbaasd was dat ik ineens een eind aan ons gesprek maakte.

'O, oké,' zei hij.

Ik draaide me om en liep naar de kassa.

'Heeft iemand je geholpen met je aankoop?' vroeg de vrouw achter de kassa terwijl ze me mijn creditcard teruggaf.

'Hm?' Ik stopte de card weer in mijn portemonnee.

'Of je door iemand van ons personeel bent geholpen bij het maken van je keuze?'

'O,' zei ik. 'Ja, Sam heeft me geholpen. Hij was fantastisch.'

'Sam?'

'Ja.'

'Er werkt hier geen Sam.'

Even dacht ik dat ik in een spookverhaal zat. Toen zei ik: 'Sam Kemper. Hij heeft me net advies gegeven over het keyboard.'

Ik draaide me om en ging op mijn tenen staan om beter te kunnen kijken. Maar ik zag Sam nergens. Ik was bang dat ik gek was geworden. 'Vrij lang, een zwart T-shirt, stoppeltjes...'

De kassajuffrouw keek alsof ze misschien wel wist over wie ik het had.

'En echt heel mooie ogen,' voegde ik er nog aan toe.

'O, dan weet ik wie je bedoelt.'

'Mooi zo.'

'Maar hij werkt hier niet,' zei ze.

'Hoe bedoel je?'

'Hij is een klant. Maar hij komt hier heel vaak.'

Ik sloot mijn ogen en slaakte een zucht. Ik had de hele tijd tegen hem gepraat alsof hij een verkoper was. 'Mijn fout,' zei ik. 'Wat een idioot ben ik ook.'

Ze begon te lachen. 'Geeft niks.' Terwijl ze me de kassabon gaf, vroeg ze: 'Moet er iemand met je meelopen naar de auto?'

'Eh...' Ik keek naar de doos en besloot dat ik het wel alleen kon. 'Nee hoor, het lukt me wel. Dank je.'

Ik pakte het keyboard en liep naar de uitgang. Onderweg keek ik of ik Sam nog ergens zag. Ik was al bij de deur toen hij net de trap af kwam.

'Sam!' zei ik.

'Emma!' zei hij op dezelfde toon.

'Je bent er nog,' zei ik. 'Ik dacht dat je misschien al weg was.'

'Ik was boven. Ik zoek een kleine vleugel.'

Ik moet toegeven dat het heel even duurde voordat tot me doordrong dat hij het niet over een vleugel van een vogel had.

'Wauw! Wil je een vleugel kopen?' Ik zette het keyboard even op de grond. 'Nóg meer bewijs dat je hier niet echt werkt.'

Hij glimlachte.

'Sorry dat ik dacht dat je hier verkoper was. Ik denk dat het komt omdat je bij ons in de winkel hebt gewerkt en... Nou ja, ik heb mezelf flink voor schut gezet net bij de kassa, toen ik je wilde aanprijzen bij de vrouw achter de kassa.'

Sam lachte. 'Ja, na een tijdje snapte ik wel dat je waarschijnlijk dacht dat ik hier werkte, maar ik wist niet goed hoe ik je uit de droom kon helpen zonder dat... zonder...'

'Zonder dat ik me een stomkop voelde?'

'Zoiets ja,' beaamde hij lachend.

'Nou, ik voel me officieel dus een stomkop.'

'Nergens voor nodig,' zei hij. 'Ik vond het fijn om je te helpen. Echt. Het is zo leuk om je weer te zien.' De ernst waarmee hij me aankeek was ontwapenend. Maar ik wist niet precies of ik dat prettig vond of niet. Ik dacht dat het misschien wel het eerste was.

'Nou ja, bedankt in ieder geval voor je hulp.'

'Heb je les nodig?' vroeg hij. 'Als je wilt, kan ik je wel lesgeven. Graag zelfs. Je gewoon een paar dingen leren om je op weg te helpen.'

Ik wist niet goed wat ik moest zeggen.

'Of anders kunnen we misschien een keertje samen wat gaan drinken,' vervolgde hij.

Het besef van wat er gebeurde overspoelde me als een golf. Niet zo'n klein golfje dat over je voeten kabbelt en de zoom van je spijkerbroek nat maakt, maar het soort golf dat je soms overvalt als je het water uit komt, met je rug naar de zee, een golf die ineens tegen je aan slaat uit het niets.

'O mijn god, vraag je me nu uit op een date?' vroeg ik stomverbaasd.

Ik zag de teleurstelling over zijn gezicht trekken en hij liet zijn schouders wat zakken. Hij herstelde zich echter snel. 'Ik wilde het heel subtiel aanpakken,' zei hij. Hij schudde zijn hoofd. 'We zijn tien jaar verder en ik ben er nog net zo slecht in als de eerste keer, hè?'

Ik voelde dat ik bloosde en omdat ik bloosde, moest Sam ook blozen.

'Sorry,' zei hij. 'Ik heb net een lange relatie achter de rug, dus ik heb geen oefening meer. Misschien geloof je het niet, maar als student was ik heel goed in vrouwen mee uit vragen. Zoals mijn vader altijd zegt, je moet direct zijn, maar...'

Sam stopte en keek me aan alsof hij net een gruwelijk geheim had onthuld. Hij sloeg een hand voor zijn gezicht en kneep in zijn neusbrug. 'Heb ik nu net toegegeven dat ik mijn vader heb gevraagd hoe je het best een vrouw mee uit kunt vragen?' vroeg hij. Hij keek me nog steeds hetzelfde aan.

Ik lachte. Een kalme lach. Een 'ja, maar dat geeft niks'-lach.

En op dat moment herinnerde ik me weer dat ik hem altijd erg graag had gemogen.

Ik mocht hem nog steeds.

Hij was schattig. En lief. En hij vond mij grappig.

'Maakt niet uit,' zei ik. 'Luister. Ik dacht dat jij een verkoper was. Jij vraagt je vader hoe je vrouwen moet versieren. Op sociaal vlak zijn we allebei behoorlijke kneuzen.'

Hij lachte. En leek heel erg opgelucht.

Ik wilde hem vaker zien. Dat was de waarheid. Ik wilde meer tijd met hem doorbrengen. Ik wilde in zijn buurt zijn.

'Weet je wat?' zei ik. 'Jij leert me "Chopsticks" spelen op een keyboard en dan trakteer ik jou op een biertje.'

'Nou, als het je alleen om "Chopsticks" gaat, dan heb ik een idee.'

Ik keek hem vragend aan.

Hij pakte mijn keyboard en liep de trap op met mij op zijn hielen. De gammele smalle trap kwam uit op een ruimte vol grote instrumenten. Een paar piano's, een harp, een cello. Sam nam me mee naar een kleine zwarte vleugel. Hij zette mijn keyboard neer en ging achter de vleugel zitten. Hij klopte op het bankje.

Ik ging naast hem zitten.

Hij keek me aan en legde toen zijn handen voorzichtig op de toetsen. Toen boog hij zich iets naar voren en begon 'Chopsticks' te spelen.

Ik keek naar zijn handen die over de toetsen vlogen; ze leken instinctief te weten wat ze moesten doen. Hij had mooie handen, krachtig maar zacht. Korte, schone nagels, lange, slanke vingers. Ik weet dat sommige vrouwen zeggen dat ze van mannen houden met eelt op hun handen en met knobbelige knokkels, dat ze van mannen houden bij wie de stoerheid is af te lezen aan hun handpalmen. Maar terwijl ik naar Sams handen keek, besloot ik dat die vrouwen het helemaal mis hadden. Het was juist mooi hoe soepel en bijna elegant zijn handen waren. Onwillekeurig gleed mijn blik vanaf zijn polsen naar boven, naar zijn armen en schouders.

Ik keek naar zijn spel en herinnerde me weer hoe goed hij was, hoe getalenteerd, hoe bedreven, en ik vroeg me af wat hij nog meer met zijn handen kon.

Je denkt dat je weet wie je bent, je denkt dat je helemaal af bent, dat je een stempel hebt gekregen waarop staat 'ik', en dan dringt ineens tot je door dat je je aangetrokken voelt tot musici, dat je 'bedreven' sexy vindt, en dan moet je alles wat je over jezelf weet opnieuw overdenken.

Hij stopte met spelen. 'Oké. Nu jij.'

'Ik? Moet dat? Ik weet niet eens waar ik moet beginnen.'

Hij drukte een witte toets vlak voor me in. Ik legde er braaf mijn wijsvinger op.

'Probeer deze vinger eens,' zei hij terwijl hij mijn middelvinger op de toets legde.

Ik knikte.

'En nu de toets zo aanslaan.' Hij sloeg een andere toets aan, ritmisch, zes keer.

Ik deed hetzelfde met mijn toets.

'En nu die.' Hij wees naar een andere toets.

Ik volgde al zijn instructies, deed precies wat hij zei. Het was de bedoeling dat ik naar de toetsen keek, maar de helft van de tijd keek ik naar hem. Hij betrapte me er een paar keer op en dan keek ik snel weer naar mijn vingers en de toetsen eronder.

Ik speelde langzaam en niet erg melodieus. Mijn vingers aarzelden en gingen dan weer te snel, een beetje paniekerig, als een eekhoorntje dat van tak naar tak hupt. Toch begon ik vaag een patroon in mijn eigen bewegingen te ontdekken.

Zijn lichaam raakte af en toe het mijne terwijl we daar samen op dat bankje zaten. Zijn handen raakten voortdurend de mijne.

'Goed,' zei hij. 'Denk je dat je het nu ook iets sneller kunt? Ik speel dan het andere gedeelte.'

'Oké, ik snap het.'

Ik legde mijn vinger op de eerste toets. Hij legde zijn hand zacht op de toets er vlak onder. 'Ik tel tot drie,' zei hij. 'Een... twee... drie.'

Ik sloeg op mijn toets.

Hij op de zijne.

En daar had je het.

Pah Pah Pah Pah Pah Pah *Pah Pah Pah Pah Pah Pah* Pah Pah Pah Pah *Pah Pah Pah...*

'"Chopsticks".'

We hoefden maar een paar seconden te spelen voordat ik alle noten had aangeslagen die ik kende. Verlegen legde ik mijn handen in mijn schoot. Iets in me hoopte dat hij verder zou spelen. Maar dat deed hij niet. Hij stopte en liet zijn hand zacht op de toetsen rusten. Hij keek me aan. 'Oké, je kunt inmiddels "Chopsticks" spelen, dus dan is het nu tijd voor dat biertje.'

Ik lachte. 'Je bent beter in versieren dan je zelf denkt.'

'Volgens mijn vader is het het beste om vasthoudend te zijn,' zei hij voor de grap. Hij keek er zelfverzekerd bij. Hoopvol.

Ik dacht even na.

Ik dacht aan hoe leuk het zou zijn om een cocktail te bestellen en met iemand te praten die niet alleen een aantrekkelijke man was, maar ook een oude vriend.

Maar terwijl Sam me aankeek, in afwachting van mijn antwoord, raakte ik ineens bevangen door angst. Oprechte angst.

Dit zou niet gewoon een etentje met een oude vriend zijn.

Dit was een date.

En daar kon ik echt niet aan beginnen.

Ik keek naar Sams glimlach, die al begon te vervagen omdat ik hem zo lang op een antwoord liet wachten.

'Een ander keertje, oké?' zei ik.

'Oké,' zei hij. 'Natuurlijk. Prima.'

'Ik wil het echt graag,' zei ik.

'Ik snap het.'

'Ik kan gewoon niet zomaar...'

'Geeft niet.'

'Ik zal je mijn nummer geven,' zei ik. Ik wilde dat hij snapte dat ik hem echt weer wilde zien, dat ik echt wel belangstelling had. 'En dan kunnen we misschien volgend weekend iets gaan doen.'

Met een glimlach gaf hij me zijn toestel.

Ik belde mezelf, zodat zijn nummer ook op mijn scherm verscheen. Ik gaf hem zijn telefoon terug.

'Ik moet gaan,' zei ik. 'Maar we spreken elkaar snel.'

'Klinkt goed,' zei hij.

'Ik vond het echt heel leuk om je te zien,' zei ik.

'Idem dito, Emma. Ik meen het.'

We gaven elkaar een hand, het was iets tussen handen schudden en vasthouden in.

Toen ik die middag terugreed naar mijn appartementje, met een keyboard op de achterbank en Sams nummer in mijn telefoon, vroeg ik me onwillekeurig af of ik iets zou kunnen hebben met iemand als Sam, of Sam iets voor me zou kunnen betekenen.

Ik had altijd een zwak voor hem gehad, had hem altijd gemogen. En misschien werd het tijd dat ik eens een afspraakje had met een aardige man. Een aardige man die altijd goed voor me was geweest, tegen wie ik op de middelbare school misschien zelfs wel ja zou hebben gezegd als alles anders was verlopen.

De goede dingen wachten niet tot je er klaar voor bent. Soms komen ze vlak daarvoor al, wanneer je er bijna bent.

En ik bedacht dat je ze, als dat gebeurt, aan je voorbij kunt laten gaan, als een bus die je niet moet hebben. Of je kunt ervoor zorgen dat je er wel klaar voor bent.

En dat laatste deed ik.

IK DACHT ER DE HELE NACHT OVER NA. IK LAG TE WOELEN IN BED. En toen, de volgende ochtend, stuurde ik Sam een berichtje.

Vrijdag rond halfacht iets drinken? Ergens in Cambridge? Zoek jij maar iets uit.

Het was voor negenen. Ik verwachtte geen reactie.

Maar mijn telefoon bliepte meteen.

McKeon's in Avery Street?

En toen was het zover.

Ik had een date.

Met Sam Kemper.

Ik was nog nooit zo opgewonden en misselijk tegelijk geweest.

Wat moest ik doen als ik gevoelens voor iemand zou krijgen?

Misschien niet per se voor Sam. Misschien zou het nog jaren duren. Maar als je beseft dat je liefde in je leven wilt, betekent dat dat je die ook moet toelaten.

En dat betekende dat ik Jesse los moest laten.

Ik kon geen andere manier bedenken om het te doen, geen andere manier om het te verwerken, dan door erover te schrijven. En 's avonds, na het werk, ging ik op de bank zitten, pakte een vel papier en een pen, en schreef een brief.

Lieve Jesse,

Je bent nu al meer dan twee jaar weg, maar er is geen dag geweest dat ik niet aan je dacht.

Soms herinner ik me hoe ziltig je rook nadat je in zee had gezwommen. Of vraag ik me af hoe jij de film zou vinden die ik net had gezien. En andere keren denk ik aan je lach, aan hoe je dan rimpeltjes om je ogen kreeg en ik dan nog weer iets meer van je ging houden.

Ik denk aan hoe je me zou aanraken. Aan hoe ik jou zou aanraken. Daar denk ik veel aan.

In het begin deed het zo'n pijn om aan je te denken. Hoe meer ik aan je lach dacht, aan je geur, hoe meer pijn ik voelde. Maar ik vond het fijn om mezelf te kastijden. Ik hield van de pijn omdat jij de pijn was.

Ik weet niet of er een goede of foute manier van rouwen is. Ik weet alleen dat jou verliezen me compleet gesloopt heeft. Gesloopt op een manier die ik niet voor mogelijk had gehouden. Ik voelde een pijn die niet meer menselijk was.

Soms verloor ik daardoor mijn verstand. (Laten we het erop houden dat ik een beetje gek ben geworden op ons dak.)

Andere keren ging ik er bijna aan onderdoor.

Maar gelukkig kan ik zeggen dat er andere tijden zijn aangebroken. Nu schenken de herinneringen aan jou me zoveel vreugde dat ze een glimlach op mijn gezicht toveren.

Gelukkig kan ik ook zeggen dat ik sterker ben dan ik wist.

Ik heb toch weer de zin van het leven gevonden, iets wat ik niet had verwacht.

En nu verbaas ik mezelf opnieuw door te beseffen dat ik er klaar voor ben om verder te gaan.

Ik dacht dat verdriet en rouw chronisch waren; dat je hooguit van de goede dagen kon genieten, maar dat er altijd slechte zouden blijven. Maar toen begon ik te denken dat de goede dagen misschien niet alleen maar dagen zijn, maar dat die goede dagen kunnen uitgroeien tot goede weken, tot goede maanden en goede jaren.

En nu vraag ik me af of rouw niet zoiets als een omhulsel, een mantel, is.

Je draagt hem lange tijd en dan besef je op een dag dat je eruit bent gegroeid.

Dus trek je hem uit en leg je hem op de grond.

Dat wil niet zeggen dat ik de herinneringen aan je wil loslaten of de liefde die ik voor je voel. Maar het wil wel zeggen dat ik het verdriet wil loslaten.

Ik zal je nooit vergeten, Jesse. Dat wil ik niet en ik denk ook niet dat ik dat kan.

Maar ik denk wel dat ik het verdriet van me kan afwerpen. Ik denk dat ik het op de grond kan laten liggen en er dan bij weglopen. Misschien dat ik er af en toe nog even naar ga kijken, maar ik wil het niet meer met me meedragen.

Ik denk niet alleen dat ik dat kan, ik denk ook dat ik dat nodig heb.

Ik zal je altijd in mijn hart meedragen, maar ik kan je verlies niet meer op mijn rug meetorsen. Als ik dat doe, zal ik nooit nieuw geluk voor mezelf vinden. Ik zal ten onder gaan aan het gewicht van de herinnering aan jou.

Ik moet vooruitkijken, naar een toekomst waar jij geen deel van kunt uitmaken. In plaats van achteruit, naar een verleden dat is gevuld met wat wij samen hadden.

Ik moet je loslaten en ik moet jou vragen mij los te laten.

Ik denk oprecht dat ik, als ik mijn best doe, het soort leven kan hebben dat jij altijd voor me wilde. Een gelukkig leven. Een vervuld leven. Een leven waarin er van me wordt gehouden en waarin ik op mijn beurt liefde kan geven.

Ik vraag je me de ruimte te geven om van iemand anders te kunnen houden.

Het spijt me dat we nooit de toekomst hebben bereikt waar we het over hadden. Ons leven samen zou fantastisch zijn geweest.

Maar ik begeef me nu opnieuw de wereld in, met een open hart. En ik zal gaan naar waar het leven me brengt.

Ik hoop dat je weet hoe heerlijk en bevrijdend het was om van je te houden toen je er was.

Je was mijn grote liefde.

Misschien is het egoïstisch om meer te willen; misschien is het hebberig om weer zo'n soort liefde te willen.

Maar ik kan er niets aan doen.

Ik wil weer zo'n liefde.

Dus heb ik ja gezegd tegen een date met Sam Kemper. Ik denk graag dat je hem een goede keus zou vinden, dat je het ermee eens zou zijn. Maar ik wil ook dat je weet, voor het geval dat het niet vanzelf spreekt, dat niemand je ooit zal kunnen vervangen. Het is alleen dat ik meer liefde in mijn leven wil, Jesse.

En ik vraag om je zegen om die te gaan zoeken.

Liefs,

Emma

Ik herlas de brief keer op keer. En toen vouwde ik hem op, stopte hem in een envelop, schreef zijn naam erop en borg hem op.

Ik ging naar bed en viel in slaap. Ik sliep diep en werd wakker van de eerste zonnestralen in mijn kamer. Ik voelde me uitgerust en als herboren, alsof de aarde en ik het helemaal eens waren over het moment waarop de zon hoort op te komen.

SAM WAS ER AL TOEN IK DE BAR IN KWAM. HIJ DROEG EEN OVERhemd van donkere spijkerstof en een grijze chino. Het leek alsof hij gel in zijn haar had en toen ik hem ter begroeting even omhelsde, rook ik dat hij een geurtje op had.

Ik wist ook best dat het een date was. Ik wilde ook dat het een date was.

Maar het geurtje, hout en citrus, liet er geen misverstanden meer over bestaan.

Sam vond me leuk.

En ik vond hem leuk.

Misschien was het allemaal wel zo simpel.

Ik wist dat dat niet zo was. Maar misschien kon het dat worden.

'Je ziet er fantastisch uit,' zei Sam.

Ik had voor de avond een strakke zwarte rok aangetrokken met daarop een zwart-wit gestreept T-shirt met lange mouwen dat mijn mooiste gedeeltes benadrukte. Ik had mijn mascara voor het eerst sinds jaren weer zorgvuldig aangebracht. Toen hij was gaan klonteren, had ik mijn wimpers van elkaar losgemaakt met een veiligheidsspeld, zoals ik mijn moeder had zien doen toen ik klein was.

En daarna had ik lichtroze ballerina's aangedaan. Toen ik naar buiten wilde lopen, ving ik een glimp van mezelf op in de spiegel.

Er klopte iets niet. Dit was het niet helemaal. Ik liep terug en verruilde mijn platte schoenen voor hoge zwarte hakken. Ineens leken mijn benen langer dan ze eigenlijk zouden mogen zijn.

Vol zelfvertrouwen ging ik in de badkamer ook nog eens mijn lippen stiften. Ik tekende een volmaakt donkerrood lijntje om mijn mond en vulde de omtrek met een kleur lippenstift die Russian Red heette. Ik had die maar één keer opgehad, een paar maanden daarvoor, toen ik Marie had uitgenodigd voor een chic etentje in Back Bay. Maar ik had hem toen meteen mooi gevonden. En nu vond ik hem ook mooi.

Toen ik voor de tweede keer naar de voordeur liep en weer een glimp van mezelf opving in de spiegel, voelde ik me onverwoestbaar, op het waanzinnige af.

Ik zag er goed uit.

Ik wist dat ik er goed uitzag.

Dit was mijn goede look.

'Dank je,' zei ik in de bar tegen Sam. Ik klemde mijn lippen even op elkaar en ging op de kruk naast hem zitten. 'Je mag er zelf ook zijn.'

De barjuffrouw, een grote, ontzagwekkende vrouw met lang donker haar, kwam aanlopen en vroeg me wat ik wilde drinken. Ik liet mijn blik snel over hun cocktailkaart glijden, maar de namen zeiden me allemaal niets. Het leken gewoon verschillende mixen van vruchtensap en wodka.

'Een gimlet?' vroeg ik aarzelend.

Ze knikte, draaide zich om en begon te mixen.

'Wat drink jij?' vroeg ik aan Sam. Er stond een glas bier voor hem op de bar. 'Ik hoop dat je dat nog niet hebt betaald, want ik heb jou uitgenodigd.'

Hij keek me met een spijtig lachje aan. 'Ik moest meteen betalen toen ik mijn biertje kreeg. Maar jij kunt mijn tweede drankje betalen.'

'Afgesproken.'

De barjuffrouw zette mijn drankje voor me neer en ik gaf haar mijn creditcard. Ze liep weer bij ons weg.

'Ik bedoel, je zegt dat nu wel, maar ik was van plan om als tweede drankje het allerduurste van de kaart te nemen.'

We keken allebei voor ons uit met af en toe een zijdelingse blik op elkaar.

'Dat geeft niet,' zei ik. 'Dat is het minste wat ik kan doen na al die moeite die je hebt genomen om me dit te leren.'

Ik begon met mijn rechterhand 'Chopsticks' op de bar te spelen, alsof er toetsen op zaten.

Sam draaide zich naar me toe om mee te kunnen kijken. 'Heel goed,' zei hij toen ik klaar was.

'Een tien?'

Hij dacht na terwijl hij een slokje bier nam. 'Tien min,' zei hij toen hij zijn glas weer neerzette. 'Je zat er net naast.'

'Wat? Wat heb ik dan verkeerd gedaan?'

'Je hebt een noot gemist.'

'Echt niet!' zei ik.

'Jawel. Jij deed dit.' Hij sloeg op de bar met dezelfde vingers die ik vlak daarvoor had gebruikt. 'Maar het moet zo.' Hij sloeg weer op de bar.

Ik zag geen enkel verschil. 'Je doet precies hetzelfde.'

Hij schudde lachend zijn hoofd. 'Nee hoor.'

'Doe nog eens.'

'Welke van de twee?'

'Doe eerst wat ik deed en daarna hoe het wel moet.'

Hij herhaalde wat ik had gedaan.

'Nee nee,' zei ik. 'Langzamer. Anders zie ik het verschil niet.'

Hij deed mijn aanslagen.

En vervolgens de zijne.

En toen zag ik het. Helemaal aan het eind had ik een toets overgeslagen. Ik glimlachte en gaf mijn fout meteen toe. 'Jezus man,' zei ik. 'Ik heb er echt een potje van gemaakt.'

'Dat geeft niks. Voor een beginner ben je behoorlijk goed.'

Ik wierp hem een sceptische blik toe.

'Ik bedoel, je speelt prachtig op de bar.' Hij draaide zich nu helemaal naar me om.

Ik rolde met mijn ogen.

'Nee, ik meen het. Als je er echt tijd in steekt, denk ik dat je best goed kunt worden.'

Ik wuifde het compliment weg. 'Dat zeg je waarschijnlijk tegen alle meisjes.' Daarna pakte ik mijn tot de rand gevulde glas elegant van de bar en bracht het naar mijn lippen. De cocktail smaakte zoet en zuiver. En een heel klein beetje dronken makend.

'Alleen tegen mijn studenten,' zei hij.

Ik keek hem niet-begrijpend aan.

'Misschien is dit het goede moment om je te vertellen dat ik muziekdocent ben,' zei hij.

Ik glimlachte naar hem. 'Wauw, te gek. Echt iets voor jou.'

'Dank je,' zei hij. 'En wat doe jij? Ben je nu een beroemde reisjournalist? Mijn moeder zei dat ze je naam in *Travel + Leisure* was tegengekomen.'

Ik lachte. 'Ja,' zei ik. 'Ik heb dat een tijdje gedaan. Maar eh... ik run nu de winkel.'

'Echt niet,' zei hij ongelovig.

'Ik weet dat het schokkend is, maar het is zo.'

'Wauw,' zei hij. 'Colin Blairs grootste wens. Een Blair die Blair Books runt.'

'Ach, soms komen dromen uit,' zei ik lachend. 'Voor mijn vader wel in elk geval.'

'Voor jou niet dan?' wilde hij weten.

'Het is niet de droom die ik oorspronkelijk had, maar dat weet je,' zei ik. 'Maar ik begin te denken dat je niet altijd precies weet wat je dromen zijn. Sommige mensen moeten er met hun kop tegenaan knallen voordat ze het zien.'

'Nou, daar proost ik op.' Hij hief zijn glas en ik tikte het mijne ertegenaan. 'Mag ik heel even een ander onderwerp aansnijden?' vroeg hij.

'Natuurlijk.'

'Je lijkt in de loop der jaren zelfs steeds mooier te worden.'

'Hou op.' Ik gaf hem een duwtje tegen zijn schouder.

Ik was aan het flirten. Aan het flirten. Ik.

Het is zo heerlijk om te flirten. Daar hebben ze het nooit over. Maar op dat moment had ik het gevoel dat alles alleen maar om flirten draaide.

De opwinding je af te vragen wat de ander gaat zeggen. De sensatie te weten dat er iemand naar je kijkt en dat het hem bevalt wat hij ziet. De adrenaline die door je heen suist als je naar iemand kijkt en het je bevalt wat je ziet. Flirten heeft waarschijnlijk net zoveel te maken met verliefd worden op jezelf als met verliefd worden op de ander.

Het gaat erom dat je jezelf door de ogen van een ander ziet en dan beseft dat er veel is wat leuk aan je is, dat er voor de ander genoeg redenen zijn om aan je lippen te hangen.

'Dus je bent muziekdocent,' zei ik. 'Waar geef je les?'

'In Concord, niet eens zo ver van Blair Books vandaan.'

'Dat meen je niet! Zo dichtbij en je bent nooit eens gedag komen zeggen?'

Hij keek me aan en zei heel serieus: 'Als ik geweten had dat jij daar was, was ik allang langsgekomen.'

Onwillekeurig trok er een brede grijns over mijn gezicht. Ik pakte mijn gimlet en nam een slokje. Sam had zijn bier bijna op. 'Zal ik er nog eentje voor je bestellen?' vroeg ik.

Hij knikte en ik wenkte de barjuffrouw.

'Jullie allerduurste bier,' zei ik plechtig.

Sam lachte.

'Dat is een behoorlijk zware stout, zeker weten dat je dat wilt?' vroeg de barjuffrouw.

Ik keek naar Sam.

Hij spreidde zijn handen, alsof hij wilde zeggen: 'Jij bent de baas.'

'Ja, doe maar,' zei ik tegen haar.

Ze liep weg en ik keek weer naar Sam. We wisten allebei even niet wat we moesten zeggen.

'Welk nummer speel je het liefst?' vroeg ik. Het was een stomme vraag. Ik wist het al terwijl ik hem stelde.

'Op de piano?'

'Ja ja.'

'Wat wil je horen?' vroeg hij.

Ik lachte. 'Ik bedoelde niet nu. Er is hier geen piano.'

'Hoe bedoel je? We hebben net "Chopsticks" gespeeld op de bar.'

Ik keek hem lachend aan, maar wist ineens niet meer zo goed welke nummers er zoal op piano werden gespeeld. 'Wat denk je van "Piano Man"?'

Sam trok een gezicht. 'Een beetje voor de hand liggend, vind je niet?'

'Ik kon niks anders bedenken!'

'Oké oké,' zei hij. 'Eigenlijk is het best een goede keus, want in het begin kun je lekker overdrijven.'

Hij rechtte zijn rug en stroopte zijn mouwen op, alsof hij een echt instrument ging bespelen. Vervolgens schoof hij een servetje aan de kant en toen pakte hij mijn glas op. 'Weest u zo goed dit te verwijderen, mevrouw, het staat nogal in de weg.'

'Maar natuurlijk, meneer.'

Hij verstrengelde zijn vingers en strekte zijn armen voor zich uit. 'Ben je er klaar voor?'

'Al jaren.'

Hij knikte theatraal en gleed met zijn handen over de bar alsof het echt een piano was. Ik keek naar zijn vingers die over de niet-bestaande toetsen vlogen. Hij deed het met zoveel overtuiging dat ik hem bijna geloofde.

'Pardon,' zei hij onder het spelen. 'Maar dit is het moment waarop de mondharmonica moet invallen.'

'Wat? Ik speel geen mondharmonica.'

'Tuurlijk wel.'

'Ik heb daar echt geen verstand van.'

'Je weet vast wel hoe muzikanten een mondharmonica vasthouden. Ik neem toch aan dat je weleens een bluesband hebt zien optreden?'

'Ja natuurlijk.'

Hij speelde nog steeds op de bar. Er begonnen mensen naar ons te kijken. Het maakte hem niet uit. En mij ook niet.

'Vooruit, laat maar eens horen.'

Tot mijn eigen verbazing deed ik wat hij vroeg. Ik bracht mijn handen naar mijn mond alsof ik een mondharmonica vasthield en maakte de juiste bewegingen.

'Niet zo snel,' zei Sam. 'Je bent Neil Young niet.'

Lachend stopte ik even. 'Ik weet niet eens wat ik doe!'

'Maar dat doe je heel goed! Dus ga vooral zo door.'

En dus ging ik verder.

'Oké, even wachten; in dit stuk komt geen mondharmonica voor.'

Ik legde mijn nepmondharmonica neer terwijl hij doorspeelde. Ik zag dat hij echt het hele nummer speelde, noot voor noot. Het kostte hem geen enkele moeite; zijn vingers leken ervan uit te gaan dat ze een prachtig geluid voortbrachten. Terwijl er geen enkel geluid uit kwam.

'En nu is het weer tijd voor de mondharmonica!' riep hij. 'Dit is jouw grote moment.'

'O, echt? Dat wist ik niet!' Ik bracht gauw mijn handen weer naar mijn mond en begon als een gek te spelen.

En toen vertraagde Sam en begreep ik dat het nummer ten einde liep. Ik liet mijn handen zakken en keek naar hem terwijl hij de laatste paar noten aansloeg. En toen was hij klaar. En keek hij naar me.

'Volgend verzoek?' vroeg hij.

'Wil je met me uit eten gaan?'

Het floepte er zomaar uit. Ik wilde nog langer met hem praten, nog meer tijd met hem doorbrengen, meer over hem te weten komen. Ik wilde meer. 'We kunnen hier een hapje eten, of ergens in de buurt als je zin in iets specifieks hebt.'

'Emma...' zei hij ernstig.

'Ja?'

'Mag ik ook burrito's?'

In Dos Tacos was het licht schel, met een zweem van oranje en geel erin, heel anders dan het flatteuze blauwe licht in de bar. Maar hij was nog steeds aantrekkelijk. En ik voelde me nog steeds mooi.

Zelfs toen ik mijn tanden zette in mijn reusachtige 'carne asada deluxe'-burrito.

'Als ik de rest van mijn leven alleen maar Mexicaans mocht eten, zou dat geen enkel probleem zijn,' zei Sam.

Ik wilde zeggen dat het eten in Mexico in niets leek op dit hier. Ik wilde hem vertellen over de drie weken die Jesse en ik in Mexico City hadden doorgebracht, waar we een piepklein restaurantje hadden gevonden dat de allerlekkerste chiles rellenos ooit serveerde.

Maar ik wilde niet over het verleden praten.

'Ik zou dat ook helemaal niet erg vinden,' zei ik. Ik pakte een chipsje uit het mandje voor ons op hetzelfde moment als Sam.

We raakten elkaar heel kort aan en het gevoel van zijn hand tegen de mijne beviel me wel. Zo gaat dat als je een date hebt, dacht ik. Zo gaat het als je normaal bent.

‘Maar als we het over toetjes hebben, weet ik niet of ik dan ook voor de rest van mijn leven Mexicaans zou kiezen,’ zei Sam. ‘Eerder Frans, eclairs en custard. Of anders Italiaans, tiramisu en gelato.’

‘Ik weet het nog niet,’ zei ik. ‘De toetjes in India zijn ook ongelooflijk lekker. Heel romig en met veel nootjes. Zoals rijstpudding en pistache-ijs en zo. Misschien dat ik daarvoor zou kiezen.’

‘Wauw, dat klinkt wel heel lekker.’

Ik knikte. ‘Maar misschien is tres leches wel het allerlekkerst. En dat is Mexicaans, geloof ik. Hoewel ze in bijna alle Latijns-Amerikaanse landen beweren dat het hun nationale gerecht is. Het is net zoals met baklava. Echt, ik heb wel minstens twintig mensen gesproken die stuk voor stuk beweerden dat zij baklava hadden uitgevonden.’

‘Dat is grappig, want het is mijn familie die tres leches hier in Amerika heeft uitgevonden.’

Ik lachte. ‘Ja, en ik heb hoogstpersoonlijk baklava uitgevonden.’

Hij lachte ook en ik merkte ineens dat we nog de enigen in de zaak waren en dat het personeel al was begonnen met schoonmaken.

‘O nee,’ zei ik. ‘Volgens mij gaan ze zo dicht.’ Ik pakte mijn telefoon uit mijn tas om te kijken hoe laat het was. Het was twee minuten over tien.

‘Wil je soms zeggen dat de avond voorbij is?’ vroeg Sam, nadat hij snel het mandje chips had leeggegeten. Uit de manier waarop hij het zei, de manier waarop hij glimlachend mijn blik vasthield, maakte ik op dat voor hem de avond nog niet voorbij was, en dat hij wist dat voor mij hetzelfde gold.

‘Normaal gesproken zou ik zeggen dat we nog ergens wat moesten gaan drinken, maar dat hebben we al gedaan,’ zei ik.

Hij knikte. ‘Ja, we hebben het min of meer in de omgekeerde volgorde gedaan. Misschien moeten we nu gaan lunchen.’

‘Of ergens koffie gaan drinken.’ Ik verzamelde al het afval op mijn dienblad. ‘Hier moeten we in elk geval weg. Ik wil niet op die vent lijken die in de winkel altijd tien minuten voor sluitingstijd nog boeken kwam lezen. Herinner je je hem nog?'

'Of ik me hem nog herinner? Ik heb nog steeds een hekel aan hem,' zei Sam terwijl hij opstond.

Ik lachte. 'Precies.'

We gooiden alles weg, bedankten de man achter de counter en liepen de stoep op. Het was zo'n avond waarop je de winters in Boston bijna op de koop toe neemt. De lucht was warm, maar schoon. Het was volle maan. De hoge oude gebouwen die overdag vaak zo vies leken, gloeiden op.

'Ik heb een idioot idee,' zei Sam.

'Vertel.'

'Zullen we een wandeling maken?'

Mijn eerste gedachte was dat het een fantastisch idee was en mijn tweede dat ik het nog geen tien minuten zou volhouden op mijn hoge hakken.

'Te raar?' vroeg hij. 'Een beetje jaren vijftig? Alsof ik je vraag om een milkshake met me te delen?'

Ik lachte. 'Nee! Ik vind het een heel goed idee. Maar ik weet dat ik pijn aan mijn voeten zal krijgen.'

Een eindje voor ons zag ik de alomtegenwoordige rode letters die de hele stad bevuilen: CVS PHARMACY. En zeven minuten later zaten de hoge hakken in mijn tas en droeg ik teenslippers aan mijn voeten. Sam had een kingsize Snickers gekocht.

'Waar gaan we heen?' vroeg ik, klaar om de stad te veroveren.

'Ik had niet echt een plan, maar eh...' Hij keek om zich heen. Hij wees weg van het groepje gebouwen. 'Die kant uit?'

'Prima. Daar gaan we dan.'

En daar gingen we. Langzaam in het begin; we zetten gewoon onze ene voet voor de andere en praatten ondertussen.

De stad bruiste. Groepjes meisjes die samen uit waren, studenten, dronken mensen die sigaretten rookten op de stoep, mannen en vrouwen die hand in hand liepen, op weg naar een café of naar huis.

Sam vertelde me over zijn baan als docent. Hij gaf les aan tweedeklassers, klassieke muziek en jazz. Onlangs was hij wat gaan bijverdienen als studiomuzikant. Dat deed hij een paar keer per maand.

Ik vertelde hem over de winkel en over mijn ouders. Ik vertelde hem over Marie en Sophie en Ava, en deed hem wat tekens voor uit de gebarentaal die ik net had geleerd. Ik vertelde dat ik een paar dagen daarvoor voor het eerst iets had begrepen van wat Ava in gebarentaal had gezegd: 'Melk, graag.'

Sam luisterde alsof ik de fascinerendste vrouw ter wereld was en het drong tot me door hoelang het geleden was dat iemand op die manier naar me had geluisterd.

We maakten grapjes over in de stad wonen en over werken in de buitenwijk waar we waren opgegroeid – een omkering van de gebruikelijke forenzenroute.

We stapten over kauwgum op de stoep heen en weken uit voor andere voetgangers en bukten ons om honden te aaien. We liepen langs Harvard. Twee keer kwamen we langs een metrohalte en ik vroeg me af of we niet als vanzelf die kant uit zouden gaan om die te gebruiken als een manier om afscheid te kunnen nemen. Maar mijn voeten gingen niet die kant uit en Sams voeten ook niet. We wandelden gewoon verder, langzaam en vredig, steeds dieper de nacht in.

Uiteindelijk liepen we langs de Charles. Mijn voeten begonnen pijn te doen en ik vroeg Sam of we niet even op een bankje aan de rivier konden gaan zitten.

'Ik dacht dat je het nooit zou voorstellen. Volgens mij kreeg ik ergens ter hoogte van Porter Square al een blaar op mijn hiel.'

We gingen zitten en ik keek op mijn telefoon hoe laat het was. Het was één uur 's nachts. Ik was niet moe. En ik had geen zin om naar huis te gaan.

We hadden het al over zoveel dingen gehad. We hadden het over ons werk gehad, over muziek en familie en boeken. We hadden het eigenlijk overal over gehad, behalve over Jesse.

Toen we echter eenmaal op die bank zaten, kon ik dat onderwerp niet meer negeren.

'Ik neem aan dat je weet dat ik weduwe ben,' begon ik.

Hij keek me aan en knikte. 'Ja, dat had ik gehoord, maar ik wist niet goed of ik er wel over moest beginnen.' Hij pakte met een teder gebaar mijn hand beet. 'Ik vind het zo erg voor je, Emma.'

'Dank je.'

'Ik hoop dat dit goed voor je voelt,' zei hij. 'Dat we hier zitten. Samen.'

Ik knikte. 'Het voelt surrealistisch, maar wel oké.'

'Ik kan me er geen voorstelling van maken hoe zwaar het voor je moet zijn geweest,' zei hij. 'Hoelang is het nu geleden?'

'Iets meer dan twee jaar.'

'Is dat lang of is dat kort?'

En dat was het moment waarop ik wist dat hij echt naar me luisterde, dat hij oprecht geïnteresseerd was in wie ik op dat moment was. Ik besefte dat Sam me begreep, dat hij me misschien altijd al had begrepen, op een manier die maar weinig mensen was gegeven. En dat betekende dat hij wist dat twee jaar zowel een eeuwigheid als een seconde geleden was.

'Het hangt van de dag af,' zei ik. 'Maar op dit moment voelt het als lang geleden. En hoe zit het met jou? Wie heeft jouw hart gebroken?'

Hij slaakte een zucht, alsof hij zich erop voor moest bereiden om alles weer op te rakelen. 'Ik heb jaren een relatie gehad.' Hij keek me niet aan. Hij staarde over de rivier uit.

'Wat is er gebeurd?'

'Tja. Wat er altijd gebeurt.'

'De weerwolf heeft haar te pakken gekregen?'

Hij lachte en keek me aan. 'Ja, heel wreed. Trok haar zo uit mijn armen.'

Ik glimlachte en wachtte op wat hij nog meer zou zeggen.

Na een tijdje zei hij: 'Ik denk dat we gewoon uit elkaar zijn gegroeid. Dat klinkt heel banaal. Maar het deed ontzettend pijn.'

Ik had geen verstand van uit elkaar groeien. Ik kende alleen uit elkaar gerukt worden. Maar ik stelde me voor dat het voelde als een boomwortel die langzaam steeds groter en sterker wordt en dan dwars door het trottoir heen groeit. 'Wat naar voor je,' zei ik. 'Het klinkt akelig.'

'Op mijn dertigste was ik gewoon niet meer dezelfde man als op mijn twintigste,' zei hij. 'En dat gold ook voor haar.'

'Dat geldt denk ik voor iedereen.'

'Eerlijk gezegd weet ik het op dit moment allemaal niet meer zo goed,' zei hij. 'Zal ik op mijn veertigste nog dezelfde man zijn als nu? Of...'

'Zullen we hier ook overheen groeien?' maakte ik zijn gedachte voor hem af.

En toen zei Sam iets wat ik nooit meer ben vergeten.

'Maar volgens mij is het een goed teken dat ik op mijn zestiende gek op je was en dat nu nog steeds ben.'

Ik glimlachte naar hem. 'Dat klinkt in elk geval veelbelovend.'

Sam schoof iets naar me toe en sloeg zijn arm om me heen. Mijn schouder kroop in zijn oksel en hij liet zijn hand over mijn rug glijden. Hij gaf me een heel klein kneepje.

Het leek niet makkelijk, het idee om weer van iemand te houden.

Maar het leek ook niet onmogelijk.

En terwijl ik daar met hem zat, keek ik uit over de rivier en stond mezelf toe om weer hoop te voelen, vreugde te voelen, te voelen hoe fijn het was om op een bankje aan de rivier in de armen van een man te zitten.

Ik weet niet hoelang we daar zo zaten.

Ik weet alleen dat het vier uur 's ochtends was toen ik eindelijk thuiskwam.

Bij mijn voordeur, in de vroege uurtjes, vijftien jaar nadat we elkaar hadden leren kennen, kuste Sam Kemper me eindelijk.

Het was zoet en fris en lief. Hij rook naar ochtenddauw, als een prachtig nieuw begin.

'Wanneer zie ik je weer?' Hij keek me recht aan.

Ik beantwoordde zijn blik. Geen spelletjes tussen ons. 'Ik ben hier,' zei ik. 'Bel me maar.'

TOEN WE VIERENHALVE MAAND EEN RELATIE HADDEN, ZEI IK tegen Sam dat ik van hem hield. Hij had het een paar weken daarvoor gezegd en daarbij opgemerkt dat ik het niet tegen hem hoefde te zeggen, niet meteen tenminste. Hij zei dat hij de hele middelbareschooltijd stapelverliefd op me was geweest, dat hij dat al was geweest sinds hij me die eerste keer in de winkel had ontmoet. Hij vertelde dat dat deels de reden was dat hij die zomer, voordat hij ging studeren, zonder afscheid te nemen Acton had verlaten, omdat hij wist dat ik verliefd was op Jesse, omdat hij wist dat hij geen enkele kans maakte.

'Wat ik dus wil zeggen is dat het voor mij heel vertrouwd voelt om van je te houden, al weet ik dan niet of je ook van mij houdt,' zei hij. 'Het is net als fietsen, blijkbaar verleer je het niet. En ik kan het best nog een tijdje volhouden op deze manier, als je dat nodig hebt.'

Ik was hem ontzettend dankbaar, want dat was precies wat ik nodig had.

Niet omdat ik niet van hem hield. Ik hield van hem. Ik hield al van hem voordat hij het had gezegd. Maar ik kon de woorden niet over mijn lippen krijgen. Ik was er nog niet aan toe om toe te geven dat er al een grote verandering had plaatsgevonden. Ik was er nog niet klaar voor om het woord 'echtgenote' te vervangen door het woord 'vriendin'.

Maar die avond, toen we vierenhalve maand samen waren, besefte ik terwijl we in mijn bed lagen, naakt en verstrengeld tussen de lakens en dekens, dat ik weliswaar nog niet klaar was voor de waarheid, maar dat dat het niet onwaar maakte.

'Ik hou van je,' zei ik tegen de duisternis, in de wetenschap dat het geluid nergens anders heen kon dan zijn oren in.

Hij pakte mijn hand en kneep erin. 'Dat dacht ik al,' zei hij. Aan zijn stem kon ik horen dat hij glimlachte.

'Sorry dat ik het nu pas durf te zeggen.'

'Dat geeft niet,' zei hij. 'Ik snap het.'

Sam leek altijd precies te weten wat echt belangrijk was. Hij leek zich niet door onbeduidende dingen klein te laten krijgen. Details leidden hem niet af van waar het werkelijk om draaide. Het ging hem om de daden, niet om de woorden.

Ik vond het niet meer fijn om zonder hem in mijn eigen bed te slapen. In de bioscoop hield ik altijd zijn hand vast. Ik verheugde me er de hele dag op om hem weer te zien en het zachte plekje bij zijn oog te kussen, waar de eerste rimpels al zichtbaar waren.

Hij wíst dat ik dolverliefd op hem was en daarom maakte het hem niet uit dat het even duurde voordat ik het hardop zei. En dat maakte weer dat ik nog meer van hem hield.

'Het is alleen... Soms is het moeilijk om verdergaan met je leven niet te associëren met het verleden vergeten.'

Sam schoof nog dichter naar me toe. Mijn ogen waren inmiddels zo aan het donker gewend dat ik zijn huid kon zien opgloeien. 'Misschien helpt het om te weten dat ik niet van je verwacht dat je niet meer van hem houdt, alleen maar omdat je van mij houdt.'

Waarschijnlijk had ik moeten glimlachen of hem kussen. Ik had hem moeten zeggen dat ik zijn onbaatzuchtigheid, zijn onzelfzuchtigheid, waardeerde. Maar in plaats daarvan begon ik zo hard te huilen dat het hele bed ervan schudde.

Hij hield me vast, kuste me op mijn haar en zei toen: 'Mag ik je nog een paar dingen vertellen waar ik over heb nagedacht?'

Ik knikte.

'Volgens mij hebben wij iets wat lang stand kan houden, Emma. Misschien wist ik dat zelfs op de middelbare school al, misschien was ik daarom zo verliefd op je. Bij jou voel ik, voelde ik, me altijd meer mezelf dan bij wie dan ook. En voor het eerst begin ik te begrijpen wat het betekent om samen met iemand te groeien, in plaats van naast iemand, zoals ik bij Aisha deed. Ik maak me geen zorgen over de toekomst, iets waar ik wel bang voor was als ik dacht aan opnieuw verliefd worden. Maar met jou voelt het gewoon goed. Gewoon maar zien waar het ons brengt, is geen enkel probleem voor me. Ik wil alleen dat je weet dat als dit tussen ons zo blijft en we het ooit over trouwen of kinderen krijgen zullen hebben, ik nooit zal proberen om Jesse te vervangen. Ik zal nooit van je vragen om niet meer van hem te houden. Je kunt van je verleden met hem blijven houden. Mijn liefde voor jou nu wordt daar niet door bedreigd. Ik wil... ik wil gewoon dat je weet dat ik je nooit zal vragen tussen ons te kiezen. Ik weet dat ik dat niet kan eisen van iemand zoals jij. En ik zal het je dan ook nooit vragen.'

Ik moest even verwerken wat hij allemaal had gezegd.

Hij legde zijn arm onder me en hield me stevig vast. Hij snuffelde aan mijn haar. Hij kuste mijn oor. 'Ik loop daar al een tijdje mee rond en ik wilde je dat vertellen.'

Ik stopte met huilen en haalde diep adem.

In de slaapkamer rook het naar zweet en slaap. Het bed onder ons voelde zacht en veilig. Ik had een man gevonden die me volledig begreep en me helemaal accepteerde zoals ik was, een man die sterk genoeg was om vrede te sluiten met het plekje in mijn hart dat altijd zou blijven van de liefde die ik ooit had gehad.

'Ik hou van je,' zei ik nog een keer. De tweede keer kwam het al wat soepeler mijn lippen over.

'Ik hou ook van jou. Ik hou van wie je bent. Van alles. Dat is altijd al zo geweest.'

Ik ging op mijn zij liggen met mijn gezicht naar zijn kant en met mijn handen onder mijn hoofd. Hij draaide zich naar me om. We keken elkaar aan en glimlachten.

'Ik ben zo blij dat ik jou in mijn leven heb,' zei ik. 'Ik weet niet waar ik jou aan heb verdiend.'

'Als je bedenkt hoeveel mensen er op de wereld zijn,' zei hij terwijl hij mijn langste haarlok achter mijn oor duwde, 'dan mag ik toch wel van geluk spreken dat ik jou twee keer ben tegengekomen.'

'Als je bedenkt hoeveel vrouwen een piano willen kopen...' zei ik. 'En dat ik dan degene ben op wie je aansloeg.'

Hij lachte.

'Wil je je omdraaien?' Dat vroeg hij altijd als hij lepeltje-lepeltje wilde liggen, mijn lichaam in het holletje van het zijne wilde voelen.

Ik deed het maar al te graag.

'Welterusten, liefje,' zei hij.

Ik rook de zoetheid en pepermuntsmaak van zijn adem. 'Welterusten.' En toen voegde ik eraan toe: 'Ik weet niet waaraan ik dit geluk te danken heb.'

Daar hield ik het bij. De rest van de zin die in mijn hoofd opkwam, sprak ik niet uit.

Ik weet niet waaraan ik het geluk te danken heb dat ik jullie allebei heb. Mijn twee ware liefdes.

SAM HAD KAARTJES GEKOCHT VOOR EEN CONCERT. WE WAREN AL meer dan een jaar samen. We hadden net een appartement in Cambridge betrokken en twee katten genomen. Mijn ouders, die dolblij waren dat Sam weer deel uitmaakte van hun leven, waren hem voor de grap 'zoon' gaan noemen.

Die avond, toen ik het concertgebouw uit liep in een smaragdgroene jurk, met Sam naast me in een mooi donker pak, had ik waarschijnlijk moeten denken aan de muziek die we net hadden gehoord of aan Sam moeten vragen wat hij van sommige van de musici had gevonden.

Maar ik kon alleen maar denken aan mijn rammelende maag.

'Waar denk je aan? Je lijkt er niet helemaal bij met je hoofd,' zei Sam terwijl we door de straten van Boston wandelden, op weg naar de metro.

'Ik ben uitgehongerd,' zei ik. 'Ik weet best dat we al gegeten hebben, maar ik had alleen die kleine salade en nu heb ik gewoon zin in een echte maaltijd.'

Hij lachte. 'Zullen we dan maar even ergens wat te eten halen?'

'O ja, alsjeblieft. Ergens waar ze Franse frietjes hebben.'

Binnen de kortste keren had ik mijn tanden gezet in een hamburger met het servet er nog half om, terwijl we in onze avondkleding verder liepen. Sam hield de tas met de rest erin (ik had al een bakje friet op) in één hand en dronk een chocolademilkshake met zijn andere.

'Hoe gaat het met je voeten?' wilde hij weten.

'Goed. Hoezo?'

'Zullen we nog een stukje lopen voordat we de metro pakken? Je ziet er fantastisch uit en het is mooi weer en... weet ik veel. Ik wil zo lang mogelijk van dit moment genieten.'

Ik glimlachte. Ik dacht dat ik nog wel een paar minuten kon lopen voordat ik last kreeg van mijn hoge hakken.

'Leuk,' zei ik. Ik nam nog een hap van mijn hamburger. Terwijl ik het eten doorslikte, bedacht ik ineens dat er iets niet klopte aan wat hij had gezegd. 'Wil je beweren dat dit een mooi moment tussen ons is, met die hamburger in mijn mond?'

Hij lachte. 'Ik hou gewoon zoveel van je dat ik het zelfs een speciaal moment vind als jij naast me staat en een hamburger in je mond propt.' Hij nam een slokje van zijn milkshake.

Ik keek naar hem terwijl hij, in zijn mooie pak, met zijn rietje de milkshake opzoog. Ik wist precies wat hij bedoelde. Ik voelde precies wat hij voelde.

'Je ziet er schattig uit als je op je rietje zuigt, met die holle wangen,' zei ik tegen hem.

'Zie je wel? En daarom weet ik dat je van me houdt. Jij hebt ook je verstand verloren.'

We liepen verder over de stoep en ik nam nog een hap van mijn hamburger.

'Ik meen het,' zei Sam. 'Ik hou ontzettend veel van je. Ik wil dat je weet dat ik de rest van mijn leven bij je wil blijven. Ik weet niet of ik dat wel goed duidelijk heb gemaakt, maar voor mij is dit heel serieus. Dit is iets voor de rest van mijn leven. Ik wil je voor altijd. Maar ik ben bang dat ik te veel druk op je uitoefen.'

'Ik voel geen druk,' zei ik. Ik was nog aan het verwerken wat hij net had gezegd; ik begon nog maar net te snappen hoe groots dit moment was.

'Zeker weten? Want ik moet eerlijk tegen je zijn. Ik zou de volgende stap willen zetten. Ik weet zeker dat ik voor altijd bij je wil blijven. Dit jaar met jou is het gelukkigste jaar van mijn leven geweest. En jij... jij bent gewoon de ware voor me. Je bent alles voor me.'

Ik keek naar hem, luisterde naar hem. Ik reageerde niet omdat ik helemaal opging in hoe ik me voelde, in hoe goed het voelde om te horen dat hij op die manier van me hield.

Hij wendde zijn blik iets af en nam nog een slokje van zijn milkshake. En toen keek hij me recht in de ogen en zei: 'Nou ja, wat ik eigenlijk wil zeggen is dat ik er klaar voor ben. Dus ik zal gewoon wachten tot jij er ook klaar voor bent, als dat ooit gebeurt. Als je dat ooit zou willen.'

'Als ik ooit...' Ik wilde zeker weten dat ik hem begreep.

'Met me zou willen trouwen.' Hij nam nog een slokje.

'Wacht, zeg je nou...' Ik wilde hem vragen of dit een huwelijksaanzoek was, maar dat woord leek zo formeel, zo gewaagd.

'Het is geen huwelijksaanzoek,' zei hij. 'Maar het is niet zo dat ik je geen aanzoek doe omdat ik dat niet zou willen. Ik wil het heel graag. Maar ik wil wachten tot je klaar bent voor mijn aanzoek.'

'Volgens mij snap ik nog niet de helft van wat je net zei,' zei ik lachend.

'Tja, ik ben weleens welbespraakter geweest.' Hij lachte ook.

'Kun je wat je wilt zeggen niet even luid en duidelijk en beknopt samenvatten?'

Hij knikte glimlachend. 'Emma Blair, als je ooit met me zou willen trouwen, vertel me dat dan. Want ik wil heel graag met jou trouwen.'

Ik liet de hamburger op de stoep vallen. Niet dat dat mijn bedoeling was, maar hij viel gewoon uit mijn hand, alsof mijn hersens tegen mijn vingers hadden gezegd: 'Laat alles vallen waar je mee bezig bent en richt je aandacht op wat er nu gebeurt.' En toen nam ik Sams gezicht tussen mijn handen en kuste hem met alles wat ik in mijn hart voelde. Toen ik hem losliet zei ik, voordat hij iets kon zeggen: 'Laten we het doen.'

'Wat?'

'Ik wil met je trouwen.'

'Wacht eens,' zei hij. 'Weet je dat wel zeker?'

Ik zag aan hem dat hij zijn oren niet kon geloven en dat maakte dat ik nog meer van hem hield.

'Honderd procent,' zei ik. 'Ik wil met je trouwen. Natuurlijk wil ik dat. Ik hou van je. Heel veel.'

'O, wauw.' Er verscheen zo'n brede lach op zijn gezicht dat hij rimpels om zijn ogen kreeg. 'Is dit dan het moment waarop we ons... verloofd hebben?'

'Volgens mij wel,' zei ik lachend, overspoeld door geluk.

Sam dacht even na. Hij schudde zijn hoofd en zei: 'Nee, nee, nee. Dat gaat zo niet. Dat moet beter. We kunnen ons niet verloven terwijl ik een milkshake in mijn hand heb.'

Hij gooide zijn beker in een afvalbak. Ik raapte mijn hamburger van de grond en gooide hem ook weg.

'Oké,' zei Sam. 'We gaan het doen zoals het hoort.' Hij ging op één knie zitten.

'O god!' Ik was totaal overweldigd. 'Sam! Wat doe je?'

'Ik heb alleen nog geen ring. Maar de rest weet ik wel. Kom hier.' Hij pakte mijn hand. 'Emma,' zei hij met tranen in zijn ogen. 'Ik wil mijn hele leven bij je blijven. Dat heb ik altijd al gewild. Jij en ik... we passen bij elkaar als de raderen van een machine, als onderdelen die in elkaar grijpen en zich tegelijkertijd voortbewegen, volmaakt in de pas. Ik geloof in ons, liefje. Ik geloof dat ik goed voor je ben en dat ik een beter mens ben door jou. En ik wil de rest van mijn leven met jou doorbrengen. Dus, Emma Blair: wil je met me trouwen?'

De eerste gedachte die bij me opkwam was: dit is te snel. Maar de tweede was: ik denk dat ik het verdien om gelukkig te zijn.

'Ja,' antwoordde ik zacht. Het verbaasde me hoeveel moeite het me op dat moment kostte om een geluid voort te brengen. Maar hij had me gehoord. Hij wist wat ik had gezegd. En hij stond op en kuste me alsof het de eerste keer was.

Ik voelde de tranen achter mijn ogen branden. Ik wist dat ik ze niet zou kunnen tegenhouden. Ik begon te huilen.

'Gaat het?' vroeg Sam.

Ik knikte nadrukkelijk. 'Ja, het voelt heerlijk. Het voelt...' Ik wist niet precies welk woord ik zocht, met welk woord ik de chaotische verrukking die door mijn hart stroomde, zou kunnen beschrijven.

'Ik hou van je,' zei ik. Dichterbij zou ik niet kunnen komen, besefte ik.

'Ik hou ook van jou.'

Ik wilde zeggen: 'Ik ben zo blij dat je er bent' en 'Ik kan niet geloven dat je echt bent', maar in plaats daarvan trok ik hem tegen me aan en hield hem zo stevig mogelijk vast.

Hij droogde mijn tranen terwijl we een taxi probeerden aan te houden. Hij hield mijn hand vast toen we terugreden naar ons appartement. Hij veegde het haar uit mijn gezicht toen we naar binnen liepen.

Hij hielp me met de rits van mijn jurk. We bedreven de liefde op ons bed, overdwars, alsof we geen tijd hadden om recht te gaan liggen. We verloren onszelf in elkaar, alsof de laatste resten van een muur tussen ons waren neergehaald.

Later ontkurkte Sam een fles champagne. Hij pakte zijn telefoon en zette hem op speaker terwijl we iedereen belden om hun het goede nieuws te vertellen.

Toen we daarmee klaar waren, liepen we de huiskamer in en speelden samen 'Heart and Soul', halfnaakt, dronken en compleet in de wolken.

Terwijl ik naast hem op het pianobankje zat, zei ik: 'Stel dat ik nooit die muziekzaak in was gelopen...'

Hij glimlachte en keek me aan terwijl hij zacht de toetsen beroerde. En toen zei hij: 'Maar dat heb je wel gedaan.'

Ik besloot dat dat het antwoord was op vragen over het lot. Ik zou mezelf kunnen blijven afvragen: 'Stel dat x niet was gebeurd.' En het antwoord zou altijd zijn: 'Maar dat is wel gebeurd.'

Stel dat Jesse niet in die helikopter was gestapt?

Maar dat heeft hij wel gedaan.

Ik besloot me niet langer af te vragen wat er zou zijn gebeurd als alles anders was gelopen. In plaats daarvan zou ik me richten op wat er voor me lag. Ik zou me richten op de werkelijkheid in plaats van mezelf vragen te stellen over verzinsels.

Ik gaf Sam een kus op zijn slaap. 'Neem me mee naar bed!'

Hij lachte en nam zijn handen van de toetsen. 'Oké, maar meestal als een vrouw dat zegt, bedoelt ze het seksueel.'

Ik lachte. 'Ik bedoelde het slaap-ueel.'

Hij tilde me ineens op en ik slaakte een gilletje.

'Dan wordt het slaap-ueel,' zei hij terwijl hij me aan mijn kant van het bed neerlegde en me instopte. Ik viel in slaap in zijn armen en hoorde nog net dat hij zei: 'Ik zal de mooiste diamanten ring voor je kopen.'

Die nacht was ik dolblij.

Ik had het gevoel dat ik een stap voorwaarts zette.

Ik dacht dat Jesse, als hij me kon zien vanwaar hij dan ook was, wel zou glimlachen.

Wat ik niet dacht was: Jesse leeft. Over twee maanden komt hij thuis. En moet je zien wat ik heb gedaan.

NA

Allebei

Of hoe je alles op het spel zet waar je van houdt

IK LIG NAAST SAM IN BED NAAR HET PLAFOND TE STAREN. ONZE grijze kat, Mozart, ligt op mijn voeten. Homer, zijn broertje, is zwartwit en komt alleen om te eten van zijn plekje onder de piano in de kamer vandaan.

Het is bijna negen uur 's ochtends, een woensdag, een van mijn vaste vrije dagen en de dag waarop Sam pas om elf uur op school hoeft te zijn. Op dit soort ochtenden, wanneer we uitslapen, fantaseer ik altijd over samen ergens gaan ontbijten, maar Sam weigert zijn ogen open te doen tot het allerlaatste moment. Dit schooljaar zijn we exact nul keer gaan ontbijten op woensdagochtend. Op dit moment is Sam dan ook nog diep in slaap.

Het is zeven weken geleden dat ik te horen kreeg dat Jesse leefde. Ons eerste gesprek werd kort gehouden en vanwege Jesse's gezondheidsproblemen is het contact met hem beperkt. Ik krijg de meeste updates via e-mail, van zijn moeder Francine.

Het enige wat ik weet is dat er gevaar bestond voor het refeedingsyndroom en complicaties vanwege hypoglykemie.

Pas gisteren hebben de artsen hem toestemming gegeven om het ziekenhuis te verlaten.

Wat betekent dat hij morgen thuiskomt.

Toen ik dat Sam gisteravond vertelde, zei hij: 'Oké. En hoe voel je je nu?'

Ik vertelde hem naar waarheid dat ik geen flauw idee had.

Op dit moment ben ik erg in de war. Ik ben zelfs zo in de war dat ik in de war ben over hoe erg ik in de war ben.

Wat Sam en ik hebben... dat is liefde. Pure, simpele, ware liefde.

Maar ik voel me niet meer puur, niets is nog simpel en ik weet ook niet meer precies wat waar is.

'Waar denk je aan?' vraagt Sam.

Ik kijk naar hem. Ik merk nu pas dat hij al wakker is. 'O,' zeg ik terwijl ik weer naar het plafond kijk. 'Nergens aan eigenlijk. Aan van alles en niets.'

'Jesse?' vraagt hij.

'Ja...'

Sam slikt, zegt niets en staat dan op en loopt de badkamer in. Ik hoor dat hij de kraan opendraait en dat hij zijn tanden poetst. Ik hoor het vertrouwde gepiep en gerammel van de douche.

Mijn telefoon gaat. Ik pak hem van het nachtkastje en kijk wie het is. Ik herken het nummer niet. Ik kan hem beter naar voicemail laten gaan, maar dat doe ik niet. De laatste tijd wil ik geen enkel telefoontje missen. 'Hallo?'

'Spreek ik met Emma Lerner?' Het is de stem van een jonge vrouw.

'Ik heet Emma Blair, maar ja, daar spreekt u mee.'

'Emma....' De vrouw stopt. 'Mevrouw Blair, ik ben Elizabeth Ivan. Ik bel namens de *Beacon*.'

Ik doe mijn ogen dicht, mezelf vervloekend omdat ik heb opgenomen. 'Ja?'

'We schrijven een artikel over de redding van Jesse Lerner uit Acton.'

'Ja?'

'En we wilden u de gelegenheid geven om daarop te reageren.'

Ik voel dat ik mijn hoofd schud, alsof ze dat kan zien. 'Sorry, maar ik geloof niet dat ik daar in het openbaar wat over wil zeggen.'

'Weet u dat zeker? De familie Lerner heeft wel toegezegd.'

'Ja. Ik begrijp wat u zegt. Ik voel me gewoon niet op mijn gemak bij dat idee, maar aardig dat u me de gelegenheid hebt geboden.'

'Bent u...'

'Dank u, mevrouw Ivan. Een prettige dag nog.'

Ik verbreek de verbinding voordat ze nog iets kan zeggen. Ik controleer twee keer of ik mijn telefoon heb uitgezet en laat me dan achterover op het kussen vallen. Met mijn handen voor mijn gezicht vraag ik me af of ik ooit nog slechts één emotie tegelijk zal voelen in mijn leven.

Want de laatste tijd is het geluk én angst, vreugde én verdriet, schuldgevoel én begrip voor mezelf.

Het is niet eenvoudigweg geluk. Eenvoudigweg angst. Eenvoudigweg vreugde. Eenvoudigweg verdriet.

De oorverdovende stilte in de slaapkamer betekent dat mijn oren zich alleen kunnen concentreren op het gekletter van water in de douche.

Ik denk aan stoomwolken.

Ik denk aan hoe warm het in de badkamer moet zijn.

Ik denk aan hoe troostend en aangenaam het warme water moet aanvoelen. Ik denk aan Sam. Aan hoe hij eruitziet als hij nat is. Ik denk aan het warme water dat over zijn schouders stroomt. De schouders die mijn wanstaltig grote bureau vier trappen op hebben gedragen toen we gingen samenwonen. De schouders die twee boekendozen tegelijk naar boven brachten terwijl hij me plagend zei dat ik eens moest stoppen met al die boeken verzamelen, in de wetenschap dat dat nooit zou gebeuren.

Sam is mijn leven. Mijn nieuwe, prachtige, heerlijke, betoverende leven.

Ik sta op en doe de deur van de badkamer open. Er hangt net zoveel stoom als ik had gedacht. De spiegel is beslagen zodat ik mezelf niet kan zien terwijl ik mijn shirt en slipje uittrek. Maar ik weet wat ik zou hebben gezien: een kleine, blonde, peervormige vrouw van in de dertig met kort haar en een verzameling sproetjes onder haar rechteroog.

Ik trek het douchegordijn iets opzij en stap ook onder de douche. Sam opent zijn ogen. Ik merk dat hij opgelucht is me te zien. Hij slaat zijn armen om me heen en houdt me stevig vast. Zoals ik al wist warmt zijn warme huid me meteen op.

Zijn kin rust op mijn schouder. 'Ik weet dat alles nu heel ingewikkeld is,' zegt hij. 'Wat je ook wilt, ik doe het. Maar ik... ik wil heel graag weten wat je denkt. Dat heb ik nodig.'

'Ik hou van je,' zeg ik tegen zijn schouder terwijl het warme water over mijn gezicht stroomt en mijn haar aan mijn voorhoofd plakt. 'Ik hou heel veel van je.'

'Dat weet ik.' Hij maakt zich van me los en draait zich om naar het water om de shampoo uit zijn haar te spoelen.

Nu hij met zijn rug naar me toe staat, pak ik de zeep en begin zijn schouders en rug in te zepen. Daarna zeep ik ook zijn borstkas in. Terwijl het water de zeep wegspoelt, leg ik mijn wang tegen zijn rug. Ik sla mijn armen om hem heen. Als het kon zou ik me aan hem vastlijmen. De afgelopen drie nachten heb ik gedroomd over ons aan elkaar vastbinden met een touw. Ik droomde dat ik dat touw zo straktrok dat niemand het los kon krijgen. Een touw zo dik dat niemand het zou kunnen doorsnijden.

Sam zet zijn armen tegen de muur om zichzelf staande te houden. En dan zegt hij: 'Wil je... wil je één ding beloven?'

'Wat je maar wilt.'

'Je moet niet bij me blijven als je bij hem wilt zijn,' zegt hij. 'Doe me dat niet aan.'

Mijn dromen, het touw, de strakke knopen, ik weet precies wat die betekenen.

Je bindt je alleen maar zo stevig aan iets vast als je bang bent dat je anders weg zult drijven.

BEGIN DECEMBER VIND IK EEN VAN DE ONPRETTIGSTE TIJDEN van het jaar in Massachusetts. Het voelt altijd als stilte voor de storm.

De lucht is ijl en koud, als glas dat zomaar kan breken. Maar vandaag is het in elk geval nog zo warm dat de lichte neerslag alleen maar miezerregen is en niet het begin van sneeuwstormen. Hoewel ik daardoor onwillekeurig toch weer denk aan de sneeuw die ongetwijfeld op komst is.

Ik draag een zwarte spijkerbroek, een beige slobbertrui, hoge bruine laarzen en een zwarte jopper. Ik heb me nooit afgevraagd wat ik zou aantrekken als ik Jesse weerzag, omdat ik nooit heb gedacht dat ik hem zou weerzien.

En toch is dit het antwoord op de vraag waarvan ik niet had gedacht dat ik die ooit aan mezelf zou moeten stellen: een spijkerbroek en een trui.

Er bestaat geen dresscode voor een gebeurtenis als deze, het terugzien van je grote liefde die vermist was sinds jullie eerste trouwdag.

Een van je grote liefdes.

Een van.

Sam is vanochtend vroeg het huis uit gegaan en heeft me niet gewekt om gedag te zeggen. Ik deed mijn ogen open toen ik hem de voordeur dicht hoorde trekken. Ik keek vanuit het slaapkamerraam naar hem. Ik zag hem naar zijn auto lopen en instappen. Hij keek stoicijns, maar zijn houding verraadde hem. Hangende schouders, gebogen hoofd, een man die het even niet meer ziet zitten.

Hij reed weg voordat ik kon roepen, en toen ik hem belde, nam hij niet op.

Ondertussen zal Jesse om drie uur landen. Wat betekent dat ik de hele ochtend en een groot deel van de middag moet zien door te komen alsof dit niet de eigenaardigste dag van mijn leven is.

Iets voor negenen breng ik mijn auto tot stilstand op het parkeerterrein achter Blair Books. Ik loop naar binnen, doe alle lampen aan en breng de winkel tot leven, zoals ik bijna iedere ochtend doe.

Mijn ouders gaan volgend jaar officieel met pensioen. Maar inmiddels hebben ze zich eigenlijk al bijna helemaal teruggetrokken uit de zaak. Ik run de winkel. Ik ben de baas. De verkopers moeten verantwoording afleggen aan Tina, mijn assistent-manager, en Tina aan mij.

Mijn vader doet nog steeds de boekhouding. Mijn moeder staat op zaterdagmiddag nog in de winkel; ze wil graag weten wat mensen zoal lezen en vindt het leuk om contact te houden met de klanten die ze soms al twintig jaar kent.

De rest is voor mij.

Op dit moment is Blair Books het enige in mijn leven waar ik ondubbelzinnig trots op ben.

Ik mag het leven dan af en toe zwaar vinden en soms het gevoel hebben dat het me allemaal boven het hoofd groeit, maar ik ben goed in het runnen van deze winkel.

De verkoopcijfers zijn stabiel, wat een prestatie is gezien de veranderingen in deze bedrijfstak. Dat kunnen maar weinig mensen zeggen. Dat ik erin slaag om de zaak overeind te houden terwijl zoveel grote boekhandelketens het loodje leggen, is natuurlijk het belangrijkste.

Maar in werkelijkheid maakt dat maar een heel klein deel uit van waar ik trots op ben. Wat me echt blij maakt, is dat we erin zijn geslaagd om lezers aan ons te binden.

Minstens twee keer per maand hebben we een schrijversavond. We hebben gesigneerde exemplaren van bestsellers. We hebben elf verschillende leesgroepjes en één keer per maand wordt er een workshop schrijven gegeven. Onze klantenservice is fenomenaal. Eens per week delen we gratis donuts uit.

Op de gratis donuts ben ik vooral erg trots.

Als ik klaar ben met de winkel opruimen, loop ik naar mijn kantoor om mijn e-mails te lezen. Bovenaan zie ik een bericht van mijn moeder staan.

De onderwerpregel luidt: *Heb je dit al gezien?* Er zit een link bij van het artikel over Jesse in de *Beacon*. Waarschijnlijk hebben ze dat vanochtend online gezet. Onder de link heeft mijn moeder geschreven: *Bel me als je wilt praten. Ik denk aan je.*

Hoewel ik niet goed weet of ik het artikel wel wil lezen, klik ik toch op de link.

Vermiste plaatsgenoot duikt op eiland in de Stille Oceaan op

DOOR ELIZABETH IVAN

Jesse Lerner, 31, is gevonden na drieënhalf jaar geleden vermist te zijn geraakt.

Lerner was betrokken bij een fataal helikopterongeluk waarbij de drie andere passagiers om het leven kwamen. Het team was onderweg om te gaan filmen op de Aleoeten toen de helikopter een motorstoring kreeg. Lerner, toen 28, werd doodverklaard. Zeven weken geleden is hij op zee ontdekt door een schip dat op weg was naar Midway Atoll.

Midway is een voormalige marinebasis die nu onder de verantwoordelijkheid valt van de United States Fish and Wildlife Service. Hoewel het eiland midden in de oceaan ligt, op een derde van de afstand tussen Honolulu en Japan, zijn er altijd zo'n dertig tot zestig medewerkers gestationeerd.

Er wordt aangenomen dat Lerner het grootste deel van zijn tijd heeft doorgebracht op een klein eilandje binnen een straal van duizend kilometer van Midway. Er is nog geen officiële verklaring uitgegeven over hoe hij zich in veiligheid heeft weten te brengen.

Na zijn redding is Lerner meteen opgenomen in een ziekenhuis, waar hij onlangs uit is ontslagen. Hij zal ergens deze week terugkeren naar Massachusetts en zal waarschijnlijk landen op Hanscom Field. Zijn ouders, Joseph en Francine Lerner uit Acton, wachten zijn komst in spanning af. 'Het is nauwelijks uit te leggen wat het verlies van een kind met je doet. En de opluchting die we nu voelen is net zo onbeschrijfelijk,' zeiden de Lerners in een gezamenlijke verklaring.

Meer dan tien jaar geleden haalde Lerner de krant toen hij het record op de vijfhonderd meter vrije slag voor scholieren brak. Een jaar voor zijn vermissing was Lerner getrouwd met een plaatsgenote, Emma Blair. Blair wilde geen commentaar geven toen we contact met haar opnamen.

Als ik klaar ben met lezen, lees ik het artikel nog een keer. En dan nog een keer. En nog een keer. Ik keer pas weer terug in de werkelijkheid wanneer Tina iets voor tienen via de achterdeur binnenkomt.

'Goedemorgen Emma,' zegt ze. Ze heeft zo'n zwaar Bostons accent dat mijn naam meer klinkt als 'Emmer' dan als 'Emma'.

'Bibliotheek' spreekt ze uit als 'bibletheek', 'fontein' als 'fontèn', en ze gaat altijd op tijd naar huis omdat ze niet te laat wil komen voor het 'etè'.

Het accent uit Boston klinkt mij altijd warm en knus in de oren. Als ik er mensen op tv grapjes over hoor maken, vraag ik me altijd af of ze hier ooit zijn geweest. Er zijn heel veel mensen in Massachusetts die niet met een Bostons accent praten, maar degenen die dat wel doen zouden nooit hun 'ohto parkeren in Havvard Yahd'.

Want in Harvard Yard kun je niet parkeren.

'Goedemorgen Tina,' zeg ik.

Tina is het soort werkneemster dat iedereen wel in dienst zou willen hebben. Ze is een thuisblijfmoeder met een legenestsyndroom en houdt meer van boeken dan wie dan ook. Ze is aardig tegen iedereen, maar streng voor mensen die onvriendelijk zijn. Ze mist haar kinderen, die studeren, en werkt hier om iets te doen te hebben. Volgens mij hebben zij en haar man het geld dat ze hier verdient helemaal niet nodig. Niet dat ik haar dat heb gevraagd, maar van haar loon gaat iedere week minstens een kwart op aan de boeken die ze met korting kan kopen.

Als de zaak en alles wat erbij komt kijken, me boven het hoofd beginnen te groeien, is Tina degene op wie ik reken.

Wat ik verder heel prettig aan haar vind is dat ze er totaal geen moeite voor doet om bevriend met me te raken. We werken samen. Ik ben haar baas. We zijn aardig tegen elkaar en maken af en toe grapjes in de voorraadruimte. Dat is alles.

Toen ik net als manager begon, vond ik het moeilijk om grenzen aan te geven en verwachtingen te beteugelen. Ik wilde dat iedereen me aardig zou vinden. Ik wilde dat het personeel zich deel van de familie zou voelen, omdat de winkel dat voor mij altijd is geweest. Familie. Maar in zaken werkt dat niet zo. En het is niet nodig dat mijn werknemers me aardig vinden. Ik verwacht van hen dat ze me respecteren en hun werk goed doen.

Ik ben op dat vlak door schade en schande wijzer geworden, maar ik kan nu in elk geval zeggen dat ik wijzer ben. Inmiddels heb ik alleen nog maar werknemers die zich thuis misschien af en toe over me beklagen, maar die ook trots zijn op hun werk en die samen een fantastische boekwinkel runnen.

Vandaag ben ik extra blij dat mijn werknemers niet mijn vrienden zijn. Ik weet dat Tina de *Beacon* leest. Ik weet zeker dat ze het artikel heeft gelezen. Maar ik weet ook dat ze er geen enkele vraag over zal stellen.

Tegen elven, wanneer de leden van de Acton Ladies Reading Society binnenkomen om met hun leesbijeenkomst te beginnen, word ik toch wel wat nerveus.

Jesse's vliegtuig landt over vier uur.

Jesse, mijn Jesse, komt vandaag thuis.

Drie jaar en zeven maanden geleden heb ik hem afgezet op de luchthaven en ik zal vanmiddag weer op een vliegveld staan wanneer hij daar landt.

Tussen twaalf en twee komt er weinig uit mijn handen. Ik kan me niet concentreren, mijn gedachten vliegen alle kanten uit en ik verlies bij het minste of geringste mijn geduld.

Ik sla 16,87 dollar aan voor een vrouw en wanneer ze me een briefje van twintig geeft, geef ik haar 16,87 dollar terug.

Wanneer er een man belt met de vraag of we *Extremely Loud & Incredibly Close* voor hem hebben, zeg ik dat we alle boeken van Jonathan Lethem in huis hebben.

Wanneer ik dan ook zie dat Mark, de enige van mijn werknemers die ik een boekensnob zou willen noemen, me komt aflossen ben ik meer dan opgelucht.

Tijd om te gaan.

Ik kan gaan.

Ik kan hier weg.

Terwijl ik mijn spullen pak en in de wc nog even een blik in de spiegel werp, betreur ik het heel even dat Tina en ik geen vriendinnen zijn. Het zou fijn zijn om aan iemand te kunnen vragen: 'Hoe zie ik eruit?' En dat de ander dan zegt: 'Je ziet er fantastisch uit. Het komt allemaal goed.'

Wanneer ik bij mijn auto ben overweeg ik om Marie te bellen. Zij kan weleens de aangewezen persoon zijn voor wat voor peptalk er dan ook nodig is als je je verloren gewaande echtgenoot zult gaan ontmoeten. Maar als ik mijn mobiel pak, word ik afgeleid door een berichtje van Sam.

Ik hou van je.

We sturen elkaar iedere dag dit soort berichtjes, maar nu is het niet alleen fijn, maar ook hartverscheurend.

Ik kijk door de voorruit, overweldigd door wat er in mijn rustige stabiele leventje gebeurt.

Ik heb een echtgenoot en een verloofde.

Ik start de auto en rij het parkeerterrein af.

Na jaren zonder hem te hebben moeten leven, komt de man die ik was verloren thuis.

WANNEER IK HET PARKEERTERREIN VAN HET VLIEGVELD OP RIJ zie ik dat ik de enige ben. Ik kijk hoe laat het is. Ik ben achttien minuten te vroeg.

Ik blijf in de auto zitten, onrustig wiebelend en draaiend. Ik weet gewoon niet hoe ik al die nerveuze energie in mijn lichaam onder controle kan krijgen. En dan gaat mijn mobiel en zie ik Olives gezicht op mijn schermpje verschijnen.

Ik neem op.

'Hoe gaat het?' vraagt ze zonder me eerst te begroeten.

'Ik weet het niet.'

'Is hij er al?'

'Zo meteen. Hij moet over een kwartier landen.'

'Jezus,' zegt ze.

'Zeg dat wel.'

'Kan ik iets voor je doen?'

Dat is typisch Olive. Ze komt altijd meteen in actie als er iets is. *Kan ik iets voor je doen?* Het is een bijzonder fijne eigenschap bij een vriendin. Het betekent dat zij altijd degene zal zijn die de borden afruimt als ze bij je logeert. Ze zal altijd degene zijn die attente cadeautjes stuurt en die je belt op de momenten waarop dat nodig is. Maar in deze situatie voelt zelfs zij zich niet op haar gemak.

Omdat ze niets kan doen.

Er is niets wat gedaan moet worden.

Dit allemaal… ís er gewoon.

'Mag ik je dan op zijn minst bloemen sturen?' vraagt ze.

Ik glimlach. 'Ik denk niet dat bloemen me zullen helpen bij het aanvaarden van het feit dat ik zowel een echtgenoot als een verloofde heb.'

'Wat je nu zegt, is totaal absurd,' zegt ze. 'En bloemen helpen altijd.'

Ik schiet in de lach. 'Nou, in elk geval bedankt voor deze vrolijke noot.'

'En jij bedankt omdat je het niet erg vindt dat er grapjes worden gemaakt op dit soort ernstige momenten,' zegt Olive. 'Tracey vindt dat helemaal niks.'

Tracey is Olives vriendin. Ik moet bekennen dat ik echt niet snap wat die twee bij elkaar te zoeken hebben. Tracey is serieus en erudiet en verbetert de taalfouten van een ander. Ze is koninklijk, mager en betoverend. Terwijl ik het altijd juist zo leuk aan Olive heb gevonden dat ze er van alles uit flapt, dat ze eet wat er voor haar wordt neergezet en dat ze in is voor alles wat je haar voorstelt.

Sam kwam met de in mijn ogen te gemakkelijke uitleg van tegengestelden die elkaar aantrekken, maar ik ben nog steeds op zoek naar een of ander ontbrekend deel. Minstens één keer per maand moet Sam tegen me zeggen: 'Moeten we het nou echt alweer over Olive en Tracey hebben?'

'Denk je dat het goed met hem gaat?' vraagt Olive. 'Ik bedoel, ik weet dat hij leeft en dat ze zeggen dat hij voldoende is hersteld om naar huis te mogen, maar wat denk je, zou hij in al die tijd niet gek zijn geworden? Ik bedoel, wij zouden toch ook gek worden van zoiets? Drie jaar in je eentje? Hij leefde waarschijnlijk op kokosnoten en praatte alleen met volleyballen, net als Tom Hanks in die ene film.'

'Dit helpt echt niet,' zeg ik tegen haar. 'Integendeel zelfs.'

'Sorry. Ik hou mijn mond wel.'

'Nee, je hoeft niet je mond te houden. Heb het alleen niet meer over dat mijn man waarschijnlijk geestelijk instabiel is. Ik zit hier in mijn eentje te wachten en als dat nog lang duurt, ben ik bang dat ik ook geestelijk instabiel word.'

Ze lacht. 'Zoals ik al zei, altijd blijven lachen in tijden van crisis.'

'Het was niet als grap bedoeld.'

En dan beginnen we allebei te lachen, want dat is nog het grappigst. Het feit dat het zo serieus is, zo totaal niet grappig.

Ik zit net luid te schateren als ik een witte SUV de parkeerplaats op zie rijden en nog voordat ik kan zien wie er achter het stuur zit, weet ik al dat het Jesse's ouders zijn.

'O,' zeg ik tegen Olive. 'Ik moet hangen. Francine en Joe komen net aanrijden.'

'O mijn god. Dat klinkt allemaal bijzonder ongemakkelijk.'

'Dat kun je wel zeggen, ja.' Ik zet de motor af.

'Ik bedoel, wanneer heb je ze voor het laatst gesproken?'

'Eigenlijk niet echt meer sinds zijn verdwijning. We hebben het nog een paar maanden volgehouden, dat idee dat we familie van elkaar zijn, en we belden elkaar nog een poosje met verjaardagen en zo, maar ook dat hield op een gegeven moment op. Volgens mij was het gewoon te pijnlijk voor ons allemaal. Al woonden we in dezelfde stad, we zagen elkaar eigenlijk nooit, behalve per ongeluk in de supermarkt of zo. Maar oké, ik moet echt hangen. Wens me maar sterkte.'

Olive heeft een slechte gewoonte die me pas is opgevallen toen we niet meer in dezelfde stad woonden en we onze vriendschap per telefoon moesten onderhouden: als je tegen haar zegt dat je moet ophangen, zegt ze oké en daarna praat ze zo nog een halfuur door.

'Oké,' zegt ze. 'Sterkte. Ik ben er voor je. Alles goed met Sam? Redt hij het nog een beetje?'

'Met Sam gaat het...' Ik weet niet wat ik verder moet zeggen en bovendien heb ik er geen tijd voor. 'Ik weet het niet. Ik moet echt ophangen nu. Lief dat je gebeld hebt. Ik weet niet hoe ik dit zonder jou zou moeten overleven.'

'Als er iets is, bel me dan, wanneer dan ook.'

'Doe ik. Echt. Goed, tot gauw dan.'

'Tot gauw. Gaan jij en Sam eigenlijk gewoon door met jullie huwelijksplannen? Ik bedoel, op dit moment is er niets echt zeker, toch?'

'Olive!' Ik verlies mijn geduld.

'Sorry,' zegt ze wanneer tot haar doordringt wat ze aan het doen is. 'Ik doe het weer op zijn Olives, hè?'

Ik lach. 'Nogal.'

'Oké, ik hang op. Ik hou van je. Ik ben er voor je. En ik zal niet eens naar Sophie en Ava informeren omdat ik weet dat je daar geen tijd voor hebt.'

'Heel goed. Dank je. Ik hou van je. Dag.'

'Dag.'

Wanneer ze ophangt, dringt tot me door hoe eenzaam ik me voel. Net nog dacht ik dat het probleem was dat ik het gesprek met Olive moest zien af te ronden. Maar nu besef ik weer wat de echte uitdaging is.

Ik stap uit mijn auto. Francine zwaait wanneer ze me ziet.

Ik zwaai terug en loop naar hen toe.

Francine draagt een bordeauxrode jurk met een donkerblauwe jopper. Haar golvende donkerbruine haar komt tot op haar schouders.

Ze omhelst me, stevig en hartstochtelijk, alsof ze me al die jaren heeft gemist. Ik heb me nog niet van haar losgemaakt of Joe slaat zijn armen al om me heen. Hij ziet eruit alsof hij naar de kerk gaat. Grijze broek, lichtblauw overhemd, donkerblauwe blazer. Ik zie dat hij kaal begint te worden. Op zijn eerst zo gladde gezicht tekenen zich diepe rimpels af.

'Hallo lieverd,' zegt hij tegen me.

'Emma,' zegt Francine terwijl ze een das om haar hals slaat. 'Wat heerlijk om je te zien.'

'Dank je,' zeg ik. 'Ik vind het ook fijn om jullie te zien.' Ik weet niet hoe ik haar moet aanspreken. Toen ik nog op school zat, noemde ik haar 'mevrouw Lerner'. Toen ik met haar zoon was getrouwd, noemde ik haar 'Franny'.

'En je haar!' zegt ze terwijl ze een hand uitsteekt naar mijn korte haar zonder het echt aan te raken. 'Zo anders.'

Ik ben sterker dan toen ik nog met hen omging. Ik sta steviger in mijn schoenen. Ik ben geduldiger. Ik zit niet meer zo vol wrok. Ik ben dankbaarder voor wat ik heb, minder gefrustreerd over wat ik niet heb. Ik lees veel meer boeken. Ik speel piano. Ik ben verloofd.

Maar natuurlijk kan zij dat allemaal niet zien.

Het enige wat zij ziet is mijn korte, blonde haar.

'Het heeft iets kwajongensachtigs.'

'Dank je.' Ik doe net alsof ik denk dat het als compliment bedoeld is, hoewel ik aan haar gezicht zie dat dat het niet is.

'Hoe gaat het met je?' vraagt ze.

'Eh. Goed. En met jullie?'

'Met ons ook. Met ons ook. Gods wegen zijn ondoorgrondelijk, maar wat er vandaag gebeurt stemt me oprecht nederig.'

Jesse is niet godsdienstig opgevoed en toen ik op de middelbare school zat heb ik Francine een keer horen zeggen tegen een mormoon die aanbelde en zieltjes probeerde te winnen: 'Het kan mij niet schelen wat God volgens jou wil.' Ik vraag me af of dat veranderd is. Misschien is ze een wedergeboren christen geworden nadat Jesse vermist raakte en is het feit dat ze hem nu terugkrijgt voor haar het bewijs dat ze op de goede weg is.

Joe kijkt me kort aan en wendt dan zijn blik af. Ik heb geen idee wat hij denkt. Maar hij lijkt alles een stuk minder gemakkelijk op te vatten. Francine lijkt te denken dat het leven weer volmaakt zal worden nadat Jesse uit het vliegtuig is gestapt. Maar ik geloof dat Joe begrijpt dat alles er een stuk ingewikkelder op zal worden.

'Goed,' zegt Francine. 'Zullen we dan maar naar binnen gaan? Ik kan gewoon niet geloven dat hij zo meteen landt. Dat wij hier met zijn drietjes staan en onze jongen zo weer terug zullen zien.' Ze pakt haar mobieltje en kijkt erop. 'Chris, Tricia en de jongens zijn er ook bijna, samen met Danny en Marlene.'

Ik wist dat Chris en Tricia kinderen hadden, niet omdat iemand me dat had verteld, maar omdat ik Tricia vorig jaar in de T.J. Maxx zag met een peuter bij zich.

Ik weet niet wie Marlene is. Ik ga ervan uit dat ze Danny's vriendin, verloofde of vrouw is.

Het komt erop neer dat ik bijna niets meer weet over de Lerners, en zij weten ook bijna niets over mij. Ik weet niet eens of ze van Sam weten.

Joe en ik volgen Francine, die zelfverzekerd in de richting van het luchthavengebouw loopt.

'Het is natuurlijk niet te voorspellen hoe hij zich voelt,' zegt Francine onder het lopen. 'Uit wat ik heb gehoord, en dat is ook het advies dat de professionals ons hebben gegeven, moeten we er allereerst voor zorgen dat hij zich veilig voelt.'

'Natuurlijk,' zeg ik.

Vlak voordat we bij de ingang zijn, draait Francine zich naar me om. 'En met die gedachte in ons achterhoofd hebben we ervoor gekozen om hem niet te vertellen dat jij verder bent gegaan met je leven.'

Dus ze weten het. Natuurlijk weten ze het.

'Oké.' Ik weet niet goed wat ik moet zeggen, maar ik begrijp dat ik haar moet laten weten dat ik haar heb gehoord.

De wind trekt aan en ik wou dat ik een wat warmere jas had aangetrokken. De lucht is hier frisser dan ik had verwacht. Ik doe nog een knoop dicht en zie dat Joe hetzelfde doet.

'Je kunt het hem natuurlijk wel vertellen als je dat wilt,' vervolgt Francine. 'Maar ik weet alleen niet of hij het wel aankan als hij te horen krijgt dat je al verloofd bent met iemand anders.'

Het is de 'al' die me dwarszit. De 'al' die stevig in de zin gemetseld zit, alsof het woord daar thuishoort tussen 'je' en 'verloofd'.

Ik besluit kalm te blijven. Ik hou mezelf voor dat een stoïcijnse houding de beste is. Maar dan, voordat het goed en wel tot me doordringt, heb ik de gevoelens in mijn borst al als woorden uit mijn mond laten komen.

'Je hoeft me echt geen schuldgevoel aan te praten,' zeg ik. 'Ik voel me zo ook al schuldig genoeg.'

Ik weet dat ze me heeft gehoord, maar dat ze doet alsof dat niet zo is. Dat geeft niet; ze kan toch met geen mogelijkheid begrijpen wat ik bedoel, zelfs al had ze gezegd van wel.

Ik vind het vreselijk dat ik Jesse heb opgegeven. Dat ik heb gedacht dat hij dood was. Dat ik verder ben gegaan met mijn leven. Dat ik verliefd ben geworden op iemand anders. Om al die dingen ben ik woedend op mezelf.

Maar ik ben ook kwaad op mezelf omdat ik niet loyaal ben aan Sam, dat mijn liefde voor hem niet standvastig en oprecht blijkt te zijn, iets wat ik hem wel had beloofd. Ik ben woest op mezelf omdat ik zo onzeker ben, omdat ik niet de vrouw ben die tegen hem kan zeggen dat hij de enige is, omdat ik niet de vrouw ben die hem de liefde schenkt die hij verdient.

Ik ben om zoveel dingen woest op mezelf.

Zo woest dat ik nauwelijks tijd heb om me af te vragen wat anderen van me denken.

'Oké,' zegt Joe abrupt. 'We gaan naar binnen. Jesse kan elk moment landen.'

DOOR HET RAAM ZIE IK EEN VLIEGTUIG LAAG KOMEN AANVLIEgen en dan landen op de landingsbaan.

Mijn hart gaat zo tekeer dat ik bang ben dat ik een hartaanval zal krijgen.

Een man op de grond rijdt een trap naar het toestel. Er gaat een deur open. Een piloot stapt uit.

En dan zie ik Jesse.

Hij is gehavend, maar toch, op de een of andere manier, mooier dan ooit in mijn ogen.

FOTO'S DEDEN NOOIT RECHT AAN ZIJN LACH. DAT HERINNER IK me ineens weer.

Hij is ook heel mager en tenger, alsof zijn lichaam alleen maar uit spieren en botten bestaat. Zijn eerder zo vriendelijke gezicht is gestroomlijnd, met harde hoeken waar ooit zijn zachte wangen zaten. Zijn haar is langer, slordiger. Zijn huid is lichtbruin en roze gevlekt; het ziet eruit als een zonnebrand van drie jaar.

Maar zijn gebaren zijn hetzelfde. Zijn glimlach is hetzelfde. Zijn ogen hetzelfde.

Ik staar naar hem terwijl hij de trap afloopt. Ik staar naar hem terwijl hij Francine en Joe omhelst. Ik staar naar hem terwijl hij op me af komt en me recht in de ogen kijkt. Ik zie dat zijn rechterpink ophoudt bij de eerste knokkel. Ergens onderweg is hij zijn pink kwijtgeraakt.

'Hoi,' zegt hij.

Alleen al bij het horen van dat ene woordje heb ik het gevoel dat ik terug ben in de tijd, terug naar een deel van mijn leven toen alles nog klopte, toen de wereld nog rechtvaardig was.

'Hoi.'

'Wat ben ik blij om je te zien.'

Ik glimlach. Ik sla mijn handen voor mijn gezicht. Hij pakt me beet en neemt me in zijn armen. Ik voel dat mijn polsslag onregelmatig is, alsof hij niet weet of hij moet versnellen of vertragen.

Ik vraag me af of dit allemaal wel echt is.

Maar als ik mijn ogen weer open, is hij er nog steeds. Hij staat voor me, hij omhult me.

Ik heb om hem gerouwd alsof hij dood was. Maar daar staat hij. Wat voor dingen weten we nog meer over de wereld die niet waar zijn?

'Je bent er weer,' zeg ik.

'Ik ben er weer.'

Er zijn van die momenten waarop je terugkijkt op je leven en je afvraagt waar de tijd is gebleven. Je vraagt je af hoe het kan dat het ene moment is overgegaan in het volgende, en dat al die momenten samen de dagen, maanden en jaren hebben gevormd die nu ineens aanvoelen als seconden.

Voor mij is dit zo'n moment.

Nu.

Het voelt alsof ons hele verleden samen zich uitstrekt over eonen en de tijd die ik zonder hem heb doorgebracht slechts een onbeduidende flits is.

Ik heb van Jesse gehouden sinds die dag in het zwembad.

En ik kan me al bijna niet meer voorstellen hoe ik zonder hem heb kunnen leven, hoe ik erin slaagde naar een wereld te kijken zonder hem erin, en ik vraag me af hoe ik ooit kan hebben gedacht dat ik van een ander zou kunnen houden op de manier waarop ik van hem hou.

Want hij is het.

Mijn hele leven.

Hij is dat altijd al geweest.

Hoe kan ik nu al die tijd zijn vergeten wie ik ben en van wie ik hou?

DE AFGELOPEN PAAR UUR ZIJN ALS IN EEN WAAS VERLOPEN. IK stond erbij, bijna zonder mijn mond open te doen, terwijl de hele familie Jesse's thuiskomst vierde. Ik keek toe terwijl Francine tranen met tuiten huilde en tot God bad bij Jesse's aanblik, ik keek toe terwijl Chris en Tricia hem hun zoontje Trevor en hun babydochtertje Ginnie voorstelden. En ik keek toe terwijl Danny hem zijn nieuwe vrouw Marlene voorstelde.

Mijn telefoon is een paar keer overgegaan, maar ik durf zelfs niet te kijken wie er heeft gebeld. Op dit moment kan ik het echte leven niet aan. Ik kan nauwelijks aan wat er hier vlak voor mijn ogen gebeurt.

En ik kan het al helemaal niet aan om wat er op dit moment gebeurt in overeenstemming te brengen met mijn echte leven.

Jesse heeft zoveel te verwerken. Ik merk dat zijn familie hem van alles wil vertellen, van alles met hem wil doen. Ik merk dat ik hem iedere gedachte zou willen vertellen die ik tijdens zijn afwezigheid heb gehad, dat ik ieder moment zou willen beschrijven dat ik zonder hem heb doorgebracht. Ik wil mijn hart in het zijne pluggen en de afgelopen drieënhalf jaar uploaden in zijn ziel.

Ik stel me zo voor dat iedereen hier precies hetzelfde zou willen.

Het moet vreselijk overweldigend voor hem zijn om degene te zijn naar wie iedereen staart, degene die iedereen met eigen ogen wil zien, degene die iedereen wil vasthouden.

Terwijl ik kijk naar hoe Jesse en zijn familie met elkaar omgaan, krijg ik opeens het gevoel dat ik hier niet bij hoor.

Jesse houdt zijn nichtje Ginnie voor het eerst in zijn armen en probeert zijn kalmte te bewaren. Maar ik ken hem. Ik weet wat die neergeslagen ooghoeken betekenen. Ik weet waarom hij zijn oren naar achteren trekt, waarom zijn nek zo stijf lijkt.

Hij voelt zich niet op zijn gemak. Hij is in de war. Dit is allemaal veel te veel voor hem. Veel te veel.

Ik vang zijn blik. Hij glimlacht.

En dan besef ik dat het de anderen zijn die hier niet horen. Er mogen dan een stuk of twintig mensen hier in deze ruimte zijn, voor Jesse en mij zijn er maar twee mensen op de hele wereld, en dat zijn Jesse en ik.

Wanneer zijn familie weer tot rust is gekomen, begint de discussie over hoe ze zullen terugrijden naar het huis van Francine en Joe. Ik zie dat Jesse zich losmaakt van de groep en dan voel ik zijn hand op me; hij trekt me opzij.

'Ben je met je eigen auto?'

'Ja.'

Ik kan gewoon niet geloven dat ik iets tegen hem zeg. Dat hij hier vlak voor me staat. Tegen me praat. Jesse Lerner. Mijn Jesse Lerner. Hij leeft en praat tegen me. Niets is ooit zo onmogelijk geweest terwijl het tegelijkertijd gebeurt.

'Oké, te gek. Laten we dan gauw weggaan.'

'Oké,' zeg ik onbewogen.

'Gaat het wel?' vraagt hij. 'Je kijkt alsof je een spook hebt gezien.' Meteen nadat hij dat heeft gezegd, sluit hij zijn ogen. Wanneer hij ze weer opent, vervolgt hij: 'Sorry. Je hebt ook een spook gezien. Toch?'

Ik kijk naar hem en word ineens overspoeld door een golf van vermoeidheid.

Ik denk dat niemand snapt hoe vermoeiend het is om tegenover een dode man te staan. Om je hersens om de halve seconde te moeten vertellen dat je ogen niet liegen.

Ik ben overweldigd door de verbazingwekkende onvoorstelbaarheid van de waarheid. Dat ik hem, nu, op dit moment, kan aanraken. Dat ik hem alle vragen kan stellen waarvan ik jaren heb betreurd dat ik ze hem niet had gesteld. Dat ik tegen hem kan zeggen dat ik van hem hou.

Het verlangen om hem dat te zeggen, en de overtuiging dat hij me nooit zou horen, hebben me jaar in jaar uit gepijnigd.

Maar nu kan ik het zeggen. Ik kan gewoon mijn mond opendoen en het zeggen en hij zal het horen en dan zal hij het weten.

'Ik hou van je,' zeg ik. Ik zeg het omdat ik het op dit moment meen, maar ik zeg het ook voor al die keren dat ik het niet kon zeggen.

Hij kijkt me aan en lacht zijn mooie rustige lach. 'Ik hou ook van jou.'

Het doet zo'n pijn en het voelt zo goed dat ik zou kunnen zweren dat mijn hart ervan bloedt.

Ik voel zo'n enorme opluchting en zo'n diep verdriet dat ik uit elkaar val, alsof pas nu tot me doordringt hoeveel inspanning het me heeft gekost om normaal te doen, om rechtop te blijven staan.

Mijn benen kunnen me niet meer dragen. Mijn longen kunnen me niet meer van lucht voorzien. Mijn ogen staren voor zich uit maar zien niets.

Jesse vangt me op voordat ik op de grond val. Iedereen kijkt, maar dat kan me nauwelijks nog iets schelen.

Jesse ondersteunt me en brengt me naar de wc-ruimte. Wanneer de deur achter ons dichtvalt, slaat hij zijn armen om me heen en houdt me zo stevig vast dat er geen lucht tussen ons zit. Jarenlang werden we gescheiden door onmetelijke kilometers en nu zit er niet eens zuurstof tussen ons.

'Ik weet het,' zegt hij. 'Ik weet het.'

Hij is de enige die mijn verdriet kan snappen, mijn verbazing, mijn vreugde.

'Ik ga even tegen mijn familie zeggen dat we wat tijd nodig hebben, oké?'

Ik knik verwoed tegen zijn borstkas.

Hij plant een kus op mijn hoofd. 'Ik ben zo terug. Wacht hier op me.'

Ik leun tegen de muur en kijk hem na.

Dan kijk ik naar mezelf in de spiegel. Mijn ogen zijn waterig en rood. De huid eromheen is vlekkerig. De diamanten ring om mijn vinger vangt het zwakke gelige licht.

Ik had hem af kunnen doen voordat ik hiernaartoe ging. Ik had hem van mijn vinger kunnen schuiven en in de auto laten liggen. Maar dat heb ik niet gedaan. Dat heb ik niet gedaan omdat ik niet wilde liegen.

Maar op dit moment snap ik met de beste wil ter wereld niet waarom ik dacht dat het beter was om de ring te dragen dan hem in mijn sieradenkistje te stoppen en in plaats daarvan mijn kleine robijnen ring om te doen.

Ze zijn allebei slechts de helft van de waarheid.

Ik sluit mijn ogen. En ik denk aan de man naast wie ik die ochtend ben ontwaakt.

Jesse is terug. 'Oké,' zegt hij. 'Laten we gaan.'

Hij pakt mijn hand en neemt me mee via een achterdeur. Hij loopt naar het parkeerterrein. Zijn familie is nog binnen. De wind waait door ons haar terwijl we naar de rij auto's rennen.

'Welke is van jou?' vraagt hij.

Ik wijs naar mijn auto op de hoek. We stappen in. Ik zet de motor aan, zet de auto in zijn achteruit en dan meteen weer in neutraal. 'Ik heb even nodig,' zeg ik.

Soms denk ik dat dit een droom is waaruit ik zal ontwaken, en ik weet niet of dat nu goed of slecht zou zijn.

'Ik snap het,' zegt Jesse. 'Neem rustig de tijd.'

Ik kijk naar hem en probeer te verwerken wat er gebeurt. Ik merk dat mijn blik blijft rusten op de plek waar vroeger de rest van zijn pink zat.

Het zal ons dagen, misschien weken, maanden, jaren, kosten om werkelijk te begrijpen wat we ieder op onze beurt hebben moeten doorstaan, om te begrijpen wie we nu voor elkaar zijn.

Op de een of andere manier voel ik me daar wat rustiger door. We hebben geen haast. We kunnen alle tijd nemen die ervoor nodig is.

'Oké,' zeg ik. 'Het gaat wel weer.'

Ik rij de parkeerplek uit en ga dan naar de weg, waar ik meteen rechts afsla.

'Waar gaan we naartoe?' wil hij weten.

'Ik weet het niet,' zeg ik.

'Ik wil met je praten. Ik wil eeuwig met je blijven praten.'

Ik neem kort mijn ogen van de weg en kijk hem aan.

Ik weet niet waar ik naartoe ga; ik rij gewoon. En dan zet ik de verwarming aan en ik voel de warme lucht uit de openingen komen en over mijn handen en voeten blazen. Ik voel de verstikkende warmte op mijn gezicht.

We komen bij een stoplicht dat op rood staat. Ik stop.

Ik werp een blik op hem en zie dat hij uit het raam kijkt, diep in gedachten verzonken. Dit alles is voor hem ongetwijfeld nog verbijsterender dan voor mij. Hij zal zo zijn eigen vragen hebben, zijn eigen tegenstrijdige gevoelens. Misschien heeft hij daar wel van iemand anders gehouden. Misschien heeft hij wel onbeschrijflijke dingen gedaan om te overleven, om terug te kunnen komen. Misschien is hij op een bepaald moment wel gestopt met van me te houden, heeft hij me opgegeven.

Ik heb Jesse altijd beschouwd als mijn andere helft, als iemand die ik net zo goed ken als ik mezelf ken, maar ik moet onder ogen zien dat hij nu een vreemde voor me is.

Waar is hij geweest en wat heeft hij meegemaakt?

Het licht springt op groen en de lucht wordt steeds donkerder. Volgens het weerbericht zou het vanavond weleens kunnen gaan hagelen.

Vanavond.

Er wordt van me verwacht dat ik vanavond naar huis ga, naar Sam.

Wanneer de buitenwegen waarover we rijden steeds bochtiger worden, dringt tot me door dat ik niet speciaal ergens naartoe ga. Ik breng de auto tot stilstand op een uitgesleten stuk berm langs de weg. Ik zet hem op de handrem, maar laat de verwarming aan. Ik maak mijn riem los en kijk hem aan.

'Vertel me alles,' zeg ik. Ik vind het moeilijk om naar hem te kijken, ook al is hij het enige wat ik wil zien.

Waar hij ook is geweest, wat hij ook heeft gedaan, het heeft zijn sporen achtergelaten. Zijn huid heeft iets leerachtigs, iets wat niet zo was toen hij vertrok. Zijn gezicht heeft rimpels op de vaak gebruikte plekken. Ik vraag me af of de rimpels om zijn ogen het gevolg zijn van in de verte turen, op zoek naar iemand die hem kon redden. Ik vraag me af of zijn pink de enige verwonding is of dat er onder zijn kleren nog meer verborgen gaan. Ik weet dat er onder de oppervlakte heel wat moet schuilgaan.

'Wat wil je weten?' vraagt hij.

'Waar was je? Wat is er gebeurd?'

Jesse blaast lucht uit zijn mond, een teken dat hij eigenlijk geen zin heeft om deze vragen te beantwoorden.

'Gewoon de korte versie dan,' zeg ik.

'Zullen we het over iets anders hebben? Over wat dan ook?'

'Maar ik moet het weten. Alsjeblieft?'

Hij kijkt uit het raampje en dan weer naar mij. 'Als ik het je nu vertel, beloof je me dan dat je me er nooit meer naar zult vragen? Echt nooit meer?'

Glimlachend geef ik hem een hand. 'Afgesproken.'

Jesse laat mijn hand niet meer los. Zijn hand voelt warm aan. Ik moet me inhouden om niet meer van hem aan te raken. Maar dan opent hij zijn mond en zegt: 'Daar gaan we dan.'

Toen de helikopter neerstortte, wist hij dat hij de enige overlevende was. Hij wil me niet vertellen hoe hij dat wist; hij wil het niet over het ongeluk zelf hebben. Het enige wat hij zegt, is dat er aan boord een opblaasboot met noodvoorraden was, zoals drinkwater en eten, en dat die zijn leven heeft gered in de weken die het hem kostte om land te vinden.

Land is een royale beschrijving voor waar hij terechtkwam. Het was een rotsformatie midden op zee. Vijfhonderd passen van het ene uiteinde naar het andere. Hoewel het niet echt een eiland was, zelfs geen eilandje, was er aan één kant wel een helling die afliep naar een smal strand. Jesse wist dat hij ver van Alaska verwijderd was geraakt, want het water was lauw en de zon meedogenloos. In het begin was hij van plan om daar alleen maar uit te rusten, om even grond onder zijn voeten te kunnen voelen. Maar al snel drong tot hem door dat de opblaasboot was lek gestoten op de rotsen. De boot was vrijwel helemaal leeggelopen. Hij zat vast.

Zijn water was bijna op en de voorraad energierepen slonk snel. Hij gebruikte de oude watercontainers om regenwater op te vangen. Tussen de rotsen zocht hij naar tekenen van beplanting of dieren, maar hij vond alleen zand en steen. En daarom leerde hij zichzelf vissen.

In het begin maakte hij een paar fouten. Hij at vissen waarvan hij moest overgeven. Hij dronk het water sneller op dan dat het aangevuld werd. Maar hij ontdekte ook dat er oesters en mosselen aan de kust groeiden en wist na een bijzonder harde storm genoeg water op te vangen voor weken, zodat hij weer een tijdje vooruit kon. Wanneer de zon op zijn heetst was, hing hij de leeggelopen opblaasboot tussen twee rotsen en sliep in de schaduw ervan. Het duurde niet lang voordat hij een redelijk betrouwbare routine had ontwikkeld.

Hij at rauwe vis, eendenmosselen en energierepen, dronk regenwater en verschool zich voor de zon. Hij voelde zich stabiel. Hij had het gevoel dat hij het op die manier wel kon uithouden tot we hem zouden vinden.

Maar na een paar weken drong tot hem door dat we hem nooit zouden vinden.

Hij zegt dat hij toen even instortte, maar daarna een openbaring kreeg.

En toen begon hij te trainen.

Hij wist dat hij niet de rest van zijn leven op dat kleine rotsblok in de Stille Oceaan kon blijven zitten. Hij wist dat zijn enige uitweg was om te doen waar hij in feite voor was opgeleid.

Hij ging trainen alsof hij een zwemwedstrijd moest zwemmen.

Hij telde zijn slagen en zwom iedere dag iets verder de zee op dan de dag ervoor.

Hij begon langzaam, zwakker en vermoeider dan hij zich ooit had gevoeld.

Maar na een paar maanden was het hem gelukt om ver de oceaan op te zwemmen. Hij kreeg er vertrouwen in dat hij op een goede dag sterk genoeg zou zijn om voor zolang het nodig was in open water te zwemmen.

Het kostte hem bijna twee jaar om het uithoudingsvermogen en het lef te ontwikkelen dat ervoor nodig was. Er waren een paar tegenslagen, zowel kleine (een kwallenbeet) als grote (hij zag een paar weken een haai rond de rotsformatie cirkelen). Maar toen hij uiteindelijk besloot dat hij het zou doen, was dat niet omdat hij dacht dat het hem zou lukken.

Het was omdat hij dacht dat hij zou sterven als hij het niet zou doen.

De energierepen waren al tijden op en er waren nauwelijks oesters meer te vinden. De helft van de opblaasboot was afgescheurd en meegevoerd door de wind. Hij was bang dat hij alleen nog maar kon verzwakken.

Er was een regenstorm die hem voorzag van een watervoorraad voor dagen. Hij dronk zoveel hij kon en het lukte hem om met stukken van de opblaasboot wat flessen op zijn rug te binden.

En toen ging hij het water in.

In een poging om hulp te vinden, in de wetenschap dat die poging zijn dood kon worden.

Hij weet niet precies hoelang hij op open zee was en wat zijn slagen betrof was hij de tel kwijtgeraakt. Hij weet alleen dat het minder dan twee dagen was toen hij een schip zag.

'En toen wist ik dat het voorbij was,' zegt hij. 'Dat ik het had gered. Dat ik naar huis zou gaan, naar jou.'

Hij heeft het niet over zijn pink. Hoewel hij zei dat hij me alles zou vertellen, heeft hij het in zijn hele relaas nergens gehad over het feit dat hij de helft van zijn pink kwijt is. En ik weet niet wat ik moet doen, want ik heb hem beloofd niet verder te vragen. Ik open mijn mond, op het punt om te doen wat ik niet zou moeten doen. Maar hij onderbreekt me en de boodschap is helder: we hebben het er verder niet meer over.

'Ik heb iedere dag aan je gedacht,' zegt hij. 'Ik heb je al die jaren gemist.'

Ik wil hetzelfde zeggen, maar dan besef ik ineens dat ik niet weet of dat wel waar is. Ik heb altijd aan hem gedacht, tot ik op een goede dag minder aan hem dacht. En daarna dacht ik nog wel vaak aan hem maar... dat is toch niet helemaal hetzelfde.

'Ik heb je altijd in mijn hart meegedragen,' zeg ik dan maar. Want ik weet dat dat waar is. Dat is absoluut waar.

Hoezeer onze levens ook verweven zijn, hoezeer we ook het gevoel mogen hebben dat we elkaar begrijpen, ik weet niet of ik ooit zal begrijpen hoe zwaar het is om in je eentje midden op de oceaan te wonen. Ik weet niet of ik ooit zal snappen hoeveel moed ervoor nodig is om aan die zwemtocht over open water te beginnen.

Maar hoewel ik die twee dingen beslist niet met elkaar wil vergelijken, denk ik dat Jesse op zijn beurt nooit zal kunnen begrijpen hoe het voelt als je denkt dat je grote liefde dood is. En om dan ineens weer naast hem te zitten in je auto, in de berm van de weg.

'Nu jij,' zegt hij.

'Nu ik?'

'Je moet mij ook alles vertellen,' zegt hij.

Hij heeft het nog niet gezegd of ik weet dat hij weet dat ik verloofd ben. Hij weet alles. Uit de scherpte van zijn stem en het gevoel van 'nu gaan we het beleven' dat zijn oplettende ogen en strakke mond uitstralen, kan ik opmaken dat hij dat allemaal al heeft uitgevogeld.

Of hij heeft de diamanten ring gezien.

'Ik ben verloofd,' zeg ik.

Ineens begint hij te lachen. Hij lijkt opgelucht.

'Wat is er? Waarom lach je? Waarom is dat grappig?'

'Omdat,' zegt hij lachend, 'ik dacht dat je al getrouwd was.'

Ik voel een glimlach over mijn gezicht trekken, al zou ik niet weten waar die precies vandaan komt. En dan begin ik ook te lachen en geef hem een speels klapje. 'Dat is bijna hetzelfde!' roep ik.

'O nee, echt niet,' zegt hij. 'Helemaal niet zelfs.'

'Ik ben van plan om met iemand anders te trouwen.'

'Maar dat heb je nog niet gedaan.'

'Nou en?'

Hij is zo makkelijk om mee te praten. Hij is altijd al makkelijk geweest om mee te praten. Of misschien ben ik daar toevallig altijd goed in geweest.

'Ik bedoel, de afgelopen drieënhalf jaar heb ik met heel mijn hart gehoopt dat ik jou zou terugzien. En als je denkt dat ik, alleen maar omdat je met iemand anders verloofd bent, ervan afzie om ons gezamenlijke leven weer op te pakken, dan ben je knettergek.'

Ik kijk hem aan, eerst nog met een brede lach, maar dan dringt al snel tot me door wat zijn woorden te betekenen hebben, en de glimlach verdwijnt. Ik leg mijn hoofd in mijn handen.

Ik zal iedereen verdriet doen.

Het wordt zo stil in de auto dat ik alleen nog maar het gesuis hoor van de auto's die langsrijden.

'Het ligt ingewikkelder dan je denkt,' zeg ik na een tijdje.

'Emma, luister, ik snap het best. Jij moest verder met je leven. Ik weet dat dat voor iedereen geldt. Ik weet dat je dacht dat ik...'

'Dood was. Ik dacht dat je dood was.'

'Dat weet ik!' Hij schuift naar me toe en pakt mijn handen beet. 'Dat moet onvoorstelbaar moeilijk voor je zijn geweest. Ik wil me daar niet eens een voorstelling van maken. Al die jaren wist ik dat jij leefde, wist ik dat ik naar je toe moest. En ik weet dat jij dat niet had. Ik vind het heel erg voor je, Emma.'

Als ik hem aankijk, zie ik dat ook hij tranen in zijn ogen krijgt, net als ik.

'Echt, ik vind het zo erg. Je weet niet half hoe erg. Ik had het nooit moeten doen. Ik had nooit weg moeten gaan. Niks op deze wereld, geen enkele ervaring is het waard dat ik jou erdoor kwijtraak, dat ik jou verdriet doe. Uren en uren, dagen, dacht ik aan hoe verdrietig jij je moest voelen. Dacht ik aan het verdriet van jou en mijn moeder en mijn hele familie. Het was bijna niet te harden. Om te weten dat de mensen van wie ik hield... dat jij, jij, Emma, om me rouwde. Ik vind het zo erg dat je dat hebt moeten doorstaan. Maar nu ben ik terug. En wat me in leven hield, wat me dreef, was de gedachte aan jou. Aan jou weerzien. Terugkomen in het leven dat we hadden gepland. Ik wil dat leven terug. En ik sta niet toe dat de besluiten die jij hebt genomen toen je dacht dat ik dood was, van invloed zijn op wat ik nu voor je voel. Ik hou van je, Emma. Ik heb altijd van je gehouden. Dat is nooit opgehouden. Dat zou ik niet eens kunnen. Ik ben gewoon niet in staat om van iemand anders dan jij te houden. Dus ik vergeef je alles wat er is gebeurd toen ik er niet was, maar nu is het onze tijd. Onze tijd om ons oude leven weer op te pakken.'

Het is inmiddels zo warm in de auto dat ik het gevoel krijg dat ik koorts heb. Ik zet de verwarming uit en probeer me uit mijn jas te worstelen. Het is lastig om in de kleine ruimte achter het stuur mijn armen uit de mouwen te wurmen, maar dan trekt Jesse zonder iets te zeggen een van de mouwen naar beneden en kan ik mezelf eindelijk bevrijden.

Ik kijk hem aan, en als ik de shock en de verwarring en de bitterzoetheid wegdenk, is het enige wat overblijft een gevoel van enorme troost. Mijn ogen openen en zijn gezicht zien, voelt als thuiskomen. Ik kan me niet herinneren dit ooit eerder op deze manier te hebben gevoeld. Hier, in deze auto, bevindt zich het beste gedeelte van pakweg de jaren tussen mijn zestiende en mijn dertigste. Het beste gedeelte van mij. Het begin van mijn leven wordt gevormd door deze man hier.

De jaren waarin hij er niet was hebben de warmte en troost die we in ons gezamenlijke leven vonden, niet kunnen uitwissen.

'Jij was mijn grote liefde,' zeg ik.

'Ik bén je grote liefde,' zegt Jesse. 'Er is niks veranderd.'

'Alles is veranderd!'

'Niet tussen ons,' zegt hij. 'Je bent nog steeds het meisje met de sproetjes onder haar oog. En ik ben nog steeds de jongen die jou kuste op het politiebureau.'

'En Sam dan?'

Voor het eerst zie ik een flits van droefheid en woede over zijn gezicht trekken. 'Ik wil zijn naam niet horen,' zegt hij terwijl hij bij me wegschuift. De scherpte van zijn stem maakt me machteloos. 'Laten we het ergens anders over hebben. Nu tenminste.'

'Maar we kunnen het toch onmogelijk negeren?'

Jesse kijkt even uit het raam. Ik zie zijn gespannen kaak, zijn strak starende ogen. Maar dan ontspant hij zich en draait zich weer naar me om. Met een glimlach vraagt hij: 'Nog leuke films gezien?'

Ondanks alles schiet ik in de lach en hij lacht al snel met me mee. Zo is het altijd geweest tussen ons. Ik glimlach omdat hij glimlacht. Hij lacht omdat ik lach.

'Dit is echt heel moeilijk,' zeg ik wanneer ik weer op adem ben gekomen. 'Alles is zo... zo...'

'Dat hoeft helemaal niet zo te zijn,' zegt hij. 'Ik hou van jou en jij houdt van mij. Je bent mijn vrouw.'

'Ik weet niet eens of dat wel zo is. Toen je dood werd verklaard... ik bedoel, ik weet niet eens of we nog wel getrouwd zijn.'

'Dat papiertje kan me niet schelen,' zegt hij. 'Jij bent de vrouw van wie ik al mijn hele leven hou. Ik weet dat je verder moest. Dat neem ik je ook niet kwalijk. Maar nu ben ik weer terug. Ik ben er! Alles kan weer worden zoals het was. Zoals het hoort te zijn.'

Ik schud mijn hoofd en veeg mijn tranen weg met de rug van mijn hand. 'Ik weet het niet,' zeg ik tegen hem. 'Ik weet het niet.'

'Maar ík weet het.' Hij buigt zich naar me toe om de tranen die langs mijn hals glijden weg te vegen. 'Jij bent Emma,' zegt hij, alsof ik niet meer weet wie ik ben en daarmee het probleem nu is opgelost. 'En ik ben Jesse.'

Met een klein glimlachje kijk ik hem aan. Ik probeer me beter te voelen, want dat wil hij graag. Ik probeer te geloven dat alles zo eenvoudig is als hij beweert. Ik zou hem bijna kunnen geloven. Bijna.

'Jesse...'

'Het komt wel goed, oké?' zegt hij. 'Het komt allemaal goed.'

'Denk je echt?'

'Natuurlijk.'

Ik hou van hem. Ik hou van deze man. Niemand kent me zoals hij me kent, niemand houdt van me op de manier waarop hij van me houdt.

Er is nog een andere liefde in mijn leven. Maar dat is anders. Dat is niet dit. Het is niet precies dezelfde liefde als deze. Het is beter en slechter. Maar ik neem aan dat het daarom draait bij de liefde tussen twee mensen: je kunt het niet met een ander overdoen. Iedere keer dat je van iemand houdt, is de liefde anders. Jij staat er anders in.

Op dit moment wil ik niets liever dan me overgeven aan déze liefde.

Deze liefde met Jesse.

Ik werp me in zijn armen en hij houdt me stevig vast. Onze monden zijn nu dicht bij elkaar, raken elkaar bijna aan. Jesse schuift nog iets naar me toe.

Maar hij kust me niet.

En dat vind ik op de een of andere manier het galantste wat hij ooit heeft gedaan.

'Ik weet al wat we doen,' zegt hij. 'Jij zet me bij mijn ouders af. Want het wordt al laat en ze vragen zich vast af waar ik blijf. Ik kan ze niet... ik kan ze niet in het ongewisse laten...'

'Oké,' zeg ik.

'En dan ga jij naar jouw huis. Naar waar je dan ook woont,' vervolgt hij. 'Waar woon je?'

'In Cambridge,' vertel ik hem.

'Oké, dan ga jij naar Cambridge.'

'Oké.'

'Waar werk je? Werk je voor een tijdschrift of freelance?' vraagt hij verwachtingsvol.

Ik durf hem bijna niet teleur te stellen. 'Ik werk in de boekwinkel.'

'Hoe bedoel je?'

'Bij Blair Books.'

'Werk je bij Blair Books?'

'Ik ben terugverhuisd nadat je...' Ik maak mijn zin niet af en zeg: 'Toen ben ik daar gaan werken. En nu vind ik het echt heel leuk. De zaak is nu van mij.'

'Van jou?'

'Ja, ik run de zaak. Mijn ouders doen nog het een en ander, maar ze hebben zich grotendeels teruggetrokken.'

Jesse kijkt me aan alsof hij het niet kan bevatten. En dan verandert zijn gezichtsuitdrukking totaal. 'Wauw,' zegt hij. 'Die zag ik niet aankomen.'

'Dat weet ik,' zeg ik. 'Maar het is goed zo. Het is fijn.'

'Oké. Dus dan neem ik aan dat je morgen in de boekwinkel bent?'

'Meestal ben ik er om een uur of negen. We gaan om tien uur open.'

'Zullen we samen ergens gaan ontbijten?'

'Ontbijten?'

'Dacht je soms dat ik tot de lunch wil wachten? Ik wil je zo snel mogelijk weerzien. Ontbijt is al bijna te ver weg.'

Ik denk even na. Ik denk aan Sam. Ik ga gebukt onder schuldgevoel en wil iets zeggen, maar voordat ik dat kan, voegt Jesse eraan toe: 'Kom op, zeg, Emma. Je kunt toch wel met me ontbijten?'

Ik knik. 'Ja... Oké, ja. Halfacht?'

'Te gek,' zegt hij. 'We hebben een date.'

HET IS NET NA ACHTEN ALS IK HET PARKEERTERREIN VAN ONS appartement op rij. Ik trek mijn jas strak om me heen nadat ik ben uitgestapt. De wind wakkert aan en de temperatuur is gedaald nadat de zon is ondergegaan, en ik voel de ijzige bries en koude lucht langs mijn rug en nek strijken. Ik ren het gebouw in.

Ik stap in de lift. Ik druk op de knop voor de vijfde verdieping. Ik zie de liftdeuren dichtgaan en doe dan zelf mijn ogen dicht.

Wat moet ik zeggen als hij vraagt hoe het ging?

Hoe kan ik hem de waarheid vertellen als ik zelf niet weet wat die is?

Ik ga zo op in mijn gedachten dat ik even schrik wanneer de liftdeuren met een ping openschuiven.

In de hal, vlak voor onze voordeur, staat Sam.

Mooie, lieve, gebroken, verdrietige Sam.

'Je bent er!' zegt hij. 'Ik dacht al dat ik je auto aan zag komen rijden. Ik zette net de vuilniszak buiten, maar ik wist het niet zeker. Ik... ik heb je nog gebeld, al een paar keer, maar omdat je niet terugbelde, wist ik niet of je wel thuis zou komen.'

Hij wist niet óf ik wel thuis zou komen.

Hij heeft waterige ogen. Hij heeft gehuild. Hij lijkt te denken dat ik dat niet merk zolang hij maar opgewekt doet.

'Sorry.' Ik sla mijn armen om hem heen en voel dat hij zich tegen me aan laat vallen. Zijn opluchting is tastbaar. 'Ik was de tijd vergeten.'

We lopen ons appartement in. Het eerste wat ik ruik is tomatensoep. Sam maakt de allerlekkerste tomatensoep van de wereld. Gekruid, licht en zoet.

Als ik de keuken in kom zie ik dat de spullen voor tosti's klaarliggen, inclusief vegan cheddar, omdat ik ervan overtuigd ben dat ik lactose-intolerant begin te worden.

'O mijn god,' zeg ik. 'Ben je tomatensoep en tosti's aan het maken voor het avondeten?'

'Ja.' Hij probeert nonchalant te klinken, doet moeite om zijn stem een zorgeloze klank mee te geven. 'Dat leek me wel lekker op zo'n koude dag als vandaag.'

Hij loopt naar het aanrecht en legt een stapel boterhammen op de snijplank, terwijl ik mijn tas op tafel zet en aan het aanrecht ga zitten. Hij begint voorzichtig kaas te raspen en de boterhammen te smeren, terwijl ik mijn laarzen uittrek en bij de deur zet. Zijn handen trillen een beetje en hij heeft een strak gezicht, alsof hij grote moeite doet om niets van zijn gevoelens te laten merken.

Het doet pijn om naar hem te kijken, om te weten dat hij zo zijn best doet om me te laten zien dat alles oké is, om te weten dat hij begripvol en geduldig en onverstoorbaar probeert te zijn, terwijl hij dat allemaal niet is. Verre van zelfs. Hij zet een koekenpan op een halfhoog vuurtje en probeert te doen alsof hij zich niet verscheurd voelt omdat ik vandaag mijn (ex?) man heb gezien.

Ik moet hem uit zijn lijden verlossen.

'We kunnen er best over praten, hoor,' zeg ik.

Hij kijkt me aan.

Mozart komt de keuken in, maar draait zich meteen weer om, alsof hij weet dat hij hier niet bij wil zijn. Ik zie dat hij naast Homer onder de piano kruipt.

Ik pak Sams hand. 'We kunnen over alles praten wat je dwarszit; je kunt me vragen wat je wilt. Dit is ook jouw leven.'

Hij wendt zijn blik even af en knikt. Hij zet het gas uit.

'Vraag maar. Alles wat je maar wilt weten. Gewoon vragen. Het is oké. We zullen eerlijk tegen elkaar zijn en dan komt het wel goed met ons.' Ik weet eerlijk gezegd niet wat ik bedoel met dat het wel goed komt met ons.

Hij kijkt me aan. 'Hoe ging het met hem?'

'O,' zeg ik, verbaasd dat zijn eerste vraag over Jesse's welzijn gaat.

'Het gaat goed met hem. Hij lijkt... zich al aan te passen.' Ik vertel maar niet dat hij onverstoorbaar lijkt, op het idiote af zelfs, en zich alleen maar richt op het herstel van ons huwelijk.

'En hoe gaat het met jou?'

'Ook goed,' zeg ik. 'Een beetje overdonderd door alles. Het is heel raar om hem weer te zien. Ik weet niet goed wat ik ervan moet denken.' Ik gebruik expres vage woorden omdat ik bang ben te specifiek te worden. Ik ben bang het ene gevoel voorrang te geven boven het andere. Maar ik zou eerlijk gezegd ook niet weten welke woorden ik moest gebruiken als ik wel wist welk gevoel bij mij de voorrang had.

Sam knikt. En dan haalt hij diep adem en vraagt wat hij echt wil weten. Het is duidelijk dat de eerste twee vragen opwarmertjes waren en dat het nu menens wordt. 'Heb je hem gekust?'

Gek hè? Veel mannen beschouwen wat je hebt gedaan en niet wat je voelt als verraad.

Ik schud mijn hoofd. 'Nee.'

Sam is meteen opgelucht, maar ik voel me nog beroerder. Ik kom weg met een formaliteit. Jesse heeft niet eens geprobeerd me te kussen, dus ik weet niet of ik het had laten gebeuren als hij dat wel had gedaan, of ik hem had terug gekust. Maar door te doen alsof ik hem doelbewust niet heb gekust, doe ik me beter voor dan ik ben. Dat geeft me geen goed gevoel.

'Ik had het best begrepen als je hem had gekust,' zegt Sam. 'Ik weet dat... Ik bedoel...'

Ik wacht tot hij zijn zin afmaakt, maar dat gebeurt niet. Hij geeft het gewoon op, alsof het te overweldigend is om woorden voor zijn gedachten te moeten kiezen.

Ik weet hoe hij zich voelt.

Hij doet het gas weer aan en gaat verder met de tosti's.

'Je bevindt je in een onmogelijke situatie,' zeg ik tegen hem. Ik wil hem laten weten dat ik begrijp wat hij doormaakt. Maar eigenlijk kan ik dat niet echt begrijpen, toch? Ik heb geen idee hoe het is om nu in zijn schoenen te staan.

'Jij ook,' zegt hij.

We spelen hetzelfde spelletje met elkaar. We willen begrijpen, we willen de ander het gevoel geven dat hij begrepen wordt, maar in werkelijkheid bevinden we ons op dit moment ieder aan de andere kant van de straat en kijken we naar elkaar en proberen we ons voor te stellen hoe het leven er aan de overkant uitziet.

Ik zie dat hij zijn ogen tot spleetjes knijpt. De spanning die hij voelt is aan zijn schouders af te zien. Ik kijk toe terwijl hij een boterham smeert.

Misschien begrijp ik wel meer van hem dan ik denk.

Sam maakt een kaastosti voor zijn verloofde en vraagt zich ondertussen bezorgd af of ze hem in de steek zal laten.

Hij is bang dat hij degene van wie hij houdt, elk moment kan kwijtraken. Er bestaat geen universelere angst dan die.

'Ik help je wel even,' zeg ik. Ik loop naar hem toe en pak de spatel uit zijn hand.

Ik ben heel goed in het omdraaien van dingen met een spatel.

Ik ben slecht in soep maken. Ik heb geen idee hoe ik van een flauw soepje iets lekkers kan maken en ik heb geen benul wat er precies bij een bepaalde kaas past. Maar geef me een half gebakken omelet en ik draai hem om alsof ik een geboren topkok ben.

'Ga jij verder met boterhammen smeren, dan draai ik ze om,' zeg ik.

Hij glimlacht, en dat is letterlijk alsof je de zon door de wolken ziet breken.

'Oké,' zegt hij. Met nog meer energie smeert hij de boter uit over de boterham. Wat is die boter geel!

Voordat ik iets met Sam kreeg, bewaarde ik altijd goedkope boter in het vriesvak en als ik die dan nodig had voor toast, hakte ik er kleine stukjes af en probeerde de ijskoude flinters dan tevergeefs over de warme toast uit te smeren; ik leek dan wel zo'n vrouw uit een oude tv-reclame.

Toen Sam en ik gingen samenwonen, bleek hij een klein porseleinen bakje met een deksel te hebben dat hij op het aanrecht zette en toen ik het deksel eraf haalde, zag ik een stuk boter in een plasje water liggen. 'Wat is dit in godsnaam?' vroeg ik terwijl ik de stekker van het broodrooster in een stopcontact stak.

Sam was bezig glazen in de keukenkastjes te zetten en begon te lachen. Hij klom van het keukentrapje en maakte de doos waar de glazen in hadden gezeten plat. 'Het is een Franse botervloot. Je legt de boter in het bovenste gedeelte, doet koud water onderin, en dan blijft de boter koel, maar smeerbaar.' Hij zei het op een toon alsof iedereen dat wist, alsof ik degene was die gek was.

'Ik heb door heel Frankrijk gereisd,' zei ik, 'maar zoiets ben ik nooit tegengekomen. En waarom is die boter zo geel? Is dit van die hippe biologische boter of zo?'

'Het is gewoon boter.' Hij pakte een volgende doos en begon de inhoud over de bestekla te verdelen.

'Dat is geen gewone boter!' Ik hield het bovenste gedeelte voor hem op om het hem te laten zien, alsof hij zijn verstand was verloren.

'Boter- boter is lichtgeel. Deze boter is geel-geel.'

'Het enige wat ik hoorde was: "Boter-boter geel-geel".'

Ik lachte.

'Volgens mij zeggen we hetzelfde, namelijk dat boter geel is,' zei hij.

'Je moet toegeven dat er iets met deze boter is,' zei ik alsof ik hem aan een kruisverhoor onderwierp. 'Dat kun je echt niet ontkennen.'

'Het is geen supermarktboter, als je dat bedoelt.'

Ik lachte hem uit. 'O, zijn we ineens Bill en Melinda Gates geworden? Ik koop gewoon supermarktboter, hoor.'

Sam zuchtte. Hij wist dat hij was betrapt was. 'Het is natuurlijke, biologische, onbewerkte grasboter,' biechtte hij op.

'Wauw.' Ik deed alsof ik geschokt was. 'En dan denk je dat je iemand kent...'

Hij pakte de botervloot uit mijn hand en zette hem trots op het aanrecht, alsof hij daarmee wilde zeggen dat het een volwaardig gezinslid was. 'Misschien is het inderdaad twee keer zo duur als die supermarktboter, maar als je er eenmaal van hebt geproefd, wil je niet meer anders. En dan wordt dit je standaardboter.'

Nadat we alle keukenspullen hadden uitgepakt, scheurde Sam de broodzak open en pakte er twee boterhammen uit. Hij stopte ze in het broodrooster. Toen ze klaar waren, smeerde hij er boter op en ik zag dat dat heel gemakkelijk ging. En toen nam ik een hap en wist ik niet wat ik proefde.

'Wauw,' zei ik.

'Zie je nou wel?' zei Sam. 'Soms weet ik iets echt beter dan jij. Mijn volgende project is jou ervan overtuigen dat we een huisdier moeten nemen.'

Het was een van de vele momenten in mijn leven na Jesse's vertrek dat ik niet aan Jesse dacht. Ik was heel erg verliefd op Sam. Ik hield van hem. Ik hield van de piano en ik hield van die boter. Een paar maanden daarna namen we twee katten. Door Sam verbeterde de kwaliteit van mijn leven en ik was benieuwd wat ik nog meer van hem zou kunnen leren. Ik verheugde me op onze toekomst samen.

En terwijl ik nu naar hem kijk als hij de gesmeerde boterhammen in de pan voor me legt, wil ik alleen maar van hem houden, ondubbelzinnig, zonder bedenkingen, zoals ik van hem hield voordat ik ontdekte dat Jesse nog leefde.

We waren zo gelukkig samen toen niets ons leven vertroebelde, toen het deel van mezelf dat van Jesse hield, netjes opgesloten zat in een doosje in mijn hart.

Sam beweegt de sneetjes over de bodem van de sissende pan en ik doe een onmogelijk voorstel. 'Denk je dat we voor één avondje alles even opzij kunnen zetten? Dat we gewoon kunnen doen alsof ik een normale dag achter de rug heb in de boekwinkel en jij op school, en dat er helemaal niets is veranderd?'

Ik verwacht eigenlijk dat Sam zal zeggen dat het zo niet werkt in het leven, dat mijn voorstel naïef is of egoïstisch of ondoordacht. Maar dat doet hij niet.

Hij glimlacht even en knikt dan. Het is een kort knikje. Het is geen nadrukkelijk knikje of een opgelucht knikje. Zijn knikje houdt niet zoiets in als 'Ik dacht dat je het nooit zou vragen', of 'Ja hoor, klinkt goed', maar eerder iets als 'Ik snap waarom je dat wilt proberen en ik speel het spel met je mee'. En dat laatste is ook precies wat hij doet.

'Oké, Emma Blair, maak je klaar voor het omdraaien,' zegt hij terwijl hij de twee sneetjes in de pan elk met nog een sneetje bedekt.

'Ik ben er helemaal klaar voor,' zeg ik. Ik hou de spatel in de aanslag.

'Nu!' zegt hij.

En met twee snelle polsbewegingen heb ik ons avondeten omgedraaid.

Sam zet het vuur onder de soep wat hoger.

Hij pakt twee kommen en twee borden.

Hij pakt voor zichzelf een biertje uit de ijskast en vraagt of ik ook wil. Ik besluit mee te doen. De koele knisperigheid ervan klinkt goed en om de een of andere reden denk ik dat een biertje drinken helpt bij doen alsof dit een gewone avond is.

Algauw zitten we aan tafel. Omdat we bankjes aan de tafel hebben in plaats van stoelen, kan Sam heel dicht tegen me aan gaan zitten en raken onze dijen en armen elkaar.

'Dank je voor het eten,' zeg ik. Ik kus hem op zijn wang, vlak bij zijn oor. Hij heeft daar een sproetje en ik heb hem een keer verteld dat ik dat als een schietschijf beschouw. Als iets waar ik op richt. Normaal gesproken kust hij me dan terug onder mijn oog. Sproeten voor een sproetje. Maar vanavond doet hij dat niet.

'Dank je voor het omdraaien,' zegt hij. 'Niemand kan dat beter dan jij.'

De tosti is zacht in het midden en krokant aan de buitenkant. De soep is zoet met net iets scherps erin.

'Ik zou echt niet weten wat ik lekkerder vind, deze soep of je gebraden kip.'

'Doe niet zo raar. Tegen gebraden kip kan geen enkele tomatensoep op.'

'Dat zal wel, maar jouw soep is echt heel bijzonder. Knus en troostrijk. En deze tosti is ook...'

Sam laat zijn lepel in zijn soep vallen. De spetters vliegen over de tafel. Met gespreide handen kijkt hij me aan. 'Hoe kan ik nu doen alsof alles oké is?' vraagt hij. 'Ik zou heel graag willen doen alsof er niets aan de hand was. Ik zou niets liever willen, maar er is wel wat aan de hand.'

Ik pak zijn hand.

'Ik kan echt niet over soep en tosti's en weet ik wat praten...' Hij sluit zijn ogen. 'Jij bent mijn grote liefde, Emma. Ik heb nog nooit zoveel van iemand gehouden als van jou.'

'Dat weet ik,' zeg ik.

'En weet je, het is oké als ik niet jouw grote liefde ben. Ik bedoel, dat is helemaal niet oké. Maar ik weet dat ik me daarbij neer zal moeten leggen als blijkt dat dat zo is. Kun je me nog volgen?'

Ik knik en wil iets zeggen, maar hij gaat al verder.

'Ik voel me alleen... alleen zo...' Hij sluit zijn ogen weer en slaat zijn handen voor zijn gezicht, zoals mensen doen als ze uitgeput zijn.

'Zeg nou maar. Wat het ook is. Gooi het eruit. Zeg het me,' dring ik aan.

'Ik voel me naakt. Alsof ik rauw ben. Alsof ik...' Hij maakt een onrustige indruk terwijl hij naar woorden zoekt. Zijn bewegingen zijn schrikachtig en chaotisch. Maar dan zit hij ineens doodstil. 'Ik heb het gevoel alsof mijn hele lichaam een open wond is en dat ik naast iemand sta die misschien wel of misschien ook niet een pot zout over me heen gaat strooien.'

Ik kijk hem aan, kijk hem in de ogen en ik weet dat wat voor verdriet hij nu ook toegeeft, helemaal niets te beduiden heeft in vergelijking met wat hij echt voelt.

Ik weet niet of je emotionele liefde en lichamelijke liefde wel kunt scheiden. Of misschien ben ik gewoon een heel tactiel iemand. Hoe dan ook, voor mij is het niet genoeg om nu alleen maar te zeggen: 'Ik hou van je.' De woorden voelen te klein in verhouding tot alles wat ik in me heb. Ik moet het hem laten zien. Ik moet ervoor zorgen dat hij het niet alleen hoort, maar ook voelt.

Ik buig me naar hem toe. Ik kus hem. Ik trek hem dicht tegen me aan. Ik druk mijn lichaam tegen het zijne en sta toe dat hij mijn rug streelt. Ik schuif de bank iets naar achteren zodat ik bij hem op schoot kan gaan zitten. En terwijl ik hem in mijn armen hou, beweeg ik zacht op en neer en fluister in zijn oor: 'Ik heb je nodig.'

Sam kust me agressief, alsof hij wanhopig naar me verlangt.

We halen het bed of de bank niet eens. We laten ons onhandig op de keukenvloer zakken. Onze hoofden bonken op het harde hout, onze ellebogen tegen de keukenkastjes. Mijn broek gaat uit. Zijn overhemd. Mijn beha belandt onder de ijskast, naast Sams sokken.

Terwijl we kreunen en hijgen, houden we allebei onze ogen stijf dicht, op een paar vluchtige momenten na waarin we elkaar recht in de ogen kijken. En dat zijn de momenten waarop ik weet dat hij snapt wat ik hem probeer duidelijk te maken.

En dat is waar dit alles om draait, de enige reden waarom we doen wat we nu doen.

Het gaat ons niet echt om lust. We snakken ernaar om door de ander gevoeld te worden, snakken ernaar om elkaar te voelen. We bewegen ons om elkaar te vertellen wat er in onze ziel zit, om te zeggen wat woorden niet kunnen zeggen. We strelen elkaar in een poging om naar elkaar te luisteren.

Tegen het einde merk ik dat ik mijn hart tegen het zijne duw, alsof het probleem is dat we twee verschillende mensen zijn, alsof ik het verdriet kan verdrijven door met hem te versmelten.

Wanneer het voorbij is, laat Sam zich boven op me vallen.

Ik hou hem stevig vast met mijn armen en benen om hem heen. Wanneer hij beweegt, hou ik hem nog steviger vast, alsof mijn ledematen hem vragen om te blijven.

Ik weet niet hoelang we zo liggen.

Ik slaap al bijna wanneer ik door Sam met een ruk de werkelijkheid in word getrokken omdat hij zich van me losmaakt en tussen mij en de afwasmachine gaat liggen.

Ik schuif iets op en leg mijn hoofd op zijn schouder in de hoop dat deze opschorting van de werkelijkheid nog niet voorbij is.

Maar ik merk aan alles dat het wel zo is.

Hij trekt zijn kleren weer aan.

'Hij is je man,' zegt hij. Zijn stem is kalm, stoïcijns, alsof het nu pas tot hem doordringt. Ik heb ontdekt dat het vaak zo gaat met schokkende gebeurtenissen; ze dringen met een klap tot je door, al had je kunnen zweren dat dat een uur geleden ook al was gebeurd. 'Hij is je mán, Emma.'

'Dat was hij,' zeg ik, hoewel ik niet weet of dat wel helemaal waar is.

'Dat zijn alleen maar woorden.'

Ik pak mijn trui en trek hem aan zonder iets te zeggen. Ik kan niets troostends bedenken. Het zijn inderdaad alleen maar woorden. Ik heb het gevoel dat ik een tijdperk van mijn leven betreed waarin woorden en etiketten hun betekenis zullen verliezen. Het zal alleen nog om de betekenis achter die woorden draaien.

'Ik voel me zo klote. Ik voel me verscheurd,' vervolgt hij. 'Maar het gaat niet over mij, toch? Hij is degene die drie jaar op zee of waar dan ook heeft moeten overleven. En jij bent degene die als weduwe verder heeft geleefd. En ik ben alleen maar de klootzak.'

'Je bent geen klootzak.'

'Jawel,' zegt Sam. 'Ik ben de klootzak die tussen jullie en jullie hereniging staat.'

Weer weet ik niet wat ik moet zeggen. Want als je het woord 'klootzak' vervangt door 'man' – 'Ik ben de man die tussen jullie en jullie hereniging staat' –, ja dan, dan heeft hij gelijk.

Als ik Sam die dag in de muziekzaak niet tegen het lijf was gelopen, als ik niet verliefd op hem was geworden, dan zou dit de mooiste tijd van mijn leven zijn.

In plaats van de verwarrendste.

Heel even mag ik van mezelf denken over hoe mijn leven op dit moment zou zijn geweest als dat allemaal niet was gebeurd, als ik mezelf niet had toegestaan om verder te gaan.

Dat had ik kunnen doen. Ik had me kunnen afsluiten voor het leven en voor de liefde. Ik had Jesse's naam kunnen vastzetten in mijn hart en iedere dag ter ere van hem, ter nagedachtenis aan hem, kunnen leven. In sommige opzichten zou dat een stuk eenvoudiger zijn geweest.

In plaats van hem een brief te schrijven om hem te vertellen dat ik hem moest loslaten om verder te kunnen met mijn leven, had ik mijn dagen kunnen slijten in afwachting van zijn terugkeer uit een plek waaruit hij, zoals ik toen dacht, nooit zou kunnen terugkeren. Ik had van het onmogelijke kunnen blijven dromen.

En dan zou mijn droom nu zijn uitgekomen.

Maar ik heb die droom opgegeven en vond een nieuwe.

En daarmee maak ik nu iedereen kapot.

Je kunt niet loyaal zijn aan twee mensen.

Je kunt niet op twee dromen jagen.

Dus in heel veel opzichten heeft Sam gelijk.

Hij is de wildcard.

In deze verschrikkelijke-prachtige nachtmerrie-droom die is uitgekomen.

'Het is net alsof ik weer achttien ben,' zegt hij. 'Ik hou van je en ik heb je en nu ben ik doodsbang dat ik je voor de tweede keer aan Jesse kwijtraak.'

'Sam,' zeg ik. 'Je hoeft –'

'Ik weet dat jij er niks aan kan doen,' onderbreekt hij me. Zijn mond staat strak en zijn kin trilt. Hij doet zijn best om niet te huilen en ik kan het bijna niet aanzien. 'Je hield van hem en toen raakte je hem kwijt en toen hield je van mij en nu is hij terug en jij hebt niks verkeerd gedaan, maar... ik ben zo kwaad op je.'

Ik kijk hem aan. Ik doe mijn best om niet te huilen.

'Ik ben zo verschrikkelijk boos. Op alles. Op jou en op hem en op mezelf. Dat ik tegen je zei...' Hij schudt zijn hoofd. Hij wendt zijn blik af. Hij probeert zichzelf weer onder controle te krijgen. 'Ik zei tegen je dat je gewoon van hem kon blijven houden. Ik zei dat je van ons allebei kon houden. Dat ik nooit zou proberen om hem te vervangen. Maar nu, ik bedoel, alles is anders vanaf het moment dat ik hoorde dat hij terug is. Ik ben zo kwaad op mezelf omdat ik die dingen toen heb gezegd, want...' Hij stopt met praten. Hij zit met zijn rug tegen de afwasmachine met zijn armen om zijn knieën. 'Want ik denk dat ik mezelf voor de gek hield,' zegt hij terwijl hij aan zijn nagels peutert.

Na een korte stilte gaat hij verder. 'Ik denk dat ik dat alleen maar zei omdat ik wist dat het puur theoretisch was. Het was niet echt. Ik wilde je op je gemak stellen, je het gevoel geven dat ik hem heus niet probeerde te vervangen, terwijl ik hem natuurlijk wel verving. Hij vormde geen bedreiging omdat hij weg was en nooit zou terugkomen. Hij zou je nooit van me kunnen afpakken. Hij kon je niet geven wat ik je kon geven. En daarom zei ik dingen als dat ik niet van je verwachtte dat je niet meer van hem hield en dat we allebei in je leven pasten. Maar dat bedoelde ik puur theoretisch. Want sinds ik weet dat hij terug is, ben ik niet blij voor je geweest. En ook niet voor hem. Ik heb alleen maar verdriet gehad, om mezelf.'

Bij die laatste woorden kijkt hij me eindelijk aan. En uit de blik op zijn gezicht en de manier waarop zijn stem breekt bij het uitspreken van die woorden, kan ik opmaken dat hij zichzelf haat om die gevoelens.

'Sst,' zeg ik in een poging hem te kalmeren, hem vast te houden en te troosten. 'Ik hou van je.'

Ik wou dat ik dat niet zo vaak zei. Ik wou dat mijn liefde voor Sam niet zo vanzelfsprekend was. Dan had ik die woorden kunnen bewaren voor momenten als deze. Maar dat is niet erg realistisch, toch? Wanneer je van iemand houdt, sijpelt die liefde uit alles wat je doet en zegt. De liefde wordt zo alomtegenwoordig dat de woorden 'ik hou van je' heel gewoon gaan klinken, al voelt die liefde dan nog zo bijzonder.

'Dat weet ik,' zegt hij. 'Maar ik ben niet de enige van wie je houdt. En je kunt maar één liefde hebben. En het zou kunnen dat ik dat niet ben.'

'Dat moet je niet zeggen. Ik wil niet bij je weg. Dat zou ik niet kunnen. Dat is niet eerlijk tegenover jou. Het is niet goed. Alles wat we hebben meegemaakt en alles wat je voor me hebt gedaan, hoe je me hebt gesteund, hoe je er voor me was, dan zou ik toch niet...' Ik stop met praten wanneer ik zie dat hij me al hoofdschuddend aankijkt, alsof hij wil zeggen dat ik het niet snap. 'Wat?' vraag ik.

'Ik hoef je medelijden niet, en je loyaliteit ook niet. Ik wil dat je bij me bent omdat je bij me wilt zijn.'

'Ik wil bij je zijn.'

'Je snapt best wat ik bedoel.'

Mijn blik glijdt van zijn ogen naar zijn handen. Ik zie dat hij nog steeds aan zijn nagelriemen peutert, zijn manier om in zijn handen te wringen.

'Volgens mij kunnen we de bruiloft beter afzeggen,' zegt hij.

'Sam...'

'Ik heb er de afgelopen paar dagen veel over nagedacht en ik dacht dat jij er zelf vast wel over zou beginnen, maar dat is niet gebeurd. Dus dan doe ik het.'

'Sam, toe...'

Hij kijkt me aan met iets van boosheid. 'Ben je echt bereid om die verbintenis met me aan te gaan? Kun je in alle eerlijkheid zeggen dat we, wat er ook gebeurt, de rest van ons leven bij elkaar zullen blijven?'

Omdat ik de blik in zijn ogen onverdraaglijk vind, wend ik mijn hoofd af. Zoals iedere lafaard in de wereldgeschiedenis doet.

'Ik moet je laten gaan,' zegt Sam. 'Als we dit willen overleven en toch nog kans willen maken op een gezond, liefdevol huwelijk, ooit.'

Ik kijk hem aan. Het dringt ineens tot me door wat er gebeurt.

Hij gaat bij me weg. Voorlopig tenminste. Sam gaat bij me weg.

'Ik moet je laten gaan en hopen dat je bij me terugkomt.'

'Maar hoe kun –'

'Ik hou van je,' zegt hij. 'Ik hou ontzettend veel van je. Ik hou ervan om op zondagochtend, als we geen plannen hebben, naast je wakker te worden. Ik hou ervan om 's avonds thuis te komen en te zien dat je een boek leest, met een dikke trui en dikke sokken aan, zelfs al heb je de verwarming idioot hoog gezet. Dat wil ik voor de rest van mijn leven. Ik wil dat je mijn vrouw bent. Dat is wat ik wil.'

Ik wil hem vertellen dat ik dat ook wil. Al sinds ik hem tegen het lijf ben gelopen wil ik dat. Maar nu is alles anders; alles is veranderd. En ik weet helemaal niet meer wat ik wil.

'Maar ik wil niet dat je die dingen met me deelt omdat het moet, omdat je vindt dat je je moet houden aan een belofte die we maanden geleden hebben gedaan. Ik wil dat allemaal met je delen als dat je gelukkig maakt, als je iedere dag weer blij wakker wordt omdat ik er ben, omdat je de vrijheid hebt om het leven te kiezen dat je wilt, en je voor ons leven samen hebt gekozen. Dat is wat ik wil. Als ik je niet de kans geef om nu weg te gaan, zal ik het nooit weten,' zegt hij schouderophalend. 'Ik denk dat ik me dan nooit meer veilig bij je zal voelen.'

'Waar hebben we het nu precies over?' vraag ik. 'Wat zeg je nu eigenlijk?'

'Ik zeg dat ik de bruiloft afblaas. Voorlopig tenminste. En ik denk dat een van ons ergens anders moet gaan wonen.'

'Sam...'

'Pas dan zul je vrij zijn. Om te kijken of je van hem houdt op de manier waarop je van mij houdt, om te kijken wat er nog over is van jullie liefde. Je hebt recht op die vrijheid. En je kunt dat niet uitzoeken als ik bij je ben of als ik je smeek om bij me te blijven. Want daar zie ik mezelf wel voor aan. Als ik bij je ben, zal ik proberen voor elkaar te krijgen dat je voor mij kiest. Dat weet ik gewoon van mezelf. En dat wil ik niet. Dus... ga. Zoek uit wat je wilt. Ik zeg je dat ik dat oké vind.'

Intuïtief wil ik hem vastpakken, stevig, hem nooit meer loslaten, een hand op zijn mond leggen zodat hij deze dingen niet meer kan zeggen.

Maar ik weet dat zijn woorden waar zijn, zelfs al zou ik hem nu de mond snoeren.

En daarom trek ik zijn hoofd naar me toe. Niet voor het eerst ben ik hem dankbaar voor zijn liefde, voor de manier waarop hij van me houdt.

'Ik verdien je niet,' zeg ik. Onze voorhoofden rusten tegen elkaar en we kunnen elkaar niet zien. Ik kijk naar zijn knieën. 'Hoe kun je zo onzelfzuchtig zijn? Zo goed?'

Zonder zich van me los te maken schudt hij langzaam zijn hoofd. 'Ik ben niet onzelfzuchtig. Ik wil gewoon niet met een vrouw zijn die liever bij iemand anders is.'

Hij knakt zijn knokkels, en wanneer ik dat geluid hoor, merk ik dat mijn eigen handen strak en verkrampt aanvoelen. Ik doe ze een paar keer open en dicht en probeer mijn vingers te strekken.

'Ik wil met iemand zijn voor wie ik het allerbelangrijkst ben. Iemand die me als haar grote liefde beschouwt. Dat verdien ik.'

Ik snap het. Ineens snap ik het. Sam rukt zijn hart uit zijn borst en geeft het me met de woorden: 'Als je het dan toch wilt breken, doe het nu.'

Ik wil tegen hem zeggen dat ik zijn hart nooit zal breken, dat hij zich daar geen zorgen over hoeft te maken.

Maar dat klopt niet, hè?

Ik maak me van hem los.

'Dan zal ik wel gaan,' zeg ik. Ik kan zelf niet geloven dat ik dat zeg. 'Want het is niet eerlijk als jij weg moet. Ik kan wel een tijdje bij mijn ouders wonen.'

En dan lijkt alles te verschuiven. Het lijkt alsof het donker wordt in de kamer, alsof de wereld angstaanjagender wordt, al is er buiten onze harten dan niets veranderd.

Sam denkt even na en knikt dan.

En zo gemakkelijk is het om te veranderen van twee mensen die iets overwegen in twee mensen die een besluit hebben genomen.

'Dan ga ik maar wat spullen pakken,' zeg ik.

'Oké,' zegt hij.

Ik verroer me nog niet, ik ben stomverbaasd dat dit gebeurt. Maar dan dringt tot me door dat blijven zitten de tijd niet zal stoppen; de tijd verstrijkt nog steeds, het leven gebeurt nog steeds. Je moet in beweging blijven.

Ik sta op en loop naar de slaapkamer om mijn kleren te pakken. In de slaapkamer barst ik in huilen uit.

Ik zou moeten nadenken over welke kleren ik wil meenemen, kleren voor op mijn werk. Ik zou mijn ouders moeten bellen om te zeggen dat ik bij hen kom logeren. Maar het enige wat ik doe is wat kleren in een plunjezak proppen zonder te kijken of ze bij elkaar passen, zonder na te denken over wat ik echt nodig heb.

Het enige wat ik doelbewust pak is de envelop met aandenkens aan Jesse. Ik wil niet dat Sam erin rommelt. Ik wil niet dat hij zichzelf pijnigt met het lezen van de liefdesbrieven die ik ooit heb geschreven aan de jongen voor wie ik al die jaren geleden heb gekozen.

Ik ga terug naar de keuken en neem onderweg in de kamer afscheid van Mozart en Homer.

Sam zit er nog precies hetzelfde bij.

Hij staat op om afscheid van me te nemen.

Ik moet hem een kus geven. Ik ben opgelucht dat hij dat toestaat.

Terwijl we daar staan, nog steeds dicht bij elkaar, laat Sam zich eindelijk gaan. Zijn ogen vullen zich met tranen. Ze druppelen zo langzaam over zijn wangen dat ik ze kan vangen voordat ze zijn kin bereiken.

Het is hartverscheurend om mee te maken dat ik in staat ben om een hart te breken, puur omdat de liefde zo groot is.

Het is niet iets wat ik lichtjes opvat. Ik denk eigenlijk dat dit het allerbelangrijkste ter wereld is.

'Wat moet ik doen?' vraag ik aan hem.

Ik bedoel, wat moet ik nu doen? En wat moet ik zonder hem doen? En wat moet ik met mijn eigen leven doen? En hoe doe ik dat dan?

'Je moet doen wat je wilt,' zegt hij terwijl hij onder zijn ogen wrijft en een stap naar achteren doet. 'Dat heet nou vrijheid.'

TEGEN DE TIJD DAT IK DE OPRIT VAN MIJN OUDERS OP RIJ, IS HET al bijna twee uur 's nachts. De lamp boven de voordeur is aan, alsof ze me verwachten, maar ik weet dat ze hem iedere nacht laten branden. Mijn vader denkt dat het inbrekers afschrikt.

Omdat ik hen niet wil wakker maken, ben ik van plan om zachtjes naar binnen te gaan en hen morgenvroeg te begroeten.

Ik zet de motor uit en pak mijn spullen. Pas als ik mijn voet op de oprit zet, dringt tot me door dat ik geen andere schoenen heb meegenomen dan de laarzen die ik draag. Ik neem aan dat ik ze voor onbepaalde tijd zal dragen. Ik breng mezelf in herinnering dat 'voor onbepaalde tijd' niet hetzelfde is als 'voor altijd'.

Ik sluit het portier – het is niet echt dichtslaan, meer zachtjes in het slot laten vallen. Ik loop om het huis heen naar de veranda aan de achterkant. Mijn ouders doen de achterdeur nooit op slot en ik weet dat die deur, anders dan de voordeur, niet piept.

Met een zacht klikje gaat de deur open en dan ben ik binnen.

Thuis.

Vrij.

Ik ga naar de ontbijttafel en pak een pen en een stukje papier. Ik wil een briefje voor mijn ouders neerleggen om hun te laten weten dat ik er ben. Wanneer ik dat heb gedaan, trek ik mijn laarzen uit om te voorkomen dat ze over de houten vloer bonken. Ik laat ze bij de achterdeur staan.

Op kousenvoeten loop ik via de eetkamer naar de hal. Voor mijn slaapkamer blijf ik even staan en dan doe ik voorzichtig de deur open.

Ik durf het licht niet aan te doen. Ik ben niet van plan op het allerlaatste moment nog betrapt te worden.

Op de rand van mijn bed gezeten trek ik mijn broek en trui uit. Ik zoek in mijn tas naar iets om als pyjama te kunnen dragen. Ik pak een shirt en een korte broek en trek ze aan.

Stilletjes ga ik naar de badkamer die mijn kamer altijd heeft gedeeld met die van Marie. Op de tast vind ik de kraan en ik draai hem net zover open dat hij druppelt. Terwijl ik mijn tanden poets, vraag ik me af of ik mijn ouders toch niet beter had kunnen wekken door hen te bellen of door aan te bellen bij de voordeur. Maar als ik iets later wat water over mijn gezicht plets, dringt tot me door dat ik hen niet wilde wekken omdat ik het er niet met hen over wil hebben. Stiekem naar binnen sluipen was het enige wat erop zat. Als je dochter om twee uur 's nachts ineens op de stoep staat op de dag dat haar verloren gewaande echtgenoot is thuisgekomen, dan wil je het daar met haar over hebben.

Ik loop terug naar mijn kamer, klaar om te gaan slapen. Maar als ik me buk om de dekens naar achteren te slaan, stoot ik mijn hoofd aan de lamp op het nachtkastje.

'Au!' roep ik automatisch. Meteen vervloek ik mezelf. Ik wist verdomme dat die lamp daar stond. Even ben ik bang dat ik me heb verraden, maar het blijft stil in huis.

Ik wrijf over mijn hoofd en stap in bed, de lamp net zoals vroeger weer behendig ontwijkend.

Wanneer ik uit het raam kijk, kan ik een paar ramen van Marie's huis zien. Alle lampen zijn uit en waarschijnlijk zijn zij, Mike, Sophie en Ava diep in slaap.

Ik word uit mijn gedachten opgeschrikt door een oogverblindend licht en de aanblik van mijn vader in zijn ondergoed met een honkbalknuppel in zijn hand.

'O mijn god!' schreeuw ik terwijl ik naar de hoek van het bed kruip, zo ver mogelijk bij hem vandaan.

'O,' zegt mijn vader. Hij laat de knuppel zakken. 'Jij bent het maar.'

'Natuurlijk ben ik het!' zeg ik. 'Wat wilde je met dat ding doen?'

'Ik wilde de inbreker tot moes slaan! Wat anders?'

Mijn moeder komt de kamer in gesneld in een geruite pyjamabroek met daarop een T-shirt met de tekst READ A MOTHER F&#KING BOOK. Ik weet meteen dat ze dat shirt van mijn vader heeft gekregen en dat ze weigert het ergens anders dan in huis te dragen.

'Emma, wat doe jij hier?' vraagt ze. 'Je hebt ons de stuipen op het lijf gejaagd.'

'Ik heb een briefje op de keukentafel gelegd!'

'O,' zegt mijn vader met een schampere blik op mijn moeder. 'Het is weer eens onze schuld, Ash.'

Ik werp hem een sarcastische blik toe, iets wat ik volgens mij al sinds mijn zeventiende niet meer heb gedaan.

'Excuses Emma. De volgende keer dat we denken dat we midden in de nacht worden overvallen, zullen we eerst kijken of er geen briefje op de keukentafel ligt,' zegt mijn vader.

Ik wil mijn verontschuldigingen aanbieden, want ik besef donders goed dat het absurd is om stiekem hun huis binnen te sluipen en het hun dan kwalijk te nemen dat ze verbaasd zijn.

Voordat ik echter iets kan zeggen, vraagt mijn moeder: 'Lieverd, wat is er? Waarom ben je niet bij Sam?'

En misschien ben ik overgevoelig, maar ik durf te zweren dat ik een korte pauze hoorde tussen 'bij' en 'Sam', alsof ze niet goed weet bij wie ik eigenlijk had moeten zijn.

Ik haal diep adem en probeer mijn nek en schouders te ontspannen.

'Misschien gaat de bruiloft niet door. Ik geloof dat ik morgen een date heb met Jesse. Ik weet het niet. Echt... ik weet het gewoon niet.'

Mijn vader zet de knuppel tegen de muur. Mijn moeder loopt langs hem heen en gaat naast me op bed zitten. Ik kruip naar haar toe en leg mijn hoofd op haar schouder. Ze wrijft over mijn rug. Waarom voel je je altijd meteen beter wanneer je ouders je vasthouden? Ik ben eenendertig.

'Ik kan maar beter een broek aantrekken, hè?' zegt mijn vader.

Mijn moeder en ik kijken allebei op, als een eenheid, en knikken.

Hij is al weg.

'Vertel me hoe het vandaag precies is gegaan,' zegt ze. 'Vertel me wat je allemaal dwarszit.'

Terwijl ik aan het vertellen ben, komt mijn vader de slaapkamer weer in in een joggingpak. Hij gaat aan de andere kant van me zitten en pakt mijn hand.

Ze luisteren.

Wanneer ik klaar ben, wanneer alles eruit is, zegt mijn moeder: 'Nou, volgens mij beschik jij over de unieke eigenschap dat je met heel je hart van iemand kan houden, zelfs nadat het was gebroken. Maar dat is mooi. Je moet je daar niet schuldig over voelen.'

'Je bent een doorzetter,' zegt mijn vader. 'Je komt altijd weer op je pootjes terecht, zelfs als je er helemaal doorheen zit. Dat is precies wat ik het allerleukst aan je vind.'

Ik lach en zeg vrolijk: 'Niet het feit dat ik de winkel run?'

Het is een grapje en ook weer niet.

'Dat komt er niet eens in de buurt. Er zijn heel veel dingen die ik leuk aan je vind, maar dat staat niet eens in de top tien.'

Ik leg mijn hoofd even op zijn schouder. Ik zie dat mijn moeders ogen bijna dichtvallen. Ik hoor de ademhaling van mijn vader trager worden.

'Oké, terug naar bed jullie,' zeg ik. 'Ik red me wel. En dank jullie wel. En nogmaals sorry dat jullie dachten dat ik een inbreker was.'

Ze omhelzen me en gaan dan de kamer uit.

Ik lig op mijn oude matras en probeer in slaap te vallen, maar het was stom van me om te denken dat ik ook maar een seconde zou kunnen slapen.

Vlak voor zes uur 's ochtends zie ik een lamp aangaan in het huis van Marie.

Ik doe mijn verlovingsring af en stop hem in mijn tas. Dan trek ik een broek aan, pak mijn laarzen bij de achterdeur en loop via de voordeur het huis uit.

MARIE IS MET AVA IN DE BADKAMER. DE DEUR STAAT OPEN. AVA zit op de wc en Marie zegt haar dat ze moet proberen zich te ontspannen. De tweeling is zindelijk, maar sinds een paar weken heeft Ava een terugval. Ze wil alleen als Marie bij haar blijft. Ik besluit bij de deur te blijven wachten, wat mijn recht is als tante, vind ik.

'Je kunt wel vast in de keuken gaan zitten,' zegt Marie terwijl ze zich op de grijze badkamertegels laat zakken. 'Dit gaat wel even duren.'

De meisjes hebben cochleaire implantaten gekregen en lopen qua praten maar een paar maanden achter op andere kinderen van hun leeftijd. En Marie en Mike spreken ook allebei in gebarentaal met hen. Mijn nichtjes, over wie we ons allemaal zulke zorgen maakten, zouden zomaar eens tweetalig kunnen worden. En dat is vooral te danken aan het fenomenale, oplettende en onstuitbare moederdier dat Marie is.

Op dit moment weet ze meer over de Amerikaanse gebarentaal, de dovengemeenschap, hoorapparaten, cochleaire implantaten en de werking van het oor dan over wat dan ook, zelfs meer dan over de dingen waar ze vroeger zo van hield, zoals literatuur, poëzie en uitzoeken welke schrijvers welke pseudoniemen gebruiken.

Maar ze is ook doodmoe. Het is halfzeven 's ochtends en ze zegt zowel in gewone als in gebarentaal dat haar dochtertje alsjeblieft eindelijk eens moet gaan 'plassen in het potje voor mama'.

De wallen onder haar ogen lijken op de buidel van een kangoeroe.

Wanneer Ava eindelijk klaar is, brengt Marie haar naar Mike, die nog in bed ligt met Sophie. Vanuit de gang vang ik een glimp op van Mike onder de deken, half slapend, met Sophies handje in zijn hand. Heel even vraag ik me af wat voor soort vader ik me voor mijn kinderen zou wensen en tot mijn schande zie ik alleen maar een vage, onduidelijke gestalte voor me.

Marie komt de slaapkamer weer uit en we gaan naar de keuken.

'Thee?' vraagt ze terwijl ik aan het kookeiland ga zitten.

Ik ben niet zo'n theedrinker, maar het is koud in de keuken en iets warms klinkt goed. Het liefst zou ik om koffie vragen, maar ik weet dat Marie geen koffie in huis heeft. 'Ja, lekker.'

Marie glimlacht en knikt. Ze zet het water op. Marie's kookeiland is groter dan mijn eettafel. Onze eettafel. De eettafel van Sam en mij.

Opeens word ik overspoeld door een gevoel van zekerheid.

Ik wil niet bij Sam weg. Ik wil het leven dat ik heb opgebouwd niet kwijtraken. Niet weer. Ik hou van Sam. Ik hou van hem. Ik wil niet bij hem weg. Ik wil achter de piano gaan zitten en 'Chopsticks' spelen.

Dat is wat ik wil.

Maar dan herinner ik me ineens hoe Jesse eruitzag toen hij uit dat vliegtuig stapte. En alle zekerheid verdwijnt.

'Pff,' verzucht ik terwijl ik mijn hoofd in mijn armen leg. 'Marie, wat moet ik nu doen?'

Ze gaat gewoon door met verschillende soorten thee uit het keukenkastje pakken. Ze pakt ze allemaal en zet ze dan voor me neer.

'Ik weet het niet,' zegt ze. 'Ik zou niet weten hoe het voelt om in jouw schoenen te staan. Ik heb het idee dat het allebei zou kunnen. Maar dat is waarschijnlijk niet het antwoord dat je wilt horen. Maar ik weet het gewoon niet.'

'Ik ook niet.'

'Helpt het als ik je vraag wat je intuïtie je zegt? Bijvoorbeeld, als je je ogen dichtdoet, wat zie je dan? Je leven met Sam? Of je leven met Jesse?'

Ik speel haar spelletje mee in de hoop dat iets simpels als je ogen sluiten werkelijk een antwoord oplevert. Maar dat gebeurt niet. Natuurlijk niet. Wanneer ik mijn ogen weer open, zie ik dat Marie naar me kijkt. 'Het heeft niet gewerkt,' zeg ik.

De ketel begint te fluiten en Marie draait zich om om hem van het fornuis te pakken. 'Weet je, het enige wat je kunt doen is gewoon je ene voet voor de andere blijven zetten. Dit is precies het soort geval waarvan mensen zeggen dat je het stapje voor stapje moet doen.' Ze schenkt heet water in de witte mok die ze voor me heeft neergezet. Ik kijk haar aan.

'Earl grey?' vraagt ze.

'English breakfast?' vraag ik op mijn beurt, en dan schiet ik in de lach en zeg: 'Grapje. Ik heb geen flauw idee wat dat voor soorten thee zijn.'

Lachend pakt ze het doosje English breakfast, maakt het open en neemt er een theezakje uit. 'Zo, nu weet je de volgende keer in elk geval wat English breakfast is.' Ze hangt het in mijn mok. 'Zoetje?' vraagt ze.

Ik schud mijn hoofd. Ik ben een halfjaar geleden gestopt met suikervervangers, en hoewel ik me nog precies hetzelfde voel, heb ik toch het idee dat ik er goed aan doe. 'Ik ben afgekickt,' zeg ik.

Marie rolt met haar ogen en gooit er twee in haar thee.

Ik lach en kijk in mijn mok. Ik zie het water draaien en langzaam bruin kleuren. Ik kan de aardse geur al ruiken. Ik sla mijn handen om de mok heen om ze op te warmen en speel afwezig met het touwtje.

'Denk je dat je van twee mensen tegelijk kunt houden?' wil ik van haar weten. 'Dat vraag ik me nu steeds af. Ik heb het gevoel dat ik van hen allebei hou. Anders maar ook hetzelfde. Kan dat? Of hou ik mezelf voor de gek?'

Ze haalt haar theezakje een paar keer op en neer. 'Dat zou ik eerlijk gezegd niet weten. Maar het probleem is volgens mij niet van wie je houdt of dat je misschien van allebei houdt. Volgens mij is het probleem dat je niet meer weet wie je bent. Je bent anders dan voordat je Jesse verloor. Zijn verdwijning heeft je fundamenteel veranderd.'

Ze staart even nadenkend naar het keukenblad en begint dan aarzelend weer te spreken. 'Volgens mij probeer je niet uit te vogelen van wie je meer houdt, van Sam of van Jesse. Volgens mij wil je weten of je de persoon wilt zijn die je met Jesse bent of de persoon die je met Sam bent.'

Het is net alsof iemand me doormidden heeft geknakt en de rottende kanker in het diepste, meest verborgen deel van mijn lichaam heeft gevonden. Ik zeg niets terug. Ik kijk niet op. Ik zie een traan van mijn gezicht in mijn mok vallen. En al ben ik dan degene die huilt en die de traan ziet vallen, ik heb geen flauw idee wat het te betekenen heeft.

Ik kijk Marie aan. 'Waarschijnlijk heb je gelijk.'

Marie knikt. Ze kijkt me recht in de ogen. 'Het spijt me,' zegt ze. 'Het is belangrijk voor me dat je dat weet. Dat je weet dat ik spijt heb van wat ik heb gedaan.'

'Waar heb je spijt van? Waar heb je het over?'

'Die dag op het dak. De dag dat ik je daar aantrof terwijl je op de uitkijk stond...'

Het voelt tegelijkertijd als gisteren en als honderd jaar geleden: de verrekijker, het dak, de diepgevoelde overtuiging dat ik hem kon redden door de kust in de gaten te houden.

'Het spijt me dat ik je er toen van heb proberen te overtuigen dat Jesse dood was,' vervolgt ze. 'Jij wist dat dat niet zo was...'

Marie is geen huilebalk. Ze is niet iemand die met haar gevoelens te koop loopt. Maar aan haar stem, aan de manier waarop sommige lettergrepen er hikkerig uit komen, kan ik horen dat ze diepe wroeging heeft.

'Ik was op dat moment niet de juiste persoon voor je, daar op dat dak. Ik had je nooit gesteund eigenlijk, in al die jaren daarvoor. En ineens was ik degene die je stond te vertellen dat het allerergste echt was gebeurd... Ik dacht echt dat hij... dood was. En ik dacht dat ik je een dienst bewees door jou de werkelijkheid onder ogen te laten zien.' Ze schudt haar hoofd alsof ze teleurgesteld is in haar oude ik. 'Maar wat ik in feite deed was iedere hoop de grond in boren. Terwijl er alle reden was dat je bleef hopen. En dat spijt me. Dat spijt me zo erg. Je hebt geen idee hoe erg ik het vind dat ik je die hoop heb ontnomen.'

'Nee,' zeg ik. 'Zo was het niet. Helemaal niet. Ik had mijn verstand verloren, daar op dat dak. Ik was echt knettergek, Marie. Het was irrationeel om te denken dat hij nog leefde, laat staan om te denken dat ik hem kon redden, dat ik hem zou kunnen vinden door naar dat kleine stukje kust te turen. Dat was regelrechte gekte. Iedereen met een beetje verstand zou ervan uit zijn gegaan dat hij dood was. Ik moest begrijpen dat de rationele conclusie was dat hij dood was. En jij hebt me daarbij geholpen, Marie. Jij hebt ervoor gezorgd dat ik niet gek werd.'

Voor het eerst vraag ik me af of de waarheid onder ogen zien en niet gek worden niet hetzelfde is, of het niet twee dingen zijn die nu eenmaal bij elkaar horen. Ik begin te snappen dat ze waarschijnlijk verband met elkaar houden.

En dan dringt tot me door dat als ik het Marie niet kwalijk neem dat ze dacht dat hij dood was, dat als ik haar overtuiging niet beschouw als een teken dat ze hem opgaf, ik het mezelf ook niet kan kwalijk nemen dat ik dacht dat hij dood was.

'Denk daar maar niet meer aan,' zeg ik tegen haar. 'Je hebt me die dag op het dak juist gered.'

Ze kijkt weer naar haar thee en knikt dan. 'Dank je dat je dat zegt.'

'En jij bedankt voor wat je toen hebt gedaan. En ik ben blij dat jij het was. Ik weet niet of we nu wel zo close zouden zijn als... Ik bedoel, ik denk dat we dan gewoon op de oude voet waren doorgegaan...'

'Ik weet het,' zegt ze. 'Ik weet het.'

We hebben natuurlijk onze gedeelde ervaringen en onze ouders die ons bij elkaar probeerden te houden, maar wat ons uiteindelijk dichter bij elkaar heeft gebracht zijn onze problemen. Dat ik mijn man was verloren en de uitdagingen die de opvoeding van de tweeling met zich meebrengt voor Marie, dat zijn de dingen die ons dichter bij elkaar hebben gebracht.

'Ik ben alleen maar blij dat we nu zo'n goede band hebben,' zegt Marie. 'Heel erg blij zelfs.'

'Ik ook,' zeg ik.

Ik pak haar hand en hou hem even vast, en dan laten we elkaar weer los.

Het is moeilijk om zo eerlijk te zijn, zo kwetsbaar, zo bloot. Maar ik heb ontdekt dat je je daarna altijd beter voelt, alsof je je ergens van hebt bevrijd. Ik voel iets verschuiven tussen mijn zus en mij, iets wat bijna onwaarneembaar is, maar desondanks toch echt. We zijn nu weer closer dan nog maar drie minuten geleden.

Marie verandert ineens van onderwerp. 'Ik zit erover te denken om weer te gaan schrijven.'

'O? Wat dan?'

Ze haalt haar schouders op. 'Tja, dat weet ik juist niet. Maar ik moet iets te doen hebben, snap je? Iets wat niet om de kinderen draait. Ik moet weer een beetje bij mezelf zien te komen. Maar misschien is het een stom idee, want ik zeg dat ik wil schrijven maar dat ik geen idee heb waarover. Het is niet zozeer dat ik inspiratie heb, het is meer dat ik... nou ja, dat ik me verveel.'

'Je vindt wel iets,' zeg ik. 'En als het zover is, wordt het fantastisch.

Als je er maar geen thriller van maakt en de moorden laat uitvoeren door een personage dat op mij is gebaseerd, zoals vroeger,' zeg ik plagend.

Ze schudt lachend haar hoofd. 'Niemand geloofde me als ik zei dat het niets met jou te maken had.'

'Je noemde haar Emily.'

'Dat is een heel gewone naam,' verdedigt ze zichzelf. 'Maar oké, ja, ik ben nu volwassen genoeg om toe te geven dat het niet geheel en al toevallig was.'

'Dank je voor je eerlijkheid,' zeg ik grootmoedig.

'Maar ik ergerde me er altijd zo aan dat je me voortdurend na-aapte.'

'Wat? Ik aapte je helemaal niet na. Ik was zo'n beetje exact het tegenovergestelde van jou.'

Ze schudt haar hoofd. 'Sorry, maar dat is niet waar. Weet je nog dat ik helemaal verzot was op TLC? En ineens begon jij iedereen te vertellen dat je hun nummer "Waterfalls" zo mooi vond. Of toen ik verliefd was op Keanu Reeves? Ineens hing zijn poster boven jouw bed.'

'O mijn god.' Het dringt tot me door dat ze gelijk heeft.

'En daarna kreeg je iets met de aanvoerder van de zwemploeg, net als ik.'

'Wauw,' zeg ik. 'Weet je dat dat nog nooit bij me is opgekomen? Maar je hebt helemaal gelijk. Jij en Graham en toen ik en Jesse.'

Ze glimlacht. 'Zie je nou wel?'

'Ik moet echt op je hebben willen lijken,' zeg ik. 'Want ik vond Graham helemaal niks. Maar toen begon ik later zelf iets met de aanvoerder van de zwemploeg.'

Ze brengt haar mok naar haar mond, nog steeds glimlachend. 'Dus dan zijn we het erover eens dat jij, tot op zekere hoogte, altijd mij hebt willen zijn.'

Ik begin te lachen. 'Weet je? Als dat betekent dat je maar één man in je leven hebt, dan teken ik ervoor.'

'O, wat zielig. Jij hebt twee mannen die van je houden.'

'Hou je mond.' Ik pak een theedoek en gooi die naar haar.

Ons gelach wordt onderbroken door Mike die de trap af komt met Sophie in zijn kielzog en Ava op zijn heup.

'Ontbijt!' zegt hij tegen de meisjes, en ik zie Marie opleven. Ze opent de ijskast, klaar voor de dag.

Ik weet wanneer het tijd is om weg te gaan.

'Ik ben thuis als je vandaag iets nodig hebt,' zegt Marie terwijl ik mijn tas pak. 'Echt. Bel me. Of kom gewoon langs. Ik ben er voor je.'

'Oké. Dank je.'

Ze omhelst me en tilt dan Sophie op. Ik loop de deur uit.

Op weg naar mijn ouders' huis bliept mijn telefoon. Een berichtje. Ik weet niet precies van wie ik dacht dat het zou zijn, maar in elk geval niet van Francine.

Zo opgewonden dat ik je zo weerzie dat ik geen oog heb dichtgedaan. Dit is trouwens Jesse. Niet mijn moeder. Zou raar zijn als mijn moeder daar opgewonden over was.

Wanneer ik het berichtje heb gelezen, merk ik dat ik mijn pas heb versneld.

En daarna doe ik alles gehaast: douchen, shampoo insmeren, me inzepen.

Ik doe gehaast mijn kleren aan en ik loop gehaast het huis uit.

Alles doe ik gehaast. Er zit schwung in mijn passen en ik heb een glimlach op mijn gezicht.

Ik ben gelukkig. Dit korte ogenblik ben ik gelukkig.

Wanneer ik iets voor halfacht de parkeerplaats bij Julie's Place op rij, staat Jesse al op me te wachten. Hij is nog vroeger dan ik.

Hij ziet er net zo uit als vroeger, al ziet hij er ook totaal anders uit.

Ik open het portier, stap de kou in en weet ineens waarom deze ochtend iets beter voelt dan de andere van de afgelopen tijd.

Het is eindelijk oké om van hem te houden.
Het is oké om van Jesse te houden.
Ik heb de vrijheid gekregen om dat te doen.
Sam heeft me die gegeven.

'WAT HEB JE NOG MEER GEMIST?' VRAAG IK TERWIJL DE SERVEERster ons ontbijt op tafel zet. Hij heeft een hele opsomming gegeven van wat hij allemaal gemist heeft.

Ik was nummer één.

De zoetzure kip van het goedkope Chinese restaurantje in het centrum stond op twee.

'Ik bedoel, ik kan zoveel mensen en plekken bedenken, maar eerlijk gezegd kan ik op dit moment alleen aan eten denken.'

Ik lach. 'Oké, vertel me over het eten.'

'Goed.' Hij kijkt naar zijn bord.

Hij heeft zijn eten nauwelijks aangeraakt en ik kan het hem niet kwalijk nemen. Zelf kan ik me ook nauwelijks op het eten concentreren. Ik heb een knoop in mijn maag en vlinders in mijn buik en mijn hart dreigt steeds op hol te slaan.

'O god. Het is te veel om op te noemen. Ik zou niet weten wat ik moest kiezen. Ik bedoel, pizza van Sorrentos, de Snickers-coupe van Friendly's, de broodjes van Savory Lane...'

'Savory Lane is dicht,' vertel ik hem. 'En Friendly's trouwens ook.'

Hij kijkt me onderzoekend aan alsof hij probeert te ontdekken of ik een grapje maak. Wanneer hij ziet dat het echt zo is, trekt er een uitdrukking van spijt over zijn gezicht. Hoewel hij meteen zijn glimlach weer tevoorschijn tovert, vraag ik me af of hij dit soms als bewijs ziet voor het feit dat de wereld ook zonder hem is verdergegaan, dat we niet eens het fatsoen hebben gehad om Savory Lane voor hem open te houden.

'In Friendly's zit nu een Johnny Rockets,' vervolg ik. 'Maar die is ook goed. En bovendien, als Kimball's in de lente weer opengaat, ben je die Snickers-coupe zo vergeten. Dan wil je alleen nog maar twee bolletjes frambozenijs in een hoorntje.'

Hij lacht en wendt dan zijn blik af. Hij draait zich iets om naar de counter, weg van de tafel, en verplaatst zijn benen. 'En Erickson's? Bestaat die nog? Of hebben die me ook in de steek gelaten?'

De manier waarop hij 'in de steek gelaten' zegt en het feit dat hij me niet aankijkt, geven me het gevoel dat Jesse bozer is dan hij laat merken. Dat hij het me kwalijk neemt dat ik verder ben gegaan met mijn leven. Hij zegt dat hij het begrijpt, maar misschien begrijpt hij het wel helemaal niet.

'Ja, die bestaat nog,' zeg ik. Ik knik verwoed, blij dat ik dat kan zeggen. 'De meeste zaken bestaan nog.'

'De meeste zaken.' Hij verandert ineens van toon. 'En Blair Books? Is Blair Books ook niet veranderd? Ik bedoel, er is blijkbaar een nieuwe baas.'

'Ja,' zeg ik met een trotse glimlach. 'Hoewel ik weinig heb veranderd. En mijn ouders zijn niet helemaal weg. Het is niet zo dat ik de boel daar compleet op de kop heb gezet. Ik doe het eigenlijk nog steeds op hun manier.'

'Heb je zelfs nog zo'n stapeltje boekenleggers naast de kassa liggen?'

'Ja, natuurlijk!'

'Meen je niet!'

'Ja hoor. Echt.'

Ik heb het eten eigenlijk alleen maar een beetje over mijn bord heen en weer geschoven. Hij heeft hetzelfde gedaan met dat van hem. We hebben nauwelijks een hap genomen. Als de serveerster bij de tafel komt staan, kijkt ze er fronsend naar.

'Zo te zien hebben jullie niet veel trek,' zegt ze terwijl ze nog wat water in mijn glas schenkt.

'Het is heel lekker,' zeg ik, 'maar we...'

'We hebben veel te bespreken,' zegt Jesse. 'Kunnen we het meenemen?'

'Natuurlijk, schat.' Ze neemt onze borden mee.

Wanneer ze weg is, hebben we geen eten meer om mee te spelen en niets om naar te kijken behalve elkaar.

'Je had altijd een pesthekel aan die boekenleggers,' zegt Jesse.

'Ik weet het.' Ik merk dat ik me geneer voor hoezeer ik ben veranderd. Ik voel me geneigd om te liegen, om opnieuw te beginnen, om te bedenken wie ik was voordat hij wegging en dan weer die versie van mezelf te worden.

De Emma die hij kende, wilde een ander soort leven. Ze wilde avontuur. Ze wilde reizen. Ze dacht dat je geen vreugde kon vinden in simpele dingen, dat het grootse dingen moesten zijn, wild en gedurfd. Dat je niet blij wakker kon worden in een fijn bed, dat je alleen maar blij zou kunnen worden van olifanten aaien en naar het Louvre gaan.

Maar ik weet niet of ik nog wel helemaal die persoon was toen hij vertrok.

En nu ben ik die persoon zeker niet meer.

De toekomst valt nauwelijks te voorspellen. Als ik een tijdmachine had, zou het dan uitmaken als ik terugging naar die tijd en mezelf vertelde wat er allemaal nog voor me in het verschiet lag?

'Dat heb ik inderdaad gezegd. Maar nu vind ik ze mooi.'

'Je blijft me verbazen,' zegt hij glimlachend.

Misschien vindt hij het toch niet erg dat ik niet meer precies dezelfde ben als toen hij wegging.

De serveerster komt terug met ons eten in dozen en de rekening. Jesse geeft haar al geld voordat ik mijn portemonnee kan pakken.

'Dank je,' zeg ik. 'Dat is heel lief van je.'

'Graag gedaan.'

Ik kijk op mijn telefoon en zie dat het al tien voor negen is. De tijd is voorbijgevlogen. 'Ik moet aan het werk,' zeg ik. 'Ik ben al aan de late kant.'

'Nee...' zegt hij. 'Toe, blijf bij me.'

'Dat gaat niet,' zeg ik glimlachend. 'Ik moet de winkel opendoen.'

Jesse loopt mee naar mijn auto en pakt een sleutel uit zijn zak waarmee hij een grijze auto een paar plekken verderop ontgrendelt.

'Hè?' zeg ik terwijl ik ineens iets bedenk. 'Jij hebt geen rijbewijs. Je mag helemaal niet rijden.'

Hij lacht. 'Ik had een rijbewijs voordat ik wegging, dus dan mag ik autorijden.'

'Ja, maar is dat dan niet verlopen?'

Zijn ondeugende lach gaat pats-boem mijn hart in. 'Verlopen, verzopen, wat maakt het nou uit?'

'Je zoekt nog altijd de grenzen op, hè?' zeg ik plagend. 'Waarom is dat toch?'

'Geen idee,' zegt hij schouderophalend. 'Maar je zult moeten toegeven dat je dat charmant vindt.'

Ik lach. 'Wie zegt dat ik het charmant vind?'

'Wil je bij me in de auto komen zitten?' vraagt hij.

'In jouw auto?'

'Of die van jou.'

'Ik moet naar mijn werk.'

'Dat weet ik. Ik vraag niet of je ergens met me mee naartoe wilt. Ik wil gewoon even met je in de auto zitten. Het is koud hier.'

Ik zou afscheid moeten nemen. Ik ben al veel te laat.

'Oké,' zeg ik. Met een klikje ontgrendel ik beide portieren van mijn auto en ik neem plaats achter het stuur, terwijl Jesse naast me komt zitten. Nadat ik mijn portier weer heb gesloten, verstomt de wereld, alsof we haar zo op afstand kunnen houden.

Ik zie dat hij naar mijn nu kale ringvinger kijkt. Hij glimlacht. We weten allebei wat de lege plek op mijn vinger te betekenen heeft. Maar ik heb de indruk dat we een stilzwijgende afspraak hebben, alsof we zijn overeengekomen om het over twee dingen niet te hebben. We zullen het niet hebben over wat er met mijn vinger is gebeurd, net zoals we het niet zullen hebben over wat er met de zijne is gebeurd.

'Ik heb je gemist, Emma. Ik heb ons gemist. Ik heb die stomme ogen van je gemist en die verschrikkelijke lippen en die irritante blik waarmee je me aankijkt alsof ik de allerbelangrijkste persoon in de hele geschiedenis van de mensheid ben. En ik heb die superstomme sproetjes van je gemist.'

Ik lach en ik voel dat ik bloos. 'Ik heb jou ook gemist.'

'O ja?' Hij vraagt het op een toon alsof dit nieuw voor hem is, alsof hij het niet zeker wist.

'Maak je nou een grapje?'

'Ik weet het niet,' zegt hij op plagende toon. 'Ik kan niet weten hoe het was toen ik er niet was.'

'Ik ging kapot van verdriet. Het was het allerergste wat me ooit is overkomen.'

Hij kijkt me even aan en laat zijn blik dan door de voorruit en vervolgens door het zijraampje dwalen. 'We hebben zoveel te bespreken. En ik weet niet eens waar ik moet beginnen.'

'Dat is zo, maar zelfs als we wel zouden weten waar we moesten beginnen, dan kan dat nu niet. Ik moet naar mijn werk. Ik had daar een kwartier geleden al moeten zijn.' Tina komt vanmiddag pas. Als ik er niet ben, gaat de winkel niet open.

'Emma.' Hij kijkt me aan alsof ik gek ben. 'Je komt niet meer op tijd op je werk, dat is duidelijk. Dus wat maken die paar minuten extra dan nog uit? Een uur extra?'

Ik kijk hem aan en merk dat ik het overweeg. En dan voel ik zijn lippen op de mijne. Ze zijn net zo brutaal en verrassend als bijna vijftien jaar geleden, toen hij me voor het eerst kuste.

Ik sluit mijn ogen en pak hem vast. Ik kus hem terug. En dan nog een keer en nog een keer en nog een keer. Ik voel me tegelijkertijd getroost en verkwikt. Ik heb nog nooit iets zo opwindends en tegelijkertijd zo vertrouwds gevoeld.

Ik verlies me in hem, in hoe hij aanvoelt, in hoe hij ruikt, in hoe hij zich beweegt.

Kun je ooit terug naar hoe het was? Kun je de tussenliggende jaren afdoen als een foutje en verdergaan alsof je nooit uit elkaar bent geweest?

Ik voel zijn hand over mijn arm glijden en meteen daarna hoor ik dat ik met mijn elleboog per ongeluk de claxon heb aangeraakt.

Ik sta meteen weer met beide benen op de grond. Ik maak me van hem los en kijk door de voorruit. Twee serveersters van Julie's Place, onder wie de vrouw die ons bediende, bekijken ons door het raam. Als ze zien dat ik hen zie, draaien ze zich om.

Ik kijk op mijn telefoon. Het is bijna kwart voor tien. De winkel gaat officieel over iets minder dan twintig minuten open.

'Ik moet weg!' zeg ik, geschokt dat ik zo laat ben.

'Oké, oké,' zegt Jesse, maar hij maakt geen aanstalten om uit te stappen.

'Stap uit,' zeg ik lachend.

'Oké,' zegt hij weer, met zijn hand op het portier. 'Maar er is nog één ding waar ik het met je over wilde hebben.'

'Jesse! Ik moet weg!'

'Ga met me mee naar Maine,' zegt hij terwijl hij uitstapt.

'Wat?'

'Ga een paar dagen met me mee naar het vakantiehuis van mijn ouders in Maine. We kunnen vanavond vertrekken. Alleen wij tweeën.'

'Ik moet de winkel doen.'

'Dat kunnen je ouders wel van je overnemen. Voor die paar dagen. Het is hun zaak.'

'Het is mijn zaak,' zeg ik.

'Emma, we hebben tijd nodig. En dan heb ik het niet over een paar gestolen momenten voordat jij naar je werk moet. Echte tijd. Alsjeblieft.'

Ik kijk hem aan terwijl ik het overweeg.

Hij weet dat ik het overweeg. Dat is ook waarom hij al begint te glimlachen. 'Is dat een ja?' vraagt hij.

Ik weet dat mijn ouders zullen bijspringen en dat ik te laat ben en dat ik hier geen tijd voor heb.

'Goed dan, een paar dagen.'

'Drie,' zegt hij. 'Drie dagen.'

'Goed. Drie.'

'En we vertrekken vanavond?'

'Ja, goed. Maar nu moet ik echt gaan!'

Jesse lacht en sluit het portier zodat ik eindelijk kan wegrijden. Hij zwaait naar me door het raam. Ik merk dat ik een grijns op mijn gezicht heb terwijl ik het parkeerterrein af rij.

Bij de weg wacht ik even tot ik een gaatje zie om links af te kunnen slaan. Ik zie dat Jesse gebaart dat ik mijn raampje moet opendoen. Ik rol met mijn ogen maar doe wel wat hij wil.

Hij zet zijn handen aan zijn mond en schreeuwt: 'Sorry dat je door mij te laat komt! Ik hou van je!'

Ik heb geen andere keus dan terug te schreeuwen: 'Ik ook van jou!'

Ik rij de weg op en vlieg door de stad. Om elf minuten over tien rij ik het parkeerterrein van Blair Books op. Er staat al een klant voor de deur te wachten.

Ik haast me de auto uit, maak de achterdeur open en doe op weg naar de winkeldeur gehaast alle lampen in de winkel aan.

Dan loop ik zo kalm mogelijk naar de deur en maak hem open.

'Hallo,' zeg ik tegen de wachtende vrouw.

'Op jullie bordje staat dat jullie van tien tot zeven open zijn. Het is al kwart over tien.'

'Sorry,' zeg ik.

Maar als de vrouw meteen doorloopt naar de tafel met bestsellers en me niet meer kan zien, breekt er een enorme lach door op mijn gezicht.

Jesse!

MIJN VADER KOMT ROND ELVEN DE WINKEL IN. HIJ IS ER OM WAT boeken op te halen die hij voor mijn moeder heeft besteld, maar ik hou hem even staande om het met hem te hebben over mijn plan om naar Maine te gaan.

'Bedoel je dat je met Jesse naar Maine wilt?'

'Eh...' Ik weet niet goed wat mijn vader niet snapt. 'Ja, ik bedoel dat ik met Jesse naar Maine ga.'

'Weet je wel zeker dat dat een goed idee is?'

'Waarom niet?'

Wat een ontzettend stomme opmerking. Er zijn wel twintigduizend redenen te bedenken waarom dit misschien geen goed idee is.

'Emma, ik denk alleen...' Hij maakt zijn zin niet af. Ik zie dat hij zijn gedachtestroom een andere kant op probeert te buigen. 'Oké. Ik snap het. Natuurlijk kunnen mama en ik een paar dagen bijspringen. Leuk zelfs. Ik verveel me thuis dood nu ik alle vijf seizoenen van *Friday Night Lights* heb uitgekeken.'

'Te gek!' zeg ik. 'Dank je.'

'Graag gedaan. Maar zien we je vanavond nog? Je zult toch kleren nodig hebben?'

Ik knik. 'Ja. Ik kom nog even langs om wat kleren en andere spulletjes op te halen.'

'Goed,' zegt hij. Dan maakt hij aanstalten om weg te gaan. 'Je moeder maakt baconsandwiches en die wil ik niet missen.'

'Ik weet het.'

Mijn moeder maakt een paar keer per week baconsandwiches met tomaat en sla voor hem. Hij is er zo dol op dat je zou denken dat hij ze zelf wel zou willen kunnen maken. Hij heeft het ook een paar keer geprobeerd. En ik heb het voor hem geprobeerd en Marie heeft het voor hem geprobeerd. Hij zweert echter dat ze anders smaken dan wanneer mijn moeder ze maakt. Iets met bacon die warm moet zijn en sla die zoet moet zijn. Ik heb werkelijk geen flauw idee. Het enige wat ik weet is dat de liefde tussen mijn ouders altijd zo simpel lijkt en soms wou ik gewoon dat ze me er beter op hadden voorbereid dat liefde ook ingewikkeld kan zijn.

Later die middag, wanneer ik een late lunch ophaal, krijg ik een berichtje van Sam.

Je bent je allergiemedicijnen en oplader vergeten. Ik heb ze op je bureau gelegd.

Mijn eerste gedachte is niet dat het lief van hem is of dat ik blij ben dat ik mijn telefoon kan opladen, nee, mijn eerste gedachte is dat hij misschien nog in de winkel is. Ik haast me naar mijn auto, met mijn broodje in mijn hand, en hoop dat ik op tijd terug ben.

Ik kom geen rood stoplicht tegen en rij het parkeerterrein op terwijl Sam er net wil wegrijden. Ik gebaar dat hij even moet wachten.

Ik weet niet wat ik aan het doen ben, wat ik ervan verwacht. Ik weet alleen dat je bij de gedachte dat je je verloofde kan kwijtraken, ineens beseft hoe graag je hem wilt zien. En dat blijft zelfs zo als jij degene bent die hem misschien wel in de steek zal laten, degene die er een puinhoop van zal maken.

Sam doet zijn raampje naar beneden.

Ik parkeer mijn auto en loop naar hem toe. 'Hoi.'

'Hoi.'

Hij draagt zijn zwarte wollen jas met een wit overhemd en een donkerblauwe chambray das. Ik heb hem die das gegeven. Hij vond de kleine ankertjes erop mooi en ik zei dat ik hem iets wilde geven wat hij graag naar zijn werk zou dragen.

'Dank je voor de medicijnen,' zeg ik. 'En voor de oplader. Echt lief van je.'

Hij knikt. 'Ja, nou...'

Ik wacht tot hij verder nog iets zegt, maar dan dringt tot me door dat dat niet zal gebeuren.

'Hoe gaat het?' vraag ik.

'Ik heb me weleens beter gevoeld.' Hij maakt een bedroefde maar ook afstandelijke indruk. Het voelt alsof we elkaar niet kunnen bereiken. Ik merk dat ik iets dichter bij hem ga staan in een poging contact te maken. 'Maar het komt wel goed,' vervolgt hij. 'Het is alleen zo raar om in mijn eentje in ons bed te slapen. Ik mis je.'

'Ik mis jou ook,' zeg ik en dan – ik weet niet wat me bezielt – buig ik me naar hem toe en kus hem. Hij kust me terug, maar maakt zich dan meteen weer los. Ik vraag me af of dat is omdat hij merkt dat ik iemand anders heb gekust.

'Sorry,' zeg ik. 'Macht der gewoonte.'

'Het geeft niet.'

'Hoe ging het vanochtend met de katten?' Ik vind het altijd heerlijk om het met Sam over onze katten te hebben. Ik vind het fijn om grappige koosnaampjes voor ze te bedenken en verhalen te verzinnen over wat ze allemaal uitspoken wanneer wij er niet zijn.

'Homer heeft in het bad geslapen,' vertelt Sam.

Voordat ik zelf een kat had, voordat ik van die kleine pluizenbolletjes hield, zou ik de opmerking 'Homer heeft in het bad geslapen' bijzonder slaapverwekkend vinden. Maar nu is het net zo opwindend als wanneer iemand me zou vertellen dat hij op Mars is geland.

'Niet onder de piano?'

Sam schudt zijn hoofd. 'Nee, hij wil de badkamer niet meer uit komen. Toen ik vanochtend wilde douchen, moest ik hem optillen en op de gang zetten.'

Ik zou in dat huis moeten zijn. Ik zou bij Sam en Mozart en Homer moeten zijn. Ik weet niet waarom Homer in de badkuip ligt, wat dat te betekenen heeft. Maar ik weet wel dat het niet zou gebeuren als ik er was.

Allemachtig.

Er ligt zoveel schuldgevoel op de loer, ik hoef het alleen maar op te rapen en mee te nemen. Er is zoveel waar ik mezelf mee kan kwellen.

Misschien verdien ik dat wel.

Maar ik besluit het daar voorlopig te laten liggen. Ik raap het niet op. Zelfs al zou dat eigenlijk moeten. Niemand, en ik al helemaal niet, heeft er wat aan als het in mijn nek blijft hijgen.

'Ik hou van je.' Het floept er gewoon uit. Ik weet niet wat ik ermee bedoel. Ik weet alleen dat het zo is.

'Ik weet het,' zegt hij. 'Daar heb ik geen moment aan getwijfeld.'

We doen er even het zwijgen toe en ik ben bang dat hij zal wegrijden. 'Wil je "Piano Man" voor me spelen?' vraag ik.

'Wat?'

'Wil je "Piano Man" spelen? Op het stuur? Dan doe ik de mondharmonica.'

Ik vraag hem dat altijd als ik nog iets meer van hem wil houden. Ik vind het leuk om te denken aan de eerste keer dat hij het deed. Ik vind het fijn om naar zijn vaardige vingers te kijken. Het nummer is me inmiddels zo vertrouwd dat ik de noten kan horen wanneer hij speelt, al doet hij dat altijd in stilte.

Maar in plaats van zijn mouwen op te stropen en zijn vingers in positie te brengen zoals anders, schudt hij zijn hoofd. 'Nee, dat doe ik niet.'

'Maar anders doe je het wel.'

'Ik ga geen kunstjes voor je opvoeren,' zegt hij. 'Ik hoop dat je van gedachten verandert en tot het besef komt dat je van me houdt en dat we de rest van ons leven bij elkaar horen te zijn, maar... ik ga geen auditie doen voor die rol.'

Het is één ding om iemands hart te breken. Het is heel wat anders om iemands trots te breken.

En volgens mij heb ik net allebei gedaan.

'Je hebt gelijk,' zeg ik. 'Sorry.'

'Luister, jij maakt nu iets mee waar ik me niet eens een voorstelling van kan maken. Ik zie wat het met je doet. En ik hou genoeg van je om een poosje te wachten totdat jij weet wat je wilt.'

Ik pak zijn hand en knijp erin, alsof ik, als ik maar hard genoeg knijp, mijn dankbaarheid via mijn arm, via mijn hand, recht zijn ziel in kan duwen. Maar zo werkt dat niet. Dat weet ik ook wel.

'Dank je,' zeg ik. 'Ik weet gewoon niet hoe ik je moet bedanken. Maar dank je.'

Sam trekt zijn hand uit de mijne. 'Je kunt ons niet allebei hebben,' zegt hij. 'Ik kan niet doen alsof alles oké is voordat alles weer echt oké is. Oké?'

Ik knik. 'Oké.'

Hij lacht. 'Dat waren heel wat oké's op een rij.'

Ik lach ook.

'Ik moet gaan.' Sam trapt het gaspedaal in. 'Anders kom ik te laat voor de repetitie. En daarna ga ik denk ik maar gewoon naar huis, wat eten, een beetje sport kijken. Heel opwindend allemaal.'

'Ik hoor het,' zeg ik.

'En jij hebt ook vast grootse plannen,' zegt hij, maar ik zie zijn gezicht ineens bevriezen. Het is duidelijk dat hij dat zonder nadenken zei. Hij wil helemaal niet weten wat ik vanavond ga doen. Maar nu hij het eenmaal heeft gezegd, kan ik er op een of andere manier niet onderuit om hem te vertellen dat ik inderdaad plannen heb. 'Ik bedoelde alleen maar... eh... weet je wat? Zeg maar niets.'

'Ja, oké,' zeg ik. 'Ik zeg niets.'

Maar door niets te zeggen zeg je ook iets, toch? Want als er echt niets was waar hij zich zorgen om hoefde te maken, dan zou ik gewoon hebben gezegd: 'Nee hoor, ik heb geen plannen, Sam.'

Dat heb ik niet gezegd. En dat weten we allebei.

Hij kijkt me aan. Ik zie aan hem dat hij zijn grens heeft bereikt. Hij kan dit niet langer volhouden. 'Dag Emma,' zegt hij terwijl hij aan het stuur draait. Dan zegt hij: 'Weet je, ik stop er even mee.'

'Hoe bedoel je dat?'

'Ik bel je wel als ik eraan toe ben. Maar ik heb liever niet dat je mij belt. Ik snap dat je me vast graag wilt vertellen wat je beslissing dan ook moge zijn, maar... ik wil het liever pas horen als ik er zelf aan toe ben.'

'Mag ik je helemaal niet bellen?'

Hij schudt somber zijn hoofd. 'Nee.'

Dit is de enige controle die hij over zijn lot heeft. Ik weet dat ik hem die moet gunnen.

'Wat jij wilt,' zeg ik.

'Nou, dat is wat ik wil.' Hij geeft me een knikje, drukt het gaspedaal in en rijdt weg.

Weg.

Het dringt ineens tot me door hoe koud ik het heb, hoe ijskoud het buiten is, en ik haast me de winkel in. Pas daar besef ik dat ik mijn broodje in de auto heb laten liggen, maar ik neem niet eens de moeite om het te gaan halen. Ik heb geen trek.

Ik heb ook al niet ontbeten. Blijkbaar is mijn eetlust als eerste verdwenen.

Tina slaat net een paar boeken op de kassa aan voor twee dames op leeftijd wanneer ik bij haar kom staan. 'Hoi Emma,' zegt ze. 'Weet jij wanneer we de nieuwe Ann Patchett weer binnenkrijgen?'

'Volgende week dinsdag,' zeg ik alsof het vandaag een dag als alle andere is, alsof ik nog helder kan denken. 'Dames, als jullie je telefoonnummers aan Tina geven, dan belt ze jullie wanneer ze binnen zijn,' vervolg ik met een glimlachje.

Daarna loop ik naar achteren waar ik aan mijn bureau ga zitten. Ik leg mijn hoofd in mijn handen en haal diep adem.

Mijn gedachten vliegen van Sam naar Jesse en weer terug.

Ik hou mezelf steeds voor dat ik het gevoel heb dat ik niet weet wat ik aan het doen ben. Maar in werkelijkheid weet ik precies wat ik doe.

Het is één ding om hen aan het lijntje te houden, denk ik. Maar ik moet stoppen met mezelf aan het lijntje te houden.

Ik zal voor een van hen kiezen.

Ik weet alleen nog niet voor wie.

Liefde en Maine
Of hoe je de klok terugdraait

DE WINKEL IS DRIE KWARTIER GELEDEN GESLOTEN. DE KASSA IS opgemaakt. De vloer is schoon. Tina is naar huis gegaan. Ik ben klaar. Ik kan in de auto stappen en weggaan. Maar ik blijf gewoon in de donkere voorraadruimte staan. En denk aan Sam.

Mijn telefoon gaat. Ik zie dat het Jesse is. En hup, weg is Sam, vervangen door de man van wie hij de vervanger was.

'Hoi,' zegt Jesse wanneer ik opneem. 'Zal ik je bij de winkel komen ophalen?'

'O,' zeg ik verbaasd. Ik was ervan uitgegaan dat hij me bij mijn ouders zou oppikken nadat ik mijn spullen had gehaald.

'Is dat oké?'

Ik haal mijn schouders op. 'Ja hoor. Dat is prima. Ik ben nog op de zaak.'

'Nou, dat is prima, want ik sta voor de deur.'

Lachend loop ik de winkel in. 'Meen je niet!' zeg ik, maar hij hoeft het niet nog een keer te zeggen, want ik zie hem al staan, een silhouet in het licht van de lantaarnpalen.

Ik doe de deur open. Hij draagt een dik jack en een casual broek en pakt me vast, niet alleen met zijn armen, maar met zijn hele lichaam, alsof hij alles van me nodig heeft, alsof hij geen seconde meer zonder me kan.

En dan kust hij me.

Als ik een slecht mens ben omdat ik van hen allebei hou, dan ben ik op dat moment geloof ik een slecht mens.

'Maine dus?' zeg ik glimlachend.

'Maine.' Jesse knikt.

'Oké. Ik pak nog even mijn tas. Kom mee, dan gaan we via de achterdeur. Daar staat mijn auto.'

'Dat hoeft niet, we nemen de mijne.'

Ik kijk hem sceptisch aan.

Hij wuift mijn onuitgesproken bezwaren weg. 'Kom op. Pak je spullen nou maar. Ik zie je in de auto.'

Ik loop naar achteren om mijn tas te pakken, sluit dan de winkel af en stap in zijn auto. Hoewel hij natuurlijk niet zou moeten rijden.

Soms vraag ik me bezorgd af of Jesse me niet naar de hel leidt en ik hem gewoon volg en naïeve dingen zeg als: 'Wordt het hier niet te warm voor je?' en hem dan nog geloof ook als hij zegt dat er niks aan de hand is.

'We moeten nog even langs mijn ouders' huis,' zeg ik zodra we rijden. 'Ik moet wat kleren ophalen.'

'Natuurlijk,' zegt hij. 'Volgende halte, de Blairs.'

Wanneer we hun oprit in rijden, kan ik aan het weinige licht dat er brandt zien dat mijn ouders bij Marie en Mike zijn.

Jesse en ik lopen naar de voordeur om mijn spullen te gaan halen en ik zeg tegen hem dat we ook nog even langs Marie moeten om iedereen gedag te zeggen.

'Prima,' zegt hij terwijl ik de deur van het slot doe. 'Hoe ver weg is dat?'

'Ze woont daar.' Ik wijs naar het huis van Marie.

Jesse lacht. 'Wauw,' zegt hij. Hij neemt de afstand tussen Marie's huis en dat van mijn ouders op. 'De dochter van de boekhandelaren slaat opnieuw toe.'

Het is lang geleden dat iemand haar zo noemde. Om heel veel redenen is het niet echt meer van toepassing.

Jesse kijkt me aan. 'Maar eigenlijk ben jij ook meer een dochter van de boekhandelaren dan we dachten, hè?'

Ik glimlach. Ik weet eigenlijk niet of het aardig bedoeld is of niet. 'Iets meer dan vroeger, ja.'

Eenmaal binnen loop ik de trap op naar mijn oude kamer, maar wanneer ik me omdraai, zie ik dat Jesse nog in de hal staat te wachten. Hij staart voor zich uit.

'Alles goed?' vraag ik.

Hij schrikt op uit zijn gedachten. 'Ja hoor. Sorry. Ik wacht hier wel even terwijl jij je spullen pakt.'

Ik pak een tas en verzamel de spulletjes uit de badkamer.

Wanneer ik weer beneden kom, lijkt Jesse opnieuw in gedachten verzonken. 'Het is heel maf dat sommige dingen er nog precies zo uitzien als vroeger.'

'Vast,' zeg ik. Ik ga naast hem staan.

'Het is net alsof sommige dingen zonder mij zijn verdergegaan en andere juist op pauze zijn gezet op het moment dat ik wegging,' zegt hij terwijl we naar buiten lopen. 'Ik bedoel, ik weet dat dat niet klopt. Maar het enige wat hier is veranderd is dat je ouders een nieuwe tv hebben. De rest ziet er nog precies hetzelfde uit. Zelfs dat maffe schilderij met die kat hangt er nog. Op precies dezelfde plek.'

Sam en ik hebben Mozart uitgekozen omdat hij precies lijkt op de grijze kat op het schilderij boven een van de tweezitsbankjes van mijn ouders.

Zonder Sam zou ik zelfs nooit hebben overwogen om een kat te nemen. Maar nu ben ik een kattenmens. Een paar weken geleden stuurde Sam me een plaatje van een kat die op een boterham met pindakaas zit, en toen heb ik wel een kwartier zitten lachen.

Ik leg mijn spullen in Jesse's auto en dan lopen we naar Marie's huis.

'Weet je zeker dat je het al aankunt om mijn familie te zien?' vraag ik.

'Natuurlijk,' zegt hij glimlachend. 'Het is ook mijn familie.'

Ik klop op de deur en hoor rumoer binnen.

Dan doet Mike open.

'Emma.' Hij omhelst me even en stapt dan opzij om ons binnen te laten. 'Twee keer op één dag. Het kan niet op. Jesse, leuk je weer te zien.' Hij geeft hem een hand.

'Het genoegen is geheel wederzijds,' zegt Jesse.

Op familiebijeenkomsten praatten Jesse en Mike wel met elkaar, maar ze kwamen eigenlijk nooit verder dan 'Hoe gaat-ie?' Ze waren niet close omdat Marie en ik dat niet waren. Wanneer ik eraan terugdenk, kan ik hen denk ik het best vergelijken met bokstrainers, met Marie en ik als de boksers en onze echtgenoten als degenen die water in onze mond schonken en ons oppepten om verder te gaan.

We gaan naar de eetkamer, waar Marie en mijn ouders zitten. Sophie en Ava zijn al naar bed. Zodra ze Jesse zien, staan ze alle drie op.

Mijn vader geeft Jesse een stevige hand en trekt hem dan tegen zich aan voor een knuffel. 'O jongen, je moest eens weten hoe fijn het is om je weer te zien.'

Jesse knikt, zichtbaar een beetje overweldigd.

Mijn moeder omhelst hem en maakt zich dan van hem los om hem op een armlengte afstand te bekijken. Dan knijpt ze in zijn schouders en schudt haar hoofd. 'Ik ben nog nooit zo blij geweest om iemand te zien.'

Marie geeft hem een oprechte, liefdevolle knuffel, waardoor Jesse zich zichtbaar overvallen voelt.

Ik kijk naar hem terwijl hij zich beleefd van haar los probeert te maken. Ik zie dat hij zich slecht op zijn gemak voelt maar probeert dat niet te laten merken.

'We komen alleen maar even gedag zeggen,' zeg ik. 'We moeten eigenlijk meteen weer weg.'

'Waar gaan jullie naartoe?' vraagt Marie.

Ik was ervan uitgegaan dat mijn vader het wel aan iedereen had verteld, maar blijkbaar niet. Roddelen zit mijn familie niet echt in het bloed.

'Jesse en ik gaan een paar dagen naar Maine,' zeg ik op een toon alsof het de gewoonste zaak ter wereld is. Alsof ik geen verloofde heb. Maar misschien heb ik ook wel geen verloofde meer. Eerlijk gezegd weet ik niet meer wat ik heb.

'O, oké.' Marie past haar toon aan aan de mijne. 'Nou, ik hoop dat jullie het leuk hebben daar.' Ze kijkt me iets te lang aan, iets te nadrukkelijk. De boodschap is duidelijk. Ze wil zo snel mogelijk alles horen. Ongetwijfeld omdat ze van me houdt, maar ook, denk ik, omdat dit bijzonder interessant begint te worden.

'Dank je.' Met mijn blik maak ik haar duidelijk dat ze de eerste is die het te horen krijgt als er iets is wat iemand te horen moet krijgen.

En dan komen Sophie en Ava de trap af denderen, hand in hand. Sophie draagt een zeegroene warme pyjama en is zo te zien heel benieuwd naar wat er allemaal gebeurt. Ava draagt iets geels met oranjes, wat heel erg vloekt, en wordt min of meer meegesleept door haar zusje.

Op de derde tree van onderen blijven ze staan. Ava gaat zitten. Sophie houdt een hand boven haar ogen tegen het licht en knijpt haar ogen iets samen.

'Hé,' zegt Marie zacht, 'jullie weten best dat jullie moeten slapen.'

Ik kijk naar Jesse terwijl hij naar Marie kijkt die gebarentaal gebruikt.

Mijn vader staat op. 'Ik breng ze wel weer naar bed,' zegt hij. 'Ik vind het altijd fijn om nog even met mijn kleinkinderen te kunnen knuffelen.'

Jesse kijkt toe terwijl mijn vader de woorden 'bed' en 'knuffelen' uitbeeldt.

Mijn vader tilt Ava op, neemt Sophie bij de hand en verdwijnt met de kinderen naar boven.

'Goed,' zeg ik. 'Tot over een paar dagen dan maar.'

Jesse zwaait nog even naar iedereen terwijl ik hem aan zijn andere hand mee naar buiten trek. Eenmaal op straat is hij weer in gedachten verzonken.

'Alles goed?' vraag ik.

Hij schrikt op. 'Wat? O ja. Helemaal goed.'

'Waar denk je aan?'

Ik ga ervan uit dat hij vragen zal stellen over de gebarentaal of hun implantaten, maar dat doet hij niet. Hij heeft het er zelfs niet over dat ze doof zijn. In plaats daarvan zegt hij: 'Ik weet niet... Het is gewoon... wauw.'

'Wat?'

'Dat zijn mijn nichtjes.'

VLAK VOORDAT WE BIJ DE GRENS VAN MASSACHUSETTS WAREN, kreeg ik mijn eetlust terug. We reden naar een fastfoodtent en zitten nu aan de kant van de weg te eten.

Ik eet een hamburger met friet.

Jesse heeft een bacon-cheeseburger en een cola besteld, maar hij raakt zijn eten nauwelijks aan.

'Volgens mij zijn we hier al eens eerder gestopt,' zegt hij.

'Bij deze tent?'

Hij knikt. 'Na het eindexamenfeest.'

Ik lach. Het eindexamenfeest voelt als heel lang geleden. We zeiden tegen onze ouders dat we bij vrienden bleven slapen, maar gingen al heel vroeg weg van het feest om naar het vakantiehuis te gaan waar we nu ook naartoe gaan. Olive en ik waren een week daarvoor naar Victoria's Secret geweest. Zij zocht een beha die onder haar jurk paste, maar ik begaf me naar de afdeling met wat volwassenere lingerie en kocht een zwarte g-string, speciaal voor de avond van het eindexamenfeest. Het was de eerste keer dat ik echt mijn best deed om sexy te zijn. Jesse zag het die avond niet eens. Het ging hem er alleen maar om dat we alleen waren, dat niemand ons kon horen of tegenhouden.

'Als ik soms denk aan hoe ik eruitzag op dat eindexamenfeest, dan vraag ik me af waarom jij en Olive me niet hebben tegengehouden. Weet je nog dat ik van die neptatoeages van vlinders over mijn hele lichaam had geplakt?'

Hij lacht. 'Eerlijk gezegd vond ik je hartstikke hot. Maar ik was dan ook net achttien.'

'Volgens mij ben je vergeten hoe ordinair ik eruitzag.'

'Ik herinner me het als de dag van gisteren. Jij was het hotste meisje daar.'

Ik schud mijn hoofd, eet mijn hamburger op, prop de verpakking in elkaar en stop die in mijn tas. 'Wacht eens, volgens mij heb ik er nog een foto van. Dan kun je zien wat ik bedoel. Je zult dan echt moeten toegeven dat ik er ongelooflijk ordinair uitzag.'

Hij lacht, terwijl ik me omdraai en de plunjezak van de achterbank pak. Ik neem hem op mijn schoot en rommel erin, op zoek naar de envelop die ik uit mijn appartement heb meegenomen. Ik kan hem eerst niet vinden, hoewel ik weet dat ik hem heb meegenomen.

Nadat ik hem heb gevonden, gooi ik de plunjezak weer op de achterbank. Ik schud de envelop leeg op mijn schoot.

'Jemig, wat is dat allemaal?' vraagt Jesse.

'Gewoon wat dingen van jou, van ons. Dingen die ik heb bewaard.'

Hij lijkt ontroerd. 'Wauw.'

'Ik ben je nooit vergeten. Hoe zou ik jou nu kunnen vergeten?'

Hij kijkt me kort aan en werpt dan een blik op mijn schoot, op de foto's en brieven die ik heb bewaard.

Zonder op mijn woorden te reageren pakt hij een foto van de stapel. 'Is die van die oudejaarsavond in Amsterdam?' wil hij weten.

Ik knik.

Die nacht hebben we andere mensen gekust omdat we ruzie hadden. Om zeven minuten over twaalf 's nachts hadden we het weer bijgelegd in de wc van een sjofele bar op De Wallen en de liefde bedreven tegen de wastafel. De foto is een selfie van ergens in de kleine uurtjes, toen we op een bankje aan de rivier zaten.

Jesse pakt een foto op van ons boven op een berg in Costa Rica en een foto van hem op een strand in Sydney. Je kunt zien dat ik die foto heb genomen. Je kunt aan de lach op zijn gezicht zien hoeveel hij van me houdt.

'God, moet je ons eens zien,' zegt hij.

'Ja hè?'

'Weet je nog wanneer deze foto is gemaakt?' vraagt hij terwijl hij me die van hem op het strand laat zien.

'Natuurlijk weet ik dat.'

'Dat was de dag waarop we besloten om nooit een back-upplan te maken, gewoon om onszelf te dwingen onze dromen na te blijven jagen,' zegt hij. 'Weet je nog? We namen ons voor om werk te zoeken waarmee we de wereld over konden reizen.'

'Ja, dat weet ik nog.'

Ik rommel wat tussen de foto's tot ik een envelop vind. Hij is geadresseerd aan hem, in mijn handschrift. Het is de brief die ik hem heb geschreven voordat ik mijn eerste date had met Sam. Ik schuif hem opzij en stop hem gauw terug in de grote envelop.

En dan vind ik de foto die ik zocht. Ons eindexamenfeest. Ik met mijn vlinders.

'Goed,' zeg ik. 'Kijk naar deze foto en geef me dan je eerlijke mening.'

We staan voor een groot raam met uitzicht op Boston. Op de achtergrond zie je de lichtjes van de stad. Jesse draagt een goedkope smoking met een bloem scheef in zijn knoopsgat. Ik heb hem die opgedaan in de voortuin bij mij thuis, onder het toeziend oog van zijn en mijn ouders. Ik sta naast hem met mijn rug iets naar de fotograaf toe, maar wel met mijn blik in de camera. Ik draag een felrode jurk, heb veel te veel schuifjes in mijn haar en heb een hele bende dan al vervaagde en vlekkerige nepvlindertatoeages op mijn rug.

Een slachtoffer van de mode van het begin van de jaren 2000.

Jesse schiet in de lach. 'O mijn god,' zegt hij. 'Het lijkt wel alsof je een of andere huidaandoening hebt.'

Ik lach ook. 'Nee hoor, dat zijn gewoon nepvlinders.'

'Ik weet nog dat ik dacht dat ik nog nooit zoiets sexy's als die vlinders had gezien.'

'Ja, en ik weet nog dat ik dacht dat ik het coolste meisje van het feest was. Zo zie je maar weer dat de dingen niet altijd zijn zoals we ze ons herinneren.'

Hij kijkt me aan alsof hij probeert te ontdekken of ik iets bedoel met die woorden. Ik besluit te negeren wat ze wel of niet te betekenen hebben.

'Maar jij,' zeg ik, 'hebt het helemaal voor elkaar. Toen aantrekkelijk en nu aantrekkelijk.'

Hij glimlacht en richt zijn aandacht weer op het stuur, van plan om weg te rijden.

Ik probeer alles weer in de envelop te stoppen, maar sommige foto's en spulletjes vallen op de grond en op de voorbank. Ik raap alles op, inclusief mijn robijnen ring, en stop het in de envelop die ik vervolgens op de achterbank gooi. Pas dan zie ik dat er nog iets op de console tussen ons in ligt.

Het is een bijna vier jaar oud artikel uit de *Beacon*.

JESSE LERNER UIT ACTON VERMIST.

Naast de kop een foto van hem in de tuin van zijn ouders, zwaaiend, met zijn rechterhand nog volmaakt intact.

Ik was nog in L.A. toen dat artikel verscheen, maar iemand gaf me er een knipsel van vlak nadat ik was terugverhuisd naar Massachusetts. Ik wilde het toen bijna weggooien, maar dat kon ik niet. Ik kon het niet over mijn hart verkrijgen om iets weg te gooien waar een foto van Jesse op stond, waar zijn naam op stond. Ik had al zo weinig over van hem.

Ik pak het knipsel en vouw het weer in tweeën, precies zoals het al die jaren in de envelop heeft gezeten.

Jesse kijkt naar mijn handen terwijl ik dat doe.

Ik weet dat hij het heeft gezien.

Ik leg het knipsel op de achterbank bij de envelop. Wanneer ik me weer omdraai, open ik mijn mond om Jesse erover te vertellen, maar hij wendt zijn blik af en start de auto.

Hij wil er niet over praten.

Raak je ooit over een verlies heen? Of zoek je gewoon een doosje in jezelf, groot genoeg om het daarin op te bergen? Doe je je spullen daarin, druk je het aan en sluit je dan het deksel voorgoed? Of ben je de rest van je leven bezig te proberen dat deksel dicht te houden?

Ik dacht dat als ik mijn verdriet maar ver genoeg wegstopte en het doosje stevig genoeg dichthield, het verdriet als vanzelf in rook zou opgaan, dat ik op een dag dat doosje open kon doen en dat het verdriet dat ik al die tijd met me mee had gedragen, dan gewoon was verdwenen.

Maar ik zit nu in deze auto en begin te denken dat het doosje de afgelopen drieënhalf jaar gewoon bomvol is geweest. En ik weet bijna zeker dat het deksel er elk moment af kan springen en ik ben bang voor wat erin zit.

Per slot van rekening heeft Jesse ook zijn eigen doosje.

En dat zit nog voller dan dat van mij.

HET VAKANTIEHUIS VAN JESSE'S OUDERS.

Ik had niet gedacht dat ik hier ooit nog eens zou komen.

Maar daar ben ik dan.

Het is ongeveer twee uur 's nachts. De wegen hiernaartoe waren zo verlaten dat het was alsof we door een spookstad reden.

Het huis, een vreemd gevormd bouwsel dat meer op een groot chalet lijkt, is warm en uitnodigend, met houten wanden, grote ramen en een terras helemaal rondom. Het maakt een beetje een rommelige indruk, alsof het eerst een klein hutje was waar van alles is aangebouwd.

Omdat er geen lamp brandt op het grondstuk, laat Jesse de koplampen aan zodat we onze spullen kunnen uitladen.

Ik pak mijn plunjezak en Jesse pakt wat spullen uit de kofferbak. We lopen naar de voordeur.

'Heb je het koud?' vraagt hij terwijl hij met de sleutel in het slot morrelt. 'Ik steek de open haard zo wel aan.'

'Dat klinkt goed,' zeg ik.

De sleutel draait om in het slot, maar de deur klemt. Jesse moet zijn gewicht ertegenaan zetten om hem te openen.

Wanneer hij eindelijk opengaat, is het eerste wat me opvalt de vertrouwde houtachtige geur.

Jesse loopt naar binnen en doet alle lampen en de verwarming aan, nog voordat ik mijn tas heb neergezet.

'Maak het je gemakkelijk. Ik ga even de koplampen uitdoen.'

Ik knik en wrijf in mijn handen in een poging ze op te warmen. Ik kijk naar de stenen open haard, naar de meubels en naar de dekens die over de meeste stoelen liggen. De bar staat vol halflege flessen sterke drank. De houten trap is zo oud dat je, door er alleen maar naar te kijken, gewoon weet dat de treden kraken.

Er is hier niets wat me verrast, niets wat anders voelt dan in mijn herinnering, behalve dat ik een ander mens ben dan ik toen ik hier voor het laatst was.

Ik geloof dat ik wel een klein beetje snap hoe Jesse zich moet voelen na zijn terugkeer. Ik begrijp nu wat hij bij mijn ouders thuis bedoelde; dat het net zo raar is dat veel dingen niet veranderen als dat het raar is dat ze dat wel doen.

Jesse komt binnen en sluit de deur.

'Het zal hier over een paar minuten wel warm zijn,' zegt hij. 'Hoewel ik hier in geen jaren ben geweest, maar dat hoef ik jou niet te vertellen.'

'De laatste keer dat we hier waren, was...'

'Onze bruiloft,' maakt Jesse mijn zin voor me af.

Ik glimlach bij de herinnering. Jesse glimlacht ook. Na de receptie brachten we de nacht door in het hotel, dus in feite was de laatste keer dat we hier waren, die keer dat we seks hadden, hij in zijn smoking, ik in mijn trouwjurk, op het aanrecht, dat ik nu bijna kan aanraken. Ik weet nog hoe romantisch ik het vond. Maar nu krimp ik enigszins ineen bij de gedachte aan seks op een aanrecht. Dat is de plek waar mensen hun eten bereiden! Hoe kwamen we erbij?

'Hoe zit het met die open haard?' vraag ik.

'Ga ik meteen doen!' Hij loopt ernaartoe. De haard is stoffig en leeg met een stapel oud hout ernaast.

Ik volg zijn bewegingen. Ik zie hem stukken hout uitzoeken. Ik zie hoe hij ze opstapelt. Ik zie hoe hij een lucifer aansteekt.

'Ben je moe?' wil hij weten. 'Wil je al naar bed?'

Ik schud mijn hoofd. 'Nee. Gek genoeg ben ik klaarwakker. En jij?'

Hij maakt een wegwerpgebaar. 'Ik bevind me nog een beetje in een andere tijdzone.'

'O ja,' zeg ik.

Jesse loopt naar de bar. 'Wijn?'

'Gin?'

'O wauw. Oké.' Hij schenkt een glas Hendrick's voor me in en ook een voor zichzelf.

Ik ga zitten en trek de deken naar me toe die over de rugleuning van de bank hangt.

Jesse bukt zich om ijsklontjes uit de vriezer te pakken. Hij moet het bakje hard tegen het aanrecht slaan om de klontjes eruit te krijgen.

'Het is misschien wel maanden, of zelfs jaren geleden dat iemand hier een cocktail heeft gemaakt. Wie weet hoe oud dit ijs is,' zegt hij.

Ik lach. 'Maakt mij niet uit.'

Hij brengt me mijn glas en zet het neer. Dan loopt hij naar de haard om wat in het vuur te poken. Het begint al voorzichtig te bulderen.

Ik ga wat meer rechtop zitten en pak mijn glas. Met een gebaar geef ik Jesse te kennen dat hij het zijne ook moet pakken.

'Op jou,' zeg ik.

'Op ons.'

Ik glimlach en we proosten. Ik neem een grote slok.

Jesse wil hetzelfde doen, maar trekt meteen een vies gezicht. 'Sorry,' zegt hij hoofdschuddend. 'Het is behoorlijk lang geleden dat ik voor het laatst sterke drank heb gedronken.'

'Geeft niks,' zeg ik, waarna ik de rest in één teug opdrink. 'Ik zorg wel dat je er weer aan went.'

Al snel is de hele ruimte verwarmd door de open haard. Ons af en toe haperende gesprek wordt geanimeerder en luidruchtiger naarmate we meer drinken. Binnen de kortste keren hebben we het over hoe smerig de taart op onze bruiloft was en heb ik al drie glazen Hendrick's achter de kiezen.

Jesse zit aan de ene kant van de bank met zijn voeten op de salontafel. Ik zit aan de andere kant met mijn voeten onder me gestopt. Ik heb mijn laarzen uitgetrokken en mijn trui ligt op de grond.

'Vertel,' zegt hij. 'Wat voor stempels heb je nog meer in je paspoort verzameld in de tussentijd?'

Het spijt me dat ik hem moet teleurstellen. 'Uh, helemaal geen nieuwe stempels meer. Niet meer sinds jouw vertrek.'

Hij is zichtbaar verbaasd. 'Ben je zelfs niet naar Italië geweest? Je zou toch een stuk over Apulië schrijven?'

'Ja, maar... het leven heeft me een andere kant op gestuurd.'

We doen er even het zwijgen toe en dan leunt Jesse naar voren, met zijn bovenlichaam mijn kant uit. 'Sorry dat ik die klus toen heb aangenomen. Sorry dat ik ben weggegaan. Wat bezielde me in godsnaam om een dag voor onze eerste trouwdag weg te gaan?'

'Het maakt niet uit,' zeg ik. Het liefst zou ik eraan toevoegen: 'Sorry dat ik me met iemand anders heb verloofd', maar ik kan het niet over mijn lippen krijgen. De verontschuldiging zou alleen maar de aandacht vestigen op de kwetsbaarste en onzekerste delen in me, en dan zou ik me voelen als een tiener die in bikini naar een zwembadfeest gaat.

'Heb je enig idee hoe het is om iedere dag naar iemand te verlangen en dan eindelijk naast diegene te zitten?' vraagt hij.

'Ik denk nergens anders aan,' zeg ik. 'Ik kan nog steeds nauwelijks geloven dat dit echt is. Dat jij hier bent.'

'Ik ook niet.' Hij pakt mijn hand en zegt: 'Je hebt je haar afgeknipt.'

Automatisch voel ik aan het korte haar in mijn nek. Ik doe het op een manier alsof ik eigenlijk te verlegen ben voor zo'n brutaal kapsel.

En iets daaraan irriteert me. Het is net alsof ik niet helemaal mezelf ben, alsof ik een rol speel. 'Ja,' zeg ik. Ik hoor zelf dat mijn stem scherp klinkt en vervolg wat vriendelijker: 'Een paar jaar geleden.'

'En het is ook blonder. Je haar was vroeger niet echt blond.'

'Nee, maar ik vind het mooi zo.'

'Ik herkende je bijna niet,' zegt hij. 'Op het vliegveld.'

'Ik herkende jou meteen toen je dat toestel uit kwam.'

'Je bent veranderd,' zegt hij terwijl hij naar me toe schuift. 'Maar je bent ook alles waar ik al die jaren van heb gedroomd. En je bent hier.' Hij legt zijn hand op mijn wang en kijkt me diep in de ogen. Dan brengt hij zijn lippen naar de mijne. Mijn hart neemt het over van mijn verstand terwijl ik me in hem verlies.

Hij maakt zich los. 'Volgens mij moeten we met elkaar naar bed.' Hij kijkt me aan zonder een spoortje verlegenheid.

Ik weet dat er, als ik ja zeg, geen weg meer terug is.

Het zal alles tussen mij en Sam voorgoed veranderen.

Maar ik weet ook dat waar we het over hebben onvermijdelijk is. Ik zal met hem naar bed gaan, of het nu meteen is of morgen of over twee weken. Gebeuren zal het.

Ik wil weten hoe Jesse nu aanvoelt. Een verlangen dat nog eens wordt vergroot door de herinneringen aan hoe hij vroeger aanvoelde.

Ik ken de consequenties. Ik weet wat er voor mij op het spel staat.

En toch zal ik het doen.

'Dat denk ik ook,' zeg ik.

Hij glimlacht en begint dan hardop te lachen. 'Wat doen we hier dan nog, verdomme?' Hij staat op en steekt als een heer zijn hand naar me uit.

Lachend leg ik mijn hand in de zijne, maar ik sta nog niet of Jesse tilt me al op.

'Wanneer was de laatste keer dat je het in een twijfelaar hebt gedaan?' vraagt hij.

Het is een grapje. En ik reageer dan ook niet. Maar ik vraag me wel af of het wel zo'n goed teken is dat ik zo selectief met de waarheid omspring.

Jesse rent min of meer naar de trap.

'O mijn god!' roep ik, verbaasd dat hij zich zo gemakkelijk voortbeweegt met mij in zijn armen. 'Zo meteen laat je me nog vallen!'

Hij luistert niet. Hij dendert de trap op met twee treden tegelijk. Hij opent de deur van de kamer die ooit als de zijne werd beschouwd. Daar laat hij me op bed vallen en gaat boven op me liggen.

Het voelt als thuiskomen, onder hem liggen, zijn lippen op de mijne voelen, zijn handen op mijn lichaam.

Hij knoopt mijn blouse los en spreidt die open.

Mijn lichaam is veranderd sinds zijn vertrek – het natuurlijke proces van het verstrijken van de tijd. Maar ik voel me niet verlegen of gegeneerd. Ik voel me juist gesterkt. Alsof ik zo naakt mogelijk wil zijn, en dat zo snel mogelijk, alsof ik hem alles van mezelf wil laten zien.

Ik kijk toe terwijl hij zijn eigen shirt uittrekt over zijn hoofd. Tot mijn verbazing is hij nog magerder dan ik me had voorgesteld en ik zie op de linkerkant van zijn bovenlichaam de littekens van oude verwondingen. Het zijn net samengeknoopte bliksemschichten. Veel van zijn ontberingen zijn aan zijn lichaam af te lezen.

'In al die jaren dat ik je miste,' zegt hij terwijl hij met zijn neus zacht langs mijn sleutelbeen glijdt, 'miste ik je gezicht en je stem en je lach.'

Mijn lichaam is warm, mijn gezicht rozig. Zijn handen voelen nog beter aan dan ik me herinner. Zijn lichaam voegt zich moeiteloos naar het mijne, alsof onze ledematen zich naar elkaar hebben gevormd, als eb en vloed.

Met een snelle beweging maakt hij de knoop van mijn spijkerbroek los. 'Maar wat ik het allermeest heb gemist, is hoe je aanvoelt,' zegt hij terwijl hij mijn broek naar beneden trekt, eerst een beetje moeizaam over mijn heupen, maar algauw ligt mijn broek op de grond. Zonder iets te zeggen trekt hij zijn eigen broek uit. Dan gaat hij weer liggen en drukt zijn hele lichaam tegen het mijne.

'Ik miste het gevoel van jouw handen op mijn rug,' zegt hij. 'En van je benen om me heen.'

Ik beweeg me een beetje, uitnodigend.

En dan verlies ik me helemaal in hem.

Ik ben alleen nog maar de Emma die van Jesse Lerner houdt, de Emma die ik zo'n groot deel van mijn leven ben geweest.

En als we ons samen bewegen, samen ademhalen, samen verlangen, hoor ik hem fluisteren: 'Emma.'

En ik fluister terug: 'Jesse.'

We liggen in bed.

We zijn naakt.

We liggen tussen de verfrommelde lakens en zijn bedekt met zweet.

We liggen in elkaars armen en ik moet denken aan alle andere keren dat we zo lagen, dat we naast elkaar weer op adem probeerden te komen, met onze ledematen verstrengeld. We hebben geleerd hoe we dit samen moeten doen, we hebben onszelf samen met de ander ontdekt. We hielden van elkaar en verlangden al naar elkaar toen we er nog slecht in waren, en samen zijn we er goed in geworden.

En nu zijn we er zelfs fantastisch goed in. Beter dan ooit tevoren. En hoewel we al klaar zijn, schuif ik weer naar Jesse toe en beginnen we gewoon opnieuw.

Hij reageert meteen, hij duwt zich kreunend tegen me aan.

Zijn adem ruikt zurig. Zijn haar stinkt. Dat is mijn favoriete versie van hem.

'Nog een keer,' zegt hij. Het is geen vraag en geen bevel. Gewoon een simpele vaststelling. We zullen het nog een keer doen. We moeten nog een keer dicht bij elkaar komen. En daar gaan we.

En deze keer lijkt de hartstocht niet meer op een huis dat in lichterlaaie staat, maar meer op een regelmatig brandende vlam, heet en verzengend.

We hebben geen van beiden haast. Zelfs al zouden we dat willen, dan zouden we ons niet kunnen haasten.

We zijn langzaam en doelgericht.

Ik geniet vooral van het gevoel van zijn huid tegen de mijne, het gevoel van onze borstkassen die elkaar even raken en dan weer loskomen.

Op dit moment ben ik verbaasd dat het me ooit is gelukt om seks met iemand anders te hebben. Dat de wereld me niet wilde of kon tegenhouden. Voordat ik hem kwijtraakte was het altijd alsof seks iets was wat we samen hadden uitgevonden. En nu hij terug is, nu hij hier weer bij me is, vraag ik me af hoe ik ooit zo gek heb kunnen zijn om te denken dat het met een ander net zo goed kon voelen.

Wat ik voel, wat wij doen, verspreidt zich helemaal door mijn lichaam, als een cafeïneshot, een suikerhigh, als brandende alcohol. Ik voel dat mijn hersens zich opnieuw bedraden.

Dit is wat ik wil.

Dit is wat ik altijd heb gewild.

Dit zal ik altijd willen.

Ergens rond zes uur 's ochtends vallen we in slaap, net als de zon de rest van de wereld wekt.

IK WORD WAKKER VAN HET GEKRAAK VAN DE VOORDEUR DIE opengaat, en het bonzen van twee schoenen op de vloer. Wanneer ik mijn katerige ogen open, zie ik dat er niemand naast me ligt.

Ik maak me langzaam los uit de lakens, raap mijn ondergoed bij elkaar en trek het aan, samen met Jesse's shirt van gisteren. Ik ruik koffie als ik de trap af loop.

'Daar zul je haar hebben,' zegt Jesse bij het aanrecht. Hij komt naar me toe en tilt me op.

Ik sla mijn benen om hem heen. Ik kus hem. Hij smaakt naar pepermunt en ineens besef ik dat ik vreselijk uit mijn mond stink. Ik kijk naar de klok op de magnetron. Het is bijna twee uur 's middags. Middagadem noemen we dat, denk ik.

Sinds mijn studententijd heb ik niet meer zo lang uitgeslapen. Niet dat ik gisteren echt stomdronken was, maar ongeveer sinds mijn negenentwintigste of zo kan mijn lichaam minder goed tegen drank.

Ik maak me van Jesse los en hij zet me op de grond.

'Ik kan denk ik beter even mijn tanden gaan poetsen,' zeg ik.

'O, dat is jou ook opgevallen?' vraagt hij plagend.

'Hé!' Ik sla hem zacht op zijn bovenlichaam en vraag me dan meteen af of ik het litteken heb geraakt dat over zijn lichaam loopt; ik vraag me af of het gevoelig is, of ik hem pijn heb gedaan. Ik wil weten of zijn gebit nog in orde is na jaren zonder tandzorg en of hij misschien gebrek aan bepaalde vitamines heeft. En dan is er natuurlijk nog die pink.

Maar ik weet ook dat ik er niet naar kan vragen. Ik heb beloofd er niet naar te vragen.

Toch zal hij het er ooit met iemand over moeten hebben. Dat hoef ik niet per se te zijn. Het mag ook iemand anders zijn. Ik weet dat hij doet alsof er niets met hem aan de hand is, maar met iemand die heeft meegemaakt wat hij heeft meegemaakt, is natuurlijk wel wat aan de hand. Hij kan niet eeuwig blijven doen alsof dat niet zo is.

'Grapje,' zegt hij. 'Ik heb er jaren naar verlangd om jouw ochtendadem weer te kunnen ruiken. Ik hou van alles van jou, je ochtendadem, je losse haren overal... Alles.'

Na zijn vermissing heb ik zijn haarborstel nog maanden bewaard. Ik wilde niets weggooien waar iets van hem op zat.

'Ik hou van je, Emma,' zegt hij. 'Ik wil de rest van mijn leven bij jou zijn.'

'Ik hou ook van jou,' zeg ik.

Hij glimlacht. Met een plof en een ping springen de boterhammen uit het broodrooster.

'Oké,' zegt hij. 'Koffie, jus d'orange, toast en jam, en ik heb bacon gehaald die in de magnetron kan. Bacon die in de magnetron kan. Ben ik gek geworden of bestond dat een paar jaar geleden nog niet?'

Lachend zeg ik: 'Volgens mij is dat relatief nieuw.'

'Dat dacht ik al. Oké, ga zitten, dan maak ik dat even voor je.'

'Wauw,' zeg ik diep onder de indruk.

Ik ga aan de ontbijtbar zitten terwijl Jesse zich door de kleine keukenruimte beweegt alsof zijn leven ervan afhangt. Hij schenkt twee glazen jus d'orange in. Hij neemt de geroosterde boterhammen uit het broodrooster. Hij pakt de aardbeienjam en gaat op zoek naar een mes. Dan maakt hij het pakje bacon open, legt de bacon op een bord en zet het in de magnetron.

'Ben je er klaar voor? Er staat dat dit binnen een paar seconden volmaakt knapperige bacon zal zijn.'

'Ik ben er klaar voor. Verras me maar.'

Lachend pakt hij twee mokken voor de koffie. Hij schenkt de koffie in en geeft mij een mok. Ik neem net een slok wanneer de magnetron bliept.

Jesse trekt het deurtje open en dan staat hij alweer bij me. Hij zet twee volle borden op de ontbijtbar, inclusief volmaakt knapperige bacon.

Hij gaat naast me zitten en legt zijn hand op mijn blote been. Ooit is er een tijd geweest waarin ik niet wist waar ik eindigde en waar Jesse begon. Een tijd waarin we zo met elkaar waren versmolten, zozeer een eenheid in twee lichamen waren, dat ik het nauwelijks voelde wanneer hij me aanraakte.

Nu is het heel anders.

Mijn huid warmt meteen op onder zijn aanraking. Wanneer zijn hand afwezig iets omhoogglijdt, krijg ik het nog warmer. Maar dan laat hij me los om te gaan eten.

'Ontbijt als lunch,' zeg ik. 'Bijzonder attent.'

'Tja, wat kan ik zeggen? Ik ben een attente man. Zo heb ik bijvoorbeeld ook twaalf flesjes cola light voor je meegenomen, want ik ken Emma Lerner en Emma Lerner wil altijd een voorraad cola light in huis hebben.'

Ik heet niet Emma Lerner en ik drink geen cola light meer, maar omdat ik niet goed weet wat ik moet zeggen, hou ik mijn mond.

'Wat heb je nog meer gekocht?' vraag ik.

'Nou, niet echt veel,' zegt hij. 'Het leek me wel leuk om uit eten te gaan.'

'Ja, te gek. Dat klinkt goed.'

'Ik dacht zo jij, ik, een fles wijn en misschien kreeft.'

Ik kijk hem verrast aan.

'We zijn per slot van rekening in Maine,' voegt hij eraan toe.

'Ik wist niet dat je schaaldieren at.' Ik heb het nog niet gezegd of het dringt tot me door hoe stom dat klinkt.

'Geeft niet. Kreeft is lekker.'

'Nou, oké dan. Kreeft en wijn. En wat staat er voor vanmiddag gepland?'

'Wat je wilt.' Hij neemt zijn laatste hap toast en geeft mij de rest van zijn bacon.

Ik neem er gretig een hap van. Ik zou er nog veel meer van op kunnen.

'Wat ik maar wil?'

'Ja.'

Het is lang geleden dat ik een dag had waarop ik kon doen wat ik wilde. 'Zullen we naar de vuurtoren wandelen?'

Hij knikt. 'Ja, dat is een goed idee. Ik bedoel, het is wel ijskoud, maar ik ga ervan uit dat we daar wel tegen kunnen.'

Lachend zeg ik: 'We moeten ons gewoon warm inpakken. Het wordt vast hartstikke leuk.'

'Oké, laten we dat dan maar doen.'

Ik neem hem aan zijn hand mee naar boven, waar ik een dikke broek en een trui aantrek. Ik pak mijn jas en een sjaal. Jesse heeft een spijkerbroek en een shirt aan, maar ik sta erop dat hij iets warmers aantrekt. Ik ga in de kasten op zoek naar een oude trui en vind er eentje achter in de kast op de ouderslaapkamer. Hij is beige met groen en heeft een patroon van rendieren. Het is duidelijk een oude trui van zijn vader.

'Hier,' zeg ik.

Hij pakt hem aan en kijkt ernaar. Dan houdt hij hem onder zijn neus. 'Jemig, deze ruikt naar mottenballen en de dood.'

Lachend zeg ik: 'Trek nou maar gewoon aan! Want anders heb je alleen je jack met dat T-shirt eronder.'

Met duidelijke tegenzin trekt hij de trui aan. Wanneer hij klaar is, klapt hij in zijn handen en roept: 'Op naar de vuurtoren!'

We lopen via de voordeur de veranda op, stevig ingepakt in onze jassen, sjaals en laarzen. Het is nog kouder dan ik had verwacht. De wind slaat me om de oren. Ik voel hem duidelijk op de kwetsbare plekjes tussen mijn sjaal en mijn hals. Op dit soort momenten mis ik mijn lange haar. In de zomer voel je je heerlijk koel met kort haar, maar in de kou voel je je behoorlijk bloot.

'Vooruit dan maar?' vraagt Jesse.

'Vooruit dan maar.'

Jesse en ik hebben het over zijn familie. We hebben het over onze studietijd, over de middelbare school, over onze maanden in Europa, onze huwelijksreis door India. Ik voel me weer mijn oude ik met hem, de zorgeloze versie die is gestorven toen ik dacht dat hij was gestorven. Maar ik zou liegen als ik beweerde dat ik zo opga in ons gesprek dat ik de kou vergeet. Deze kou kun je onmogelijk vergeten.

We zien het aan onze adem die opkringelt in de koude lucht. We voelen de kou in onze botten trekken. Onze lippen voelen gebarsten, onze wangen worden gegeseld en we trekken onze schouders hoog op.

We lopen dicht naast elkaar om elkaar op te warmen. We houden elkaars hand vast in de warmte van Jesse's jaszak. We vinden een plekje in de zon en blijven even staan in de hoop ons in de nauwelijks waarneembare stralen te kunnen koesteren.

'Kom hier,' zegt Jesse, hoewel ik al vlak naast hem sta. Hij trekt me tegen zijn borst aan. Hij wrijft over mijn rug en schouders, over mijn armen, in een poging me op te warmen.

Ik bedenk dat mijn herinnering aan hem een povere plaatsvervanger was voor de echte Jesse.

Ze zeggen dat als je je iets herinnert, je je in feite de laatste keer herinnert dat je je dat herinnerde. Iedere keer dat je een herinnering ophaalt, verander je die, bijna ongemerkt, door er nieuwe informatie aan toe te voegen, nieuwe gevoelens. In de afgelopen jaren zonder hem zijn mijn herinneringen aan Jesse kopieën van kopieën van kopieën geworden. Zonder het te willen heb ik de delen van hem belicht die me helder voor de geest stonden en is de rest verbleekt.

Dat ik veel van hem hield, was me zelfs wel duidelijk in de kopie van de kopie. Dat hij ook zoveel van mij hield, was iets wat aan het verbleken was.

Maar nu weet ik het weer. Ik weet weer hoe het voelt om zoveel liefde te ontvangen, om zo aanbeden te worden.

Ik vraag me af wat hem helder voor de geest stond wanneer hij aan mij dacht. Ik vraag me af wat er langzaam verbleekte.

'Oké,' zegt Jesse. 'We kunnen hier niet eeuwig in het zonnetje blijven staan. Ik stel voor om naar de vuurtoren te rennen, zodat we weer warm worden.'

'Goed idee.'

'We tellen tot drie.'

'Eén... twee...'

'Drie!'

Hij gaat er als een jachtluipaard vandoor.

Ik doe mijn best hem te volgen.

Onder het rennen zwiept de wind nog harder in mijn gezicht, maar ik voel mijn borst, mijn armen en benen al snel opwarmen.

Jesse kijkt onder het rennen af en toe om om te zien of ik hem nog volg. En dan komen we de bocht om.

In de verte zien we de vuurtoren en de oceaan. De aanblik van het felle wit van de toren tegen het donkere blauwgrijze water is nog net zo mooi als op de dag dat we hier trouwden. De dag waarop ik nog dacht dat liefde simpel was, dat het huwelijk voor altijd was, dat de wereld een veilige plek was.

Zouden we opnieuw kunnen beginnen, hier op deze plek?

'Wie het eerste bij het hek is,' zeg ik, hoewel ik weet dat ik geen schijn van kans maak om te winnen.

Jesse is als eerste bij het hek. Hij draait zich om om zijn overwinning op te eisen.

Ik vertraag mijn pas, want ik heb toch al verloren. In wandeltempo loop ik naar hem toe. De koude lucht snijdt als een mes door mijn longen terwijl ik op adem probeer te komen. Ik dwing mezelf nog wat langzamer te gaan lopen. Ik voel zweet op mijn huid, maar dat koelt snel af en verdwijnt dan meteen weer.

'Je hebt gewonnen,' zeg ik wanneer ik bij Jesse aankom en mijn hoofd op zijn schouder leg. Hij slaat zijn arm om me heen.

We staan hijgend naar de rotsachtige oceaan achter de vuurtoren te kijken. Dit is typisch Maine. Het water slaat stuk op rotsen, niet op zand; er zijn meer kliffen dan stranden.

Ik kan me niet voorstellen hoe het is om jaren op rotsen en zand te leven met een lekke opblaasboot als beschutting tegen de zon. Het kan gewoon niet dat Jesse zich zo snel weer aanpast als hij beweert.

Ik wil hem geloven. Ik wil heel erg graag geloven dat het zo goed met hem gaat als hij zegt. Ik bedoel, ik moet hem dit allemaal op zijn eigen tempo laten doen, of niet soms?

Maar het is zo fijn om te denken dat alles weer net zo mooi kan zijn als vroeger.

'Dat was de gelukkigste dag van mijn leven,' zegt Jesse. 'Toen ik hier met jou trouwde, met iedereen erbij.'

'Van mij ook,' zeg ik.

Hij neemt me glimlachend op. 'Je ziet eruit alsof je elk moment in stukken kunt breken van de kou.'

'Ik heb het ook behoorlijk koud. Zullen we maar teruggaan?'

Hij knikt. 'Over zestig seconden.'

'Oké,' zeg ik. 'Zestig seconden. Negenenvijftig... achtenvijftig...'

Maar dan stop ik met tellen. Ik geniet gewoon nog even van het uitzicht en van mijn gezelschap. Ik had nooit kunnen denken dat ik hier nog eens zou staan met de man die ik dacht kwijt te zijn.

KAARSEN OP DE TAFEL. PINOT GRIS IN ONZE GLAZEN. WARM brood dat ik al heb weten te verkruimelen over de hele met crèmekleurig linnen gedekte tafel heen. En één kleine, bijzonder dure kreeft op tafel. Want december is niet echt het hoogseizoen.

'Wat doen we hier eigenlijk?' vraagt Jesse. Hij zit tegenover me in een zwart T-shirt met lange mouwen en een grijze broek. Ik draag een rode trui en een zwarte spijkerbroek. Geen van beiden hebben we eraan gedacht om mooie kleren mee te nemen, kleren voor een etentje. De gerant aarzelde dan ook even voordat hij ons een tafel gaf.

'Ik weet het niet,' zeg ik. 'Het klonk als een goed idee, maar ik denk...'

Jesse staat op en legt zijn servet op tafel. 'Kom,' zegt hij.

'Nu?' Ik sta ook op.

Ik zie dat hij wat bankbiljetten uit zijn zak haalt, een fatsoenlijk bedrag neertelt en dat onder zijn glas legt. Hij heeft geen creditcard of bankrekening of wat voor identiteitsbewijs dan ook. Ik neem aan dat Francine hem geld heeft gegeven en heeft gezegd dat ze overal voor zou zorgen.

'Ja nu,' zegt hij. 'Het leven is te kort om in een of ander restaurant wijn te zitten drinken die ons niet interesseert en kreeft te eten die we niet lekker vinden.'

Daar heeft hij helemaal gelijk in.

We haasten ons naar de auto. Ik ga op de bijrijdersstoel zitten en trek het portier gauw achter me dicht. Ik wrijf in mijn handen. Ik stamp met mijn voeten. Niets helpt.

'Die wind hier is echt belachelijk!' zegt Jesse terwijl hij de auto start. Iedere keer dat we samen in de auto stapten, heb ik aangeboden om te rijden, maar hij wil er niet van weten.

'Ik heb nog steeds honger,' zeg ik.

'En de avond is nog vroeg.'

'Zullen we naar die Italiaanse tent gaan en daar wat halen?'

Hij knikt en rijdt het parkeerterrein af. 'Goed idee.'

De wegen zijn donker en bochtig en aan de bomen kun je zien dat het nog steeds hard waait. Jesse rijdt voorzichtig de parkeerplek bij het restaurant op. Hij draait het sleuteltje om, maar laat de verwarming aan.

'Blijf jij maar zitten. Ik ben zo terug,' zegt hij. Hij is al weg voordat ik kan reageren.

In de stilte van de donkere auto heb ik even tijd voor mezelf.

Ik gebruik die om mijn telefoon te checken.

Mailtjes van mijn werk. Berichtjes van Marie en Olive die willen weten hoe het gaat. Ik open een paar mails van mijn werk en schrik wanneer ik de mail van Tina lees.

Beste Colin, Ashley en Emma,

Tot mijn grote spijt moet ik hierbij mijn ontslag indienen. Mijn man en ik hebben besloten ons huis te verkopen en een flat buiten Central Square te kopen.

Helaas houdt dit in dat ik niet meer bij Blair Books kan blijven werken. Natuurlijk zal ik de opzegtermijn van twee weken in acht nemen.

Dank jullie voor de kans die jullie me hebben gegeven om bij Blair Books te werken. Dat heeft veel voor me betekend.

Met vriendelijke groet,
Tina

Er waren assistent-managers voor Tina en ik heb altijd geweten dat er assistent-managers na Tina zouden komen. Maar toch kan ik me nauwelijks voorstellen hoe ik de winkel zonder haar moet runnen. Mijn ouders zullen de komende maanden ook een stapje terugdoen en dat wil zeggen dat in de toekomst alles in feite op mij zal neerkomen. Op elk ander moment zou ik waarschijnlijk meteen aan een oplossing gaan werken, maar nu zit er niets anders op dan de mail te negeren. Ik verplaats hem naar het archief en lees de volgende mail in mijn inbox. Het dringt al snel tot me door dat hij van onze huwelijksplanner is.

Beste mevrouw Blair,

Uit onze administratie blijkt dat u geïnformeerd heeft naar de annuleringskosten voor uw bruiloftsfeest op 19 oktober volgend jaar. Zoals overeengekomen zijn we gerechtigd de hele aanbetaling te houden.

Echter, omdat dat weekend populair is en er vele aanvragen voor die datum zijn, zijn we bereid om de helft van uw aanbetaling terug te betalen, mits u voor het einde van de maand annuleert.

Ik hoop dat hiermee uw vraag is beantwoord.

Met vriendelijke groet,
Dawn

Ik heb geen contact opgenomen met Dawn. En dat kan maar één ding betekenen.

Sam maakt echt aanstalten om bij me weg te gaan.

Ik sta werkelijk op het punt om hem kwijt te raken.

Dit is niet hoe mijn leven hoort te verlopen. Dit is niet hoe mijn inbox eruit hoort te zien.

Ik hoor lieve berichtjes te krijgen. Ik hoor foto's van onze katten te krijgen en mailtjes over cateraars en uitnodigingen.

Geen bericht van Carriage House met de mededeling dat mijn verloofde slechts een paar klikken verwijderd is van het annuleren van onze bruiloft, dat ik hem dus zomaar kan kwijtraken, die fantastische man, allemaal door mijn eigen verwarring, door mijn verscheurde hart.

Wat doe ik hier eigenlijk in Maine?

Ben ik wel goed bij mijn hoofd?

Ik voel ineens een enorme behoefte om achter het stuur te kruipen en meteen naar huis te rijden, naar Sam. Maar als ik dat deed, zou ik dan in alle eerlijkheid kunnen zeggen dat ik nooit meer aan Jesse zou denken?

Als ik naar huis ga, naar Sam, dan moet dat in de volle overtuiging zijn dat ik nooit bij hem zal weggaan. Dat ben ik hem verschuldigd. Ik bedoel, ik heb alles aan hem te danken. Het minste wat ik kan doen is hem serieus nemen en geen spelletjes met hem spelen. En ik ben me ervan bewust dat zelfs dat misschien niet voldoende is.

Door van hen allebei te houden, ben ik over geen van beiden meer zeker. En door onzeker te zijn, zou ik hen weleens allebei kunnen kwijtraken.

Romantische liefde is iets prachtigs, onder de juiste omstandigheden. Maar die omstandigheden komen nauw en zijn zeldzaam.

Want hoe vaak komt het nu voor dat je van degene houdt die van jou houdt, dat je alleen maar van degene houdt die alleen maar van jou houdt? Als dat niet zo is, blijft er altijd iemand achter met een gebroken hart.

Maar ik neem aan dat ware liefde daarom juist zo aanlokkelijk is. Ze is moeilijk te vinden en moeilijk vast te houden, net als alle andere mooie dingen. Net zoals goud, saffraan of het noorderlicht.

'Die lui binnen zeiden dat het vanavond gaat sneeuwen,' zegt Jesse terwijl hij weer instapt. Hij heeft een pizzadoos in zijn hand. 'Ik heb een pepperoni met ananas gekocht, die jij zo lekker vindt.' Hij zet de doos op mijn schoot.

Ik merk dat ik een verbaasd lachje veins. Ik eet geen kaas. 'Lekker!'

En dan rijden we terug naar het vakantiehuis over dezelfde besneeuwde straten. Jesse neemt vol vertrouwen de bochten, als een man die hier de weg kent.

Maar de bochten zijn behoorlijk onvoorspelbaar en ik merk dat ik een paar keer naar de hendel boven mijn hoofd grijp.

Na de tweede keer zeg ik: 'Misschien kun je iets langzamer rijden?' Ik werp een blik op de snelheidsmeter en zie dat hij 80 rijdt waar slechts 50 is toegestaan.

'Alles onder controle,' zegt hij. En dan kijkt hij me lachend even aan. 'Een beetje opwinding is altijd goed.'

Ik merk dat ik me ontspan, hoewel we nog steeds te hard gaan. Ik begin me zelfs zo op mijn gemak te voelen in de auto dat ik verbaasd ben wanneer ik de sirene hoor van een politieauto die ons maant te stoppen.

Jesse brengt de auto tot stilstand in de berm, langzaam maar onmiddellijk.

Mijn hart slaat over.

Hij rijdt zonder rijbewijs.

Hij heeft geen ID.

'Jesse...' Mijn stem houdt het midden tussen paniekerig gefluister en een ingehouden gilletje.

'Het komt goed,' zegt hij. Hij laat zich echt nergens door van zijn stuk brengen. Dat was altijd al zo. Hij is altijd degene die denkt dat het goed komt.

Maar daar vergist hij zich in, toch? Niet alles komt goed. Er gebeuren vreselijke dingen in deze wereld. Afschuwelijke dingen. Je moet je best doen om die te voorkomen.

Een man van middelbare leeftijd in een politie-uniform komt bij Jesse's raampje staan en buigt zich naar hem toe. 'Goedenavond meneer.'

Hij heeft een degelijk kapsel en een stoïcijnse houding. Hij is gedrongen en zijn gladgeschoren gezicht heeft scherpe hoeken. Zijn haar, zelfs zijn wenkbrauwen, beginnen grijs te worden.

'Goedenavond agent,' zegt Jesse. 'Wat kan ik voor u doen?'

'U moet de bochten wat voorzichtiger nemen met dit weer.'

'Zal ik doen.'

'Rijbewijs en autopapieren.'

Dit is een nachtmerrie. Ik heb gewoon een nachtmerrie.

Jesse aarzelt maar heel even. Dan pakt hij wat papieren uit het handschoenenvak en geeft ze aan de agent.

'We zitten in het begin van een storm. Dan kunt u niet rijden alsof het midden juni is,' zegt de man terwijl hij de papieren aanneemt en bekijkt.

'Ik snap het.'

'En uw rijbewijs?' De agent kijkt Jesse recht aan.

Ik wend mijn blik af. Ik kan hier niet tegen.

'Dat heb ik niet,' zegt Jesse.

'Pardon?'

'Ik heb geen rijbewijs,' zegt Jesse. Ik kan aan zijn stem horen dat hij zijn best doet om kalm te blijven.

'Hoe bedoelt u dat?'

Ik kom ineens in beweging. Als op de automatische piloot pak ik de envelop die nog steeds in de auto ligt. 'Hij is net terug. Hij was vermist op zee.'

De agent neemt me stomverbaasd op. Niet omdat hij me gelooft, maar omdat hij niet kan geloven dat iemand met zo'n ingewikkelde smoes op de proppen komt.

'Ze is...' begint Jesse.

Maar wat wil hij zeggen? Ik spreek de waarheid.

'Ik kan het bewijzen.' Uit de envelop pak ik het oude krantenknipsel over Jesse's verdwijning. Zijn foto staat erop. Ik geef het aan de agent.

Ik weet niet waarom hij zo aardig is om ernaar te kijken, maar hij doet het. Hij kijkt naar de foto en dan naar Jesse. En ik zie aan hem dat hij misschien niet helemaal overtuigd is, maar dat ik hem wel aan het twijfelen heb gebracht.

'Agent,' begint Jesse.

De man onderbreekt hem meteen. 'Laat me dit even lezen.'

We wachten.

De agent leest het artikel. Zijn ogen gaan van links naar rechts. Hij kijkt nog een keer naar de foto en dan weer naar Jesse.

'Stel dat ik jullie geloof...' zegt hij.

'Hij is een paar dagen geleden teruggekomen,' vertel ik. 'Hij zit nog steeds te wachten op zijn rijbewijs en creditcard en identiteitsbewijs en zo.'

'Dan zou hij niet moeten rijden.'

'Nee,' zeg ik. Ik kan dat moeilijk ontkennen. 'Daar hebt u gelijk in, maar na die vier jaar wilde hij zo graag weer even achter het stuur zitten.'

De agent doet even zijn ogen dicht en wanneer hij ze weer opent, heeft hij een besluit genomen.

'Meneer, uitstappen en laat de jongedame rijden.'

'Ja meneer,' zegt Jesse. Maar we maken geen van beiden aanstalten.

'Nu meteen,' zegt de agent.

Jesse doet snel zijn portier open en wacht buiten de auto, terwijl ik ook uitstap om met hem van plaats te wisselen. Wanneer ik langs de agent loop, kan ik gewoon zien dat hij het allemaal niet erg grappig vindt. Ik ga achter het stuur zitten en de agent sluit het portier voor me.

'Het is ijskoud en ik heb geen zin om hier nog langer langs de kant van de weg te blijven staan totdat ik heb uitgevogeld of ik in de maling word genomen of niet. Ik heb besloten te neigen naar goedgelovigheid.'

Hij buigt zich iets verder voorover om Jesse nog even strak aan te kijken. 'Als ik u nog een keer betrap op rijden zonder rijbewijs in deze stad, dan zal ik u moeten arresteren. Begrepen?'

'Absoluut,' zegt Jesse.

'Goed. En dan zou ik nu graag uw rijbewijs willen zien, jongedame.'

'O ja, natuurlijk.'

Mijn tas ligt bij Jesse's voeten en hij pakt hem en haalt er mijn portefeuille uit. Hij zoekt even naar mijn rijbewijs.

'Ik heb niet de hele avond de tijd,' zegt de agent.

Ik pak mijn rijbewijs van Jesse aan en geef het aan de agent. Hij kijkt ernaar en dan naar mij. Hij geeft het terug. 'Laten we ons wel aan de maximumsnelheid houden, mevrouw Blair.'

'Natuurlijk,' zeg ik.

En dan is hij weg.

Ik doe het raampje omhoog en opnieuw is het donker in de auto, die alweer wat begint op te warmen. Ik geef mijn rijbewijs aan Jesse.

Ik wacht tot de agent is weggereden en zet dan mijn richtingaanwijzer aan.

Ik werp een blik op Jesse.

Hij staart naar mijn rijbewijs.

'Heb je je meisjesnaam weer aangenomen?'

'Wat?'

Hij houdt het rijbewijs op. Hij wijst naar mijn naam. Mijn jongere gezicht glimlacht naar me.

'Je hebt je meisjesnaam weer aangenomen,' zegt hij. Deze keer is het meer een vaststelling dan een vraag.

'Ja, dat is zo.'

Hij zwijgt even.

'Alles goed?' vraag ik.

Hij stopt het rijbewijs terug en weet zijn zelfbeheersing te hervinden. 'Ja hoor,' zegt hij. 'Niks aan de hand. Jij dacht dat ik dood was, toch? Je dacht dat ik nooit meer zou terugkomen.'

'Precies.'

Ik zeg maar niet dat ik eigenlijk niet weet of ik het ooit wel prettig heb gevonden om mijn naam te veranderen in Emma Lerner, dat ik voor mezelf altijd Emma Blair ben geweest en gebleven.

'Oké,' zegt hij. 'Ik snap het. Het is raar om te zien, maar ik snap het.'

'Oké. Cool.' Ik rij de weg op. Onderweg naar het vakantiehuis is het stil in de auto.

We weten allebei waarom de ander niets zegt.

Ik ben kwaad op hem omdat hij te hard heeft gereden.

Hij is kwaad op mij omdat ik mijn naam heb veranderd.

Pas als we bij het huis aankomen en de banden over het grind knerpen, verbreekt een van ons het zwijgen.

'Zullen we dan maar zeggen dat we quitte staan?' zegt Jesse met een grijns.

Lachend pak ik hem vast. 'Graag.' Ik kus hem stevig op zijn mond.

Jesse pakt de pizzadoos en we rennen allebei snel naar het huis.

We sluiten de deur achter ons om de kou en de wind en de politie en de chique restaurants waar we de wijn niet lekker vinden, buiten te houden.

Hier is het warm. Veilig.

'Je bent mijn redding geweest daarnet,' zegt hij.

'Dat kun je wel zeggen! Als ik er niet was geweest, was je nu op weg naar de gevangenis.'

Hij kust me tegen de deur. Ik leun tegen hem aan.

'Emma Blair, mijn grote heldin,' zegt hij met een sarcastisch toontje in zijn stem.

Ik ben nog steeds een beetje kwaad op hem en weet nu dat hij ook nog steeds kwaad op mij is.

Maar hij drukt zich tegen me aan en ik open me voor hem.

Zijn handen glijden over mijn buik, onder mijn trui. Ik bijt zacht in zijn oor.

'Weet je waar we dit volgens mij zouden moeten doen?' vraagt hij tussen het kussen door.

'Waar dan?'

Glimlachend wijst hij naar het aanrecht.

Ik glimlach ook, maar schud mijn hoofd.

'Weet je nog?' vraagt hij.

'Natuurlijk weet ik dat nog.'

Hij trekt me mee en gaat tegen het aanrecht staan, net als op die dag. 'Het lukte me niet om je jurk uit te trekken, dus toen moest ik de rok naar boven schuiven, om je...'

'Hou op,' zeg ik, maar niet met veel nadruk. Ik zeg het zoals je 'doe niet zo raar' of 'doe normaal' zegt.

'Waarmee?'

'Ik wil geen seks met je op het aanrecht.'

'Waarom niet?' vraagt hij.

'Omdat het smerig is.'

'Het is niet smerig.'

'Het is wel smerig. Je hebt daar vanmiddag nog eten staan maken.'

'Nou, dan doe ik dat gewoon niet meer.'

Meer is er niet voor nodig. Een heel eenvoudig, maar verkeerd idee, en ik doe iets waarvan ik een halve minuut geleden nog zei dat ik het niet wilde.

We zijn luid en we zijn snel, alsof we een tijdlimiet hebben, alsof we een finish moeten halen. Wanneer we klaar zijn, maakt Jesse zich van me los en ik laat me van het aanrecht zakken. Ik zie zweetplekken op het aanrechtblad.

Wat bezielt me?

Waar ben ik mee bezig?

Door de politie worden aangehouden is op je eenendertigste een stuk minder opwindend dan op je zeventiende. Het is een van die dingen die ooit charmant waren. Net zoals seks hebben in de keuken en te hard rijden. Ik bedoel, ik praat het een agent uit zijn hoofd om ons te bekeuren en doe het daarna naast een magnetron? Dit ben ik niet. Ik ben niet deze vrouw.

'We zijn de pizza helemaal vergeten.' Jesse loopt weg en pakt de doos van de tafel naast de deur. Hij zet hem op de eettafel. Ik kleed me snel aan. Ik wil ineens niet meer naakt zijn. Jesse opent de doos.

Ik kijk naar de pizza met pepperoni en ananas. Als ik er ook maar één hap van neem, raakt mijn maag van slag. Maar als ik de kaas eraf haal, eet ik alleen maar sponzig tomatenbrood.

'Weet je wat?' zeg ik. 'Eet jij hem maar op. Ik heb niet zo'n zin in pizza.'

'Nee?'

'Ik eet eigenlijk geen kaas meer. Daar krijg ik maagklachten van.'

'O,' zegt hij.

Ik bedenk dat er nog een paar dingen zijn die hij zou moeten weten, dingen waar ik duidelijk over moet zijn.

'Ik heb mijn naam weer veranderd in Emma Blair omdat Blair Books mijn zaak is. Ik vind het fantastisch. Ik heb er mijn leven omheen gebouwd. Ik ben een Blair.'

'Oké,' zegt hij. Een nietszeggend woord op een nietszeggende toon uitgesproken.

'En ik weet dat ik vroeger zo iemand was die continu op reis wilde, maar... ik ben blij met mijn leven hier in Massachusetts. Ik wil in de winkel blijven werken tot aan mijn pensioen... en wie weet hem dan overdoen aan mijn eigen kinderen.'

Jesse kijkt me aan, maar hij zegt niets.

We kijken elkaar aan. Een patstelling.

'Laten we naar bed gaan,' zegt hij. 'Laten we ons maar niet meer druk maken over pizza's en achternamen en de boekwinkel. Ik wil alleen maar naast jou liggen, je vasthouden.'

'Oké,' zegt ik. 'Tuurlijk.'

Jesse laat de pizza staan en neemt me mee naar boven, naar bed. Hij gaat liggen en houdt de deken voor me op. Ik ga met mijn rug tegen hem aan liggen, met mijn dijen en kont in het holletje van zijn benen. Hij legt zijn kin in mijn hals, zijn lippen bij mijn oor. De wind loeit inmiddels. Door het bovenraampje zie ik dat het begint te sneeuwen.

'Alles komt goed,' zegt hij voordat ik in slaap val.

Maar ik weet niet of ik hem nog wel geloof.

DE ZON IS ALLANG OP WANNEER IK WAKKER WORD. HET IS GEstopt met sneeuwen. De wind is gaan liggen. Even lijkt alles vredig en kalm.

'Ik weet niet of je het door het raam kunt zien, maar volgens mij zijn we ingesneeuwd,' zegt Jesse. Hij staat in de deuropening in een T-shirt en trainingsbroek. Hij glimlacht. 'Je ziet er mooi uit,' voegt hij eraan toe. 'Ik denk dat dat de hoogtepunten van deze ochtend zijn: dat we zijn ingesneeuwd en dat jij nog net zo schattig bent als vroeger.'

Ik glimlach ook. 'Hoe erg zijn we ingesneeuwd?'

'Net zo erg als dat jij schattig bent.'

'O god.' Ik kom langzaam overeind. 'Dan zitten we hier misschien wel jaren vast.'

Hij komt naast me op het bed zitten. 'Er zijn ergere dingen.'

Ik buig me naar hem toe en besef meteen dat we allebei wel een douche kunnen gebruiken.

'Ik denk dat ik me maar even ga douchen,' zeg ik.

'Goed idee. Mijn ouders zeiden dat ze een inloopsauna in hun badkamer hebben laten installeren. De laatste die er is, moet het ontbijt klaarmaken.' En weg zijn we.

Het water is warm, maar de lucht bedompt en klam. Het glas van de cabine beslaat. Er zijn meer douchekoppen dan ik zo gauw kan tellen; twee aan het plafond en een aantal uit de wanden. Het wordt heet en benauwd. Mijn haar plakt aan mijn hoofd. Ik voel Jesse achter me staan. Hij is zich aan het inzepen.

'Dat wilde ik je nog vragen...' zegt hij. 'Waarom ben je weggegaan uit L.A.?'

'Hoe bedoel je?'

'Ik bedoel, ik dacht dat je daar nog steeds zou zijn. Waarom ben je teruggekomen?'

'Ik vind het fijn hier.'

'Je vond het daar ook fijn. Wij allebei. Het was onze plek.'

Hij heeft gelijk. Ik vond mijn leven in Californië fijn. De zon scheen er altijd en het sneeuwde er nooit.

Tegenwoordig is mijn lievelingsdag de dag waarop de zomertijd ingaat. Dan weet je bijna zeker dat het niet meer gaat sneeuwen, dat het hooguit een beetje kan gaan regenen. 's Ochtends ben je moe omdat je een uur slaap hebt gemist. Maar om zeven uur 's avonds is het nog licht. En het is dan warmer dan de dag ervoor om dezelfde tijd. Het voelt alsof de wereld zich opent, alsof je het ergste achter de rug hebt, en de bloemen komen ook terug.

Dat kennen ze niet in Los Angeles. Daar gaan de bloemen nooit weg.

'Ik wist gewoon dat ik weer bij mijn familie in de buurt moest gaan wonen.'

'Wanneer ben je teruggegaan?'

'Hè?'

'Hoelang nadat... hoelang duurde het voordat je terugging naar Acton?'

'Al snel eigenlijk.' Ik hou mijn gezicht onder het water. 'Na twee maanden of zo.'

'Na twee maanden?' vraagt hij verbaasd.

'Ja.'

'Wauw,' zegt hij. 'Ik dacht alleen... Als ik aan je dacht, zag ik je altijd voor me in L.A. Nooit hier.'

'O.' Ik weet niet goed wat ik moet zeggen. 'Zie jij ook ergens shampoo?' vraag ik dan, hoewel ik niet op zijn antwoord let. Mijn hoofd is al bij het leven dat Jesse nooit voor zich zag.

Ik en Blair Books en mijn katten en Sam.

Ik doe mijn ogen dicht en adem diep in.

Het is een mooi leven, het leven dat hij zich nooit voor me heeft voorgesteld.

Het is een fantastisch leven.

Ik mis het.

Sam weet dat ik geen kaas kan eten. En hij weet dat ik altijd Blair wil blijven heten. Hij weet hoe belangrijk de winkel voor me is. Hij houdt van lezen. Hij vindt het fijn om over boeken te praten en heeft er interessante gedachten over. Hij zit nooit zonder rijbewijs achter het stuur. Hij trekt nooit de aandacht van de politie. Hij rijdt voorzichtig in slecht weer. Sam kent me, de echte ik. En hij houdt van me om hoe ik ben, altijd al, maar vooral van de persoon die ik nu ben.

'Em? Je zocht de shampoo toch?'

'O.' Ik schrik op uit mijn gedachten. 'Ja, dank je.'

Hij geeft me de fles en ik knijp een klodder in mijn handpalm. Ik zeep er mijn haar mee in.

En ineens kost het me de allergrootste moeite om niet in een nat hoopje op de vloer te zakken en me samen met het schuimende water te laten wegspoelen door de afvoer.

Ik mis Sam.

En ik ben bang dat ik hem voor altijd kwijt ben.

Jesse merkt het. Ik probeer het te verstoppen. Ik glimlach zelfs, hoewel de glimlach niet verder komt dan mijn lippen. Jesse staat achter me en slaat zijn armen om me heen en leunt met zijn borst tegen mijn rug. Terwijl hij zijn kin op mijn schouder legt, vraagt hij: 'Hoe voel je je?'

Als de vraag 'Hoe voel je je?' op het juiste moment wordt gesteld, volgen er geheid tranen.

Ik heb geen woorden. Ik doe gewoon mijn ogen dicht en sta mezelf toe om te huilen. Jesse houdt me vast. Ik leun tegen hem aan, ik stort in tegen zijn lichaam. We zeggen geen van beiden wat. De lucht wordt zo warm en drukkend dat ademen meer moeite kost dan eigenlijk zou mogen. Jesse doet de stoom uit, zet de watertemperatuur lager en laat lauw water over ons heen stromen.

'Het is Sam, hè? Zo heet hij toch?'

Ik had mijn wereld doormidden gesneden, maar Jesse heeft de twee helften net weer aan elkaar vastgemaakt, alleen maar door het noemen van zijn naam.

'Ja.' Ik knik. 'Sam Kemper.' Ik wil me meteen van Jesse losmaken. Ik wil dat hij aan de andere kant van de douchecabine gaat staan. Ik wil mijn lichaam met water en zeep reinigen en dan wil ik naar huis.

Maar ik doe geen van die dingen. Ik sta als aan de grond genageld in de hoop dat ik door stil te blijven staan de wereld ook even kan stoppen, dat ik kan uitstellen wat er zo meteen zal gebeuren.

Ik zie dat Jesse de naam ineens weet te plaatsen.

'Sam Kemper? Van school?'

Ik knik weer.

'Die jongen die bij je ouders in de zaak werkte?'

Jesse heeft geen enkele reden om een hekel aan Sam te hebben, behalve dan vanwege het feit dat ik van hem hou. Maar ik zie een blik van minachting in zijn ogen verschijnen. Ik had Sams achternaam niet moeten noemen. Het was beter toen Sam nog een abstract iets was. Het was dom van me om hem een gezicht bij die naam te geven. Ik had Jesse net zo goed een mes tussen de ribben kunnen steken. Ik zie dat hij kwaad wordt, maar zich meteen probeert te beheersen. 'Hou je van hem?' vraagt hij.

Ik knik, maar eigenlijk wil ik hem vertellen wat Marie zei, over dat het niet gaat om van wie ik hou, maar meer over wie ik ben. Ik wil hem vertellen dat ik mezelf die vraag steeds opnieuw heb gesteld en dat het me akelig duidelijk begint te worden dan ik anders ben dan de persoon van wie Jesse houdt.

Ik ben haar niet. Niet meer. Hoe makkelijk me het ook afgaat om te doen alsof ik haar wel ben.

Maar in plaats van dat allemaal te zeggen, zeg ik alleen maar: 'Sam is een goed mens.'

En Jesse vraagt verder niets.

Hij draait de kraan dicht en ik krijg het meteen koud. Hij geeft me een handdoek en terwijl ik die om me heen sla, dringt tot me door hoe naakt ik me voel.

Zonder iets te zeggen drogen we ons af.

Ik heb ineens zo'n honger dat ik misselijk word. Ik trek snel wat kleren aan en ga naar beneden. Ik zet koffie en stop brood in het broodrooster.

Jesse komt vlak na mij naar beneden, in schone kleren.

De stemming is veranderd. Je kunt het gewoon voelen. Alles waarvan we hebben gedaan alsof het niet zo was, kan er elk moment uit komen, in geschreeuw en in huilbuien.

'De koffie staat al te trekken,' zeg ik. Ik probeer luchtig en zorgeloos te klinken, maar dat werkt niet. Ik weet dat het niet werkt. Ik weet dat mijn innerlijke roerselen niet zo innerlijk zijn, dat mijn poging om ze te verbergen zoiets is als een laag wit over een rode muur schilderen. Het is zonneklaar wat ik probeer te verstoppen.

'Ik begin te denken dat je hier helemaal niet wilt zijn,' zegt Jesse.

Ik kijk hem aan. 'Het is ingewikkeld,' zeg ik.

Hij knikt, niet omdat hij het met me eens is, maar op een manier alsof hij dit al vaker heeft gehoord. 'Weet je? Ik zal je één ding zeggen… Volgens mij is het helemaal niet zo ingewikkeld.'

'Natuurlijk wel.' Ik ga op de bank zitten.

'Niet echt.' Hij volgt mijn voorbeeld en gaat tegenover me zitten. Aan zijn stem is te horen dat hij zijn geduld begint te verliezen. 'Wij zijn getrouwd, jij en ik. We hebben een relatie gehad, elkaar liefgehad, voor altijd. We horen bij elkaar.'

'Jesse...'

'Nee!' zegt hij. 'Waarom heb ik het gevoel dat ik jou moet overhalen om bij mij te zijn? Dat is niet... Je had dat niet moeten doen. Hoe heb je je nu met die vent kunnen verloven?'

'Je weet niet...'

'Je bent mijn vrouw, Emma! Hier vlakbij, bij die verdomde vuurtoren, hebben we elkaar ten overstaan van wel honderd mensen de belofte gedaan dat we altijd van elkaar zouden houden. Ik ben je kwijtgeraakt en heb er alles aan gedaan om terug te komen. En nu ben ik terug en moet ik ontdekken dat ik op het punt sta je weer kwijt te raken? Dit hoort het gelukkige deel te zijn. Nu we weer samen zijn. Dit hoort simpel te zijn.'

'Zo simpel is het niet.'

'Maar dat zou wel zo moeten zijn! Dat is wat ik zeg! Het zou verdomme hartstikke simpel moeten zijn.'

Ik ben zowel verbaasd over zijn kwaadheid als over het feit dat die nu pas naar buiten komt.

'Ja, nou, dat is niet zo, oké? Het leven gaat niet altijd zoals jij dat wilt. Dat heb ik moeten leren toen jij drie jaar geleden op dat vliegtuig stapte en vermist raakte.'

'Ik heb een crash boven de Stille Oceaan overleefd! Ik heb iedereen aan boord van die helikopter zien doodgaan. Ik heb jaren op zo'n klote rotsblok doorgebracht terwijl ik manieren bedacht om weer naar jou toe te kunnen. En wat heb jij in de tussentijd gedaan? Je was me in augustus of zo al vergeten en hebt tegen kerst je naam al laten veranderen!'

'Jesse, je weet dat dat niet zo is.'

'O, wil je het hebben over hoe het wel of niet is? Wil je het over de waarheid hebben? De waarheid is dat je me had opgegeven.'

'Je was weg!' Mijn stem schiet van nul tot zestig in drie seconden en ik voel dat mijn emoties uit me barsten als een paard dat te lang achter een hek heeft gestaan. 'We dachten dat je dood was!'

'Ik dacht oprecht dat wij zoveel van elkaar hielden dat we elkaar nooit zouden kunnen vergeten.'

'Ik ben je nooit vergeten! Nooit! Ik ben altijd van je blijven houden. Ik hou nog steeds van je.'

'Je hebt je verloofd met iemand anders!'

'Omdat ik dacht dat je dood was! Als ik had geweten dat je nog leefde, zou ik op je zijn blijven wachten.'

'Nou, nu weet je dat ik nog leef. Maar in plaats van bij me terug te komen, aarzel je. Je stond verdomme bij mij onder de douche om hém te huilen!'

'Ik hou van je, Jesse. Zelfs toen ik dacht dat je dood was, hield ik van je. Maar ik kon niet de rest van mijn leven alleen blijven vanwege mijn liefde voor een man die er niet meer was. En ik dacht eigenlijk ook dat jij dat niet voor me wilde.'

'Jij weet helemaal niet wat ik wil.'

'Nee!' zeg ik. 'Dat weet ik niet. Ik ken je nauwelijks meer. En jij kent mij ook nauwelijks meer. Maar ik heb het gevoel dat jij wilt dat we doen alsof dat wel zo is.'

'Ik ken je!' zegt hij. 'Zeg niet dat ik je niet ken. Jij bent de enige in mijn hele leven die ik echt, echt heb gekend. De vrouw van wie ik wist dat ze van me hield. De vrouw die ik begreep en accepteerde voor wie ze was. Ik weet alles wat er valt te weten over jou.'

Ik schud mijn hoofd. 'Nee, Jesse, je wist alles over de vrouw die ik was tot de dag waarop je vertrok. Maar je weet niet wie ik nu ben. En je lijkt ook niet echt te willen weten wie ik nu ben of mij te willen laten zien wie jij nu bent.'

'Waar heb je het over?'

'Ik ben veranderd, Jesse. Ik was in de twintig toen je verdween. Ik ben inmiddels eenendertig. Ik geef niks meer om Los Angeles of om reisartikelen schrijven. Ik geef om mijn familie. Ik geef om mijn boekwinkel. Ik ben niet meer wie ik was toen je wegging. Jouw vermissing heeft me veranderd. Ik ben veranderd.'

'Oké, mij best. Je bent veranderd omdat ik weg was, dat snap ik. Je was bang, je was in de rouw en daarom ben je teruggegaan naar Acton, omdat je je daar veilig voelde, en je nam de zaak van je ouders over omdat dat gemakkelijk was. Maar dat hoeft nu allemaal niet meer. Want ik ben terug. We kunnen terug naar huis, naar Californië. We kunnen eindelijk naar Italië gaan. Ik durf te wedden dat je volgend jaar vast wel weer wat stukken aan tijdschriften kunt verkopen. Je hoeft dit leven niet meer te leven.'

Ik schud mijn hoofd al nog voordat hij is uitgesproken. 'Je snapt niets van me,' zeg ik. 'Misschien kwam ik inderdaad wel naar huis om me terug te trekken uit de wereld, en oké, in het begin nam ik die baan in de winkel omdat die beschikbaar was. Maar inmiddels hou ik van mijn leven hier, Jesse. Ik kies ervoor om in Massachusetts te wonen, ik kies ervoor om de winkel te runnen. Dit is wat ik wil met mijn leven.'

Ik zie dat hij me onderzoekend aankijkt en probeer het over een andere boeg te gooien, een andere manier te vinden om het hem allemaal uit te leggen.

'Als ik me somber voel, weet je dan wat ik doe om mezelf op te vrolijken?'

'Dan eet je patat en neem je een cola light,' zegt hij op hetzelfde moment dat ik zeg: 'Dan ga ik pianospelen.'

Het verschil tussen onze antwoorden overrompelt hem. Zijn lichaam lijkt iets in te zakken, weg van mij. Ik zie aan de blik op zijn gezicht dat het hem nauwelijks lukt om zijn beeld van mij in overeenstemming te brengen met wat ik net heb gezegd.

Ik verwacht eigenlijk dat hij zo zal zeggen: 'O, speel je piano tegenwoordig?'

En dan zal ik ja zeggen en uitleggen hoe dat allemaal is begonnen en hem vertellen dat ik een paar nummers ken, maar nog niet zo goed ben, maar dat het me ontspant als ik gestrest ben. En dan vertel ik hem ook dat Homer meestal onder de piano ligt te slapen wanneer ik wil spelen, zodat ik hem moet optillen en naast me op het bankje zetten, maar dat het heel fijn is om daar naast mijn kat te zitten en 'Für Elise' te spelen.

Het zou zo prettig zijn als Jesse verliefd wilde worden op wie ik nu ben. Als hij zich openstelde en me zou toestaan om verliefd te worden op de man die hij nu is.

Maar dat gebeurt allemaal niet.

Hij zegt alleen: 'Oké, je speelt piano. En wat wil dat zeggen volgens jou?'

En wanneer hij dat zegt, begrijp ik dat de afstand tussen ons nog groter is dan ik dacht.

'Dat wil zeggen dat we andere mensen zijn. We zijn uit elkaar gegroeid. Jesse, ik weet helemaal niets over hoe het leven voor jou is geweest de afgelopen drieënhalf jaar en je wilt het er ook niet over hebben. Maar je bent veranderd. Je kunt niet meemaken wat jij hebt meegemaakt en dan niet veranderen.

'Ik hoef het niet te hebben over wat ik heb meegemaakt om te bewijzen dat ik nog steeds van je hou, dat ik nog steeds de man ben van wie jij altijd hebt gehouden.'

'Zo bedoel ik het niet. Ik wil alleen maar zeggen dat ik denk dat jij probeert te doen alsof we gewoon op de oude voet verder kunnen gaan. Ik heb dat ook geprobeerd. Maar het kan niet. Zo werkt het niet in het leven. Wat ik heb meegemaakt, heeft invloed op wie ik nu ben. En dat geldt ook voor jou. Wat je daar dan ook hebt moeten doorstaan... je kunt dat niet blijven opkroppen.'

'Ik heb je al gezegd dat ik het er niet over wil hebben.'

'Maar waarom niet? Hoe kunnen we nu eerlijk tegen elkaar zijn over onze toekomst als je me helemaal niets wilt vertellen over wat je hebt meegemaakt? Je zegt dat je weet dat alles weer net zoals vroeger kan worden, maar voordat je wegging waren er geen dingen waarover we het liever niet hadden. Jouw verleden was mijn verleden en omgekeerd. Maar nu is dat anders. Ik heb Sam en kom op, Jesse, je zit onder de littekens. Je pink...'

Jesse slaat met zijn vuist op de bank. Het zou gewelddadig zijn als zijn vuist niet op zo'n zachte plek was beland, en ik vraag me af of dat per ongeluk of expres was. 'Wat wil je precies weten, Emma? Allemachtig zeg! Wat wil je weten? Dat de artsen twee soorten huidkanker hebben ontdekt? Dat je, toen ze me vonden, de botten van mijn polsen en ribben kon zien? Dat ik vier wortelkanaalbehandelingen heb gehad en nu het gevoel heb dat de helft van mijn gebit nep is? Is dat wat je wilt weten? Wil je weten dat ik onder het zwemmen ben gestoken door een enorme kwal? Wil je weten dat dat beest me niet losliet? Dat het me gewoon bleef steken, verdomme? Dat het zo'n pijn deed dat ik dacht dat ik doodging? Dat de artsen zeggen dat ik die littekens nog jaren en misschien wel altijd met me mee zal dragen? Of misschien wil je alleen maar horen dat het vreselijk was om op die rots te leven. Wil je dat ik zeg dat ik hele dagen alleen maar over zee zat uit te kijken, wachtend en mezelf voorhoudend dat er morgen of overmorgen wel redding zou komen? Dat jij of mijn ouders of mijn broers me wel zouden komen redden? Maar jullie kwamen niet. Er kwam helemaal niemand naar me zoeken.'

'We wisten het niet. We wisten niet waar we je moesten zoeken.'

'Dat weet ik,' zegt hij. 'Daar ben ik nu ook niet meer kwaad over. Ik ben kwaad omdat je me bent vergeten! Kwaad dat je gewoon door bent gegaan met je leven en me hebt vervangen! Dat ik terug ben en je nog steeds niet heb.'

'Ik heb je niet vervangen.'

'Je hebt mijn naam weggedaan en je hebt een andere man gezegd dat je met hem wilt trouwen. Hoe wil je dat dan noemen?'

'Ik heb je niet vervangen,' herhaal ik al wat zwakker. 'Ik hou van je.'

'Als dat zo is, is het simpel. Blijf bij me. Help me om ons leven weer op orde te krijgen.'

Ik voel zijn ogen op me, zelfs als ik wegkijk. Ik kijk uit het raam naar de deken van sneeuw die de achtertuin bedekt. Het ziet er zacht uit, zacht als een wolk.

Als kind was ik dol op sneeuw. Maar toen ik naar Californië verhuisde, zei ik tegen iedereen dat ik nooit meer weg wilde uit de zon, dat ik nooit van mijn leven nog sneeuw wilde zien. Maar tegenwoordig kan ik me een groene kerst niet eens meer voorstellen en ik weet dat ik, als ik weg zou gaan, dat gevoel van binnenkomen uit de kou zou missen.

Ik ben veranderd in de loop der tijd. Zo gaat dat bij mensen.

Mensen staan niet stil. We ontwikkelen ons als reactie op fijne en nare gebeurtenissen.

Jesse is een andere man dan toen.

Ik ben een andere vrouw.

En wat me al sinds ik hoorde dat hij nog leefde in verwarring heeft gebracht, is nu glashelder: we zijn twee mensen die stapelverliefd zijn op onze vroegere versies. En dat is niet hetzelfde als verliefd zijn, als houden van.

Je kunt liefde niet in een doosje opbergen. En je kunt dat doosje niet met beide handen dichthouden en zo de liefde dwingen bij je te blijven.

Wat ons is overkomen is niemands schuld, we hebben geen van beiden iets verkeerds gedaan, maar na Jesse's vermissing hebben onze levens een verschillende afslag genomen, zijn we andere mensen geworden. We zijn uit elkaar gegroeid omdat we niet meer samen waren.

En misschien wil dat zeggen dat, zelfs al zouden we eindelijk weer samen kunnen zijn...

We dat niet zouden moeten willen.

Die gedachte is hartverscheurend.

Hoewel ik volkomen stilzit, heb ik het gevoel alsof ik door een maalstroom word meegevoerd en nauwelijks mijn hoofd boven water kan houden.

Ik denk dat ik nooit bang ben geweest dat ik een slecht mens was omdat ik van hen beiden hou.

Ik was bang dat ik slecht was omdat ik van Sam hou.

Ik was bang dat ik voor Sam zou kiezen. Dat mijn hart van Sam zou houden. Dat mijn ziel Sam nodig zou hebben.

Het is niet de bedoelding dat je de man de deur wijst die al die ontberingen heeft doorstaan om weer bij je te kunnen zijn.

Je hoort een Penelope te zijn. Je moet dag in dag uit aan het lijkkleed weven en dat 's nachts weer uittrekken om de huwelijkskandidaten op afstand te houden.

Je hoort geen eigen leven te hebben, geen eigen behoeftes. Je hoort niet weer van iemand te gaan houden.

Maar dat heb ik wel gedaan.

Dat is precies wat ik heb gedaan.

Jesse schuift naar me toe en pakt zacht mijn armen vast. 'Emma, als je van me houdt, blijf dan bij me.'

Het is een enge gedachte. Dat ieder mens op deze aarde zijn ware liefde zou kunnen kwijtraken en toch weer van iemand anders zou kunnen houden. Want dat betekent dat degene van wie jij houdt, van een ander kan gaan houden als hij of zij jou kwijt is.

Maar het betekent ook dat het wel goed komt met Jesse, dat hij op een dag weer gelukkig zal zijn, zonder mij.

'Ik denk niet dat ik bij je kan zijn,' zeg ik. 'Ik denk... ik denk dat we niet meer bij elkaar passen.'

Jesse laat zijn armen zakken. Zijn hele bovenlichaam zakt in. Zijn ogen vallen dicht.

Het is een van die momenten waarop je haast niet kunt geloven dat de waarheid de waarheid is, dat dit is wat het is.

Ik zal niet met Jesse eindigen.

Na alles wat we hebben meegemaakt zullen we niet samen oud worden.

'Het spijt me,' zeg ik.

'Ik moet weg.'

'Waar wil je naartoe? We zijn ingesneeuwd.'

Hij pakt zijn jas en trekt zijn schoenen aan. 'Ik ga alleen naar de auto. Maakt mij het uit. Ik wil gewoon even alleen zijn.'

Hij opent de voordeur en slaat hem met een klap dicht. Ik loop naar de deur en doe hem weer open. Ik zie hem door de sneeuw naar de auto ploeteren. Hij weet dat ik naar hem kijk en voordat ik iets kan zeggen steekt hij zijn arm op in het universele gebaar dat 'Stop!' betekent. En dus stop ik.

Ik sluit de deur. Ik leun ertegenaan. Ik laat me op de grond zakken en begin te huilen.

Jesse en ik zijn ooit uit elkaar gerukt. En nu zijn we uit elkaar gegroeid.

Dezelfde harten, twee keer gebroken.

ER IS AL MEER DAN EEN UUR VERSTREKEN EN JESSE IS NOG steeds niet terug. Ik sta op en kijk door het raam om te zien of hij nog in de auto zit.

Hij zit met gebogen hoofd achter het stuur. Ik laat mijn blik over de voortuin glijden. Door de zon begint de sneeuw al wat te smelten. Over de wegen in de verte hebben zo te zien al wel auto's gereden, hoewel de sneeuw niet is geruimd. We zouden kunnen vertrekken als we dat wilden. We hoeven alleen de oprit maar sneeuwvrij te maken. Maar ik denk dat Jesse er voorlopig weinig voor voelt om samen met mij in een auto opgesloten te zitten.

Ik kijk weer naar de auto en zie dat hij zich beweegt. Hij rommelt in mijn envelop. Hij kijkt naar foto's en aantekeningen, misschien leest hij zelfs het artikel uit de *Beacon* over zijn vermissing.

Ik zou niet zo moeten kijken. Ik zou hem de privacy moeten gunnen die hij zocht. Maar ik kan mijn blik niet van hem afhouden.

Ik kijk naar de witte envelop in zijn hand.

En ik weet precies wat erin zit.

De afscheidsbrief die ik hem heb geschreven.

Hij speelt met de envelop, alsof hij niet goed weet of hij hem zal openen.

Mijn hart is als tromgeroffel in mijn borstkas.

Ik leg mijn hand op de deurknop, klaar om naar buiten te rennen, om hem tegen te houden... maar ik blijf waar ik ben en kijk door het raam naar hem.

Ik zie dat hij de envelop openscheurt.

Ik draai me als door een wesp gestoken om, alsof hij me heeft gezien. Maar ik weet dat dat niet zo is. Ik weet alleen dat ik bang ben.

Hij zal die brief lezen en dat zal alles alleen maar erger maken. Het zal voor hem het bewijs zijn dat ik hem ben vergeten, dat ik ons heb opgegeven, dat ik hem heb opgegeven.

Ik kijk weer uit het raam. Hij leest de brief. Hij staart lange tijd naar de bladzijde en dan legt hij de brief weg en kijkt uit het zijraampje. Dan pakt hij de brief weer en leest hem nog een keer.

Na een tijdje doet hij het portier open. Ik haast me naar de bank, ga zitten en doe alsof ik daar de hele tijd al heb gezeten.

Ik had die klotebrief nooit moeten schrijven.

De voordeur gaat open en daar is hij. Hij kijkt me aan. Hij heeft de brief in zijn hand. Hij staat volmaakt roerloos, idioot stil.

Ik heb die brief geschreven om hem te kunnen loslaten. Daar kan ik niet omheen. Dus als dat voor hem het bewijs is dat ik een verschrikkelijke echtgenote ben geweest, een ontrouwe hond, nou ja, dan heeft hij gevonden wat hij zocht.

Maar zijn reactie verbaast me.

'Wat was dat, over gek worden op het dak?' vraagt hij kalm.

'Wat?'

Hij houdt de brief voor me op alsof ik hem nog nooit heb gelezen. Ik sta op en pak hem aan. Ik vouw hem open, al weet ik al wat erin staat.

Aan het handschrift is te zien dat de brief in haast is geschreven. Onderaan zijn er inktvlekken, duidelijk van tranen. Ik merk dat ik de brief opnieuw wil lezen, er met een frisse blik naar wil kijken.

Lieve Jesse,

Je bent nu al meer dan twee jaar weg maar er is geen dag geweest dat ik niet aan je dacht.

Soms herinner ik me hoe ziltig je rook nadat je in zee had gezwommen. Of vraag ik me af hoe jij de film zou vinden die ik net had gezien. En andere keren denk ik aan je lach, aan hoe je dan rimpeltjes om je ogen kreeg en ik dan nog weer iets meer van je ging houden.

Ik denk aan hoe je me zou aanraken. Aan hoe ik jou zou aanraken. Daar denk ik veel aan.

In het begin deed het zo'n pijn om aan je te denken. Hoe meer ik aan je lach dacht, aan je geur, hoe meer pijn ik voelde. Maar ik vond het fijn om mezelf te kastijden. Ik hield van de pijn omdat jij de pijn was.

Ik weet niet of er een goede of foute manier van rouwen is. Ik weet alleen dat jou verliezen me compleet gesloopt heeft. Gesloopt op een manier die ik niet voor mogelijk had gehouden. Ik voelde een pijn die niet meer menselijk was.

Soms verloor ik daardoor mijn verstand. (Laten we het erop houden dat ik een beetje gek ben geworden op ons dak.)

Andere keren ging ik er bijna aan onderdoor.

Maar gelukkig kan ik zeggen dat er andere tijden zijn aangebroken. Nu schenken de herinneringen aan jou me zoveel vreugde dat ze een glimlach op mijn gezicht toveren.

Gelukkig kan ik ook zeggen dat ik sterker ben dan ik wist.

Ik heb toch weer de zin van het leven gevonden, iets wat ik niet had verwacht.

En nu verbaas ik mezelf opnieuw door te beseffen dat ik er klaar voor ben om verder te gaan.

Ik dacht dat verdriet en rouw chronisch waren; dat je hooguit van de goede dagen kon genieten, maar dat er altijd slechte zouden blijven. Maar toen begon ik te denken dat de goede dagen misschien niet alleen maar dagen zijn, maar dat die goede dagen kunnen uitgroeien tot goede weken, tot goede maanden en goede jaren.

En nu vraag ik me af of rouw niet zoiets als een omhulsel, een mantel, is.

Je draagt hem lange tijd en dan besef je op een dag dat je eruit bent gegroeid.

Dus trek je hem uit en leg je hem op de grond.

Dat wil niet zeggen dat ik de herinneringen aan je wil loslaten of de liefde die ik voor je voel. Maar het wil wel zeggen dat ik het verdriet wil loslaten.

Ik zal je nooit vergeten, Jesse. Dat wil ik niet en ik denk ook niet dat ik dat kan.

Maar ik denk wel dat ik het verdriet van me kan afwerpen. Ik denk dat ik het op de grond kan laten liggen en er dan bij weglopen. Misschien dat ik er af en toe nog even naar ga kijken, maar ik wil het niet meer met me meedragen.

Ik denk niet alleen dat ik dat kan, ik denk ook dat ik dat nodig heb.

Ik zal je altijd in mijn hart meedragen, maar ik kan je verlies niet meer op mijn rug meetorsen. Als ik dat doe, zal ik nooit nieuw geluk voor mezelf vinden. Ik zal ten onder gaan aan het gewicht van de herinnering aan jou.

Ik moet vooruitkijken, naar een toekomst waar jij geen deel van kunt uitmaken. In plaats van achteruit, naar een verleden dat is gevuld met wat wij samen hadden.

Ik moet je loslaten en ik moet jou vragen mij los te laten.

Ik denk oprecht dat ik, als ik mijn best doe, het soort leven kan hebben dat jij altijd voor me wilde. Een gelukkig leven. Een vervuld leven. Een leven waarin er van me wordt gehouden en waarin ik op mijn beurt liefde kan geven.

Ik vraag je me de ruimte te geven om van iemand anders te kunnen houden.

Het spijt me dat we nooit de toekomst hebben bereikt waar we het over hadden. Ons leven samen zou fantastisch zijn geweest.

Maar ik begeef me nu opnieuw de wereld in, met een open hart. En ik zal gaan naar waar het leven me brengt.

Ik hoop dat je weet hoe heerlijk en bevrijdend het was om van je te houden toen je er was.

Je was mijn grote liefde.

Misschien is het egoïstisch om meer te willen; misschien is het hebberig om weer zo'n soort liefde te willen.

Maar ik kan er niets aan doen.

Ik wil weer zo'n liefde.

Dus heb ik ja gezegd tegen een date met Sam Kemper. Ik denk graag dat je hem een goede keus zou vinden, dat je het ermee eens zou zijn. Maar ik wil ook dat je weet, voor het geval dat het niet vanzelf spreekt, dat niemand je ooit zou kunnen vervangen. Het is alleen dat ik meer liefde in mijn leven wil, Jesse.

En ik vraag om je zegen om die te gaan zoeken.

Liefs,
Emma

Er vallen opnieuw tranen op het papier, er komen nieuwe vlekken. Maar ik kan mijn tranen niet bedwingen. Wanneer ik eindelijk naar Jesse kijk, zie ik dat hij ook tranen in zijn ogen heeft. Ik sta op en hij slaat een arm om me heen en trekt me tegen zich aan. Het verdriet tussen ons in voelt zo scherp dat we ons eraan zouden kunnen snijden, zo zwaar dat we erdoor zouden kunnen zinken.

'Wat deed je daar op het dak?' vraagt hij, zachter en vriendelijker.

Ik haal diep adem en vertel het hem. 'Iedereen zei dat je dood was.

Maar ik was ervan overtuigd dat ze het mis hadden, dat je probeerde naar huis te komen, terug naar mij. Dat wist ik gewoon. Dus op een dag, toen ik er niet meer tegen kon, ben ik het dak op gegaan om naar dat smalle stukje oceaan te kijken en toen... toen raakte ik er nog meer van overtuigd dat je naar de kust zou zwemmen. Ik heb je verrekijker gepakt en bleef daar naar dat smalle stukje kust kijken en wachtte op jou.'

Hij kijkt me recht aan, aandachtig luisterend.

'Marie vond me daar en zei dat je niet naar me toe zou komen zwemmen. Ze zei dat je heus niet ineens het strand op zou komen lopen. Ze zei dat je dood was. Ze zei dat ik dat onder ogen moest zien en ermee moest leren leven. En dat probeerde ik. Maar het was het moeilijkste wat ik ooit heb moeten doen. Ik wist gewoon niet hoe ik de dag door moest komen. Soms leefde ik van uur tot uur. Ik ben nog nooit in mijn leven zo in verwarring geweest, heb me nog nooit zo niet mezelf gevoeld.'

Jesse trekt me nog wat dichter tegen zich aan. 'Besef je wel dat we samen naar dezelfde oceaan keken, op zoek naar elkaar?'

Ik sluit mijn ogen en denk aan hoe hij op me heeft zitten wachten. Ik herinner me hoe het voelde om op hem te wachten.

'In de auto had ik het idee om alles wat in die envelop zit te bekijken, al die herinneringen, al die foto's, zodat ik jou dan kon laten zien hoe gelukkig we waren. Ik dacht dat ik je zou kunnen laten inzien dat je je vergist. Dat we nog dezelfde mensen zijn als toen we van elkaar hielden. Dat we bij elkaar hoorden, voor altijd. Maar weet je wat ik ineens besefte?'

'Wat?' vraag ik.

'Dat ik je haar hartstikke stom vind.'

Ik maak me van hem los en hij lacht. 'Ik weet dat het niet aardig is om te zeggen, maar het is wel zo. Ik zat naar die foto's van je te kijken, toen je nog van dat prachtige lange haar had, dat niet echt blond was en ook niet echt bruin, en dat was nou net wat ik er zo mooi aan vond. Ik bedoel, ik was echt gek op je haar. En nu ben ik terug en blijk je het te hebben afgeknipt en is het blond en, nou ja, misschien zou ik het leuk moeten vinden, maar ik zat daar in die auto en dacht: "Ach, dat haar groeit vanzelf weer aan." En meteen daarna dacht ik: "Nee, wacht eens even, ze vindt het mooi zo."'

'Ja!' zeg ik een beetje beledigd.

'Dat is precies wat ik wil zeggen. Dit ben jij nu. Kort blond haar. Mijn Emma had lang, lichtbruin haar. En die Emma ben jij niet meer. Ik kan niet naar je kijken en doen alsof je niet van dat korte haar hebt. Ik moet kijken naar hoe je nu bent. Op dit moment. Vandaag.'

'En je vindt mijn haar niet mooi.'

Hij kijkt me aan. 'Het is vast wel mooi, maar op dit moment is het enige wat ik zie dat het anders is dan vroeger.'

Ik merk dat ik tegen hem aan leun, dat ik mijn hoofd weer tegen zijn borst leg.

'De Emma die ik kende wilde in Californië wonen, zo ver mogelijk weg van de boekwinkel van haar ouders. En ze kon niet wachten tot ze net zoveel van de wereld had gezien als ze wilde. Ze hield van die kleine shampooflesjes uit hotels en de geur van luchthavens. Ze kon nog geen noot op de piano spelen. En ze hield van mij, alleen van mij,' zegt hij. 'Maar blijkbaar ben je die Emma niet meer.'

Ik schud mijn hoofd zonder hem aan te kijken.

'En ik moet stoppen met doen alsof dat wel zo is. Vooral omdat... omdat ik ook niet meer dezelfde man als toen ben. Ik weet dat het overkomt alsof ik dat niet weet, maar ik weet het heus wel. Ik weet dat ik ben veranderd. Ik weet dat ik...'

Tot mijn verbazing begint hij te huilen. Ik hou hem wat steviger vast. Ik zou zijn verdriet willen wegnemen als dat kon, want hij heeft al zoveel ontberingen moeten doorstaan. Ik wil hem zo verschrikkelijk graag beschermen tegen de wereld, ervoor zorgen dat hem nooit meer iets overkomt. Maar dat kan ik natuurlijk niet. Niemand kan dat voor een ander doen.

'Ik weet het allemaal niet meer, Emma,' vervolgt hij. 'Ik geloof dat het niet goed met me gaat. Ik doe steeds alsof dat wel zo is, maar... het gaat niet goed. Ik heb het gevoel dat ik nergens meer thuishoor. Niet hier, niet daar. Ik heb het gevoel alsof ik elk moment kan instorten. Het ene moment raak ik overweldigd door de hoeveelheid voedsel die er is en het volgende moment kan ik het niet opbrengen om er ook maar een hap van te nemen. De eerste nacht thuis ging ik naar beneden, naar de keuken, en heb zoveel gegeten dat ik er kotsmisselijk van werd. De artsen zeggen dat ik nog voorzichtig moet zijn met wat ik eet en hoeveel, maar ik wil óf niets óf alles eten. Er is geen tussenweg. Toen we daarnet onder de douche stonden dacht ik: "We moeten eigenlijk een emmer pakken om wat van dit water op te vangen. Het niet verspillen."'

Hij is eindelijk bereid om te vertellen hoe hij zich echt voelt en het stroomt uit hem als melk uit een omgevallen pak.

'Ik kan niet eens naar mijn hand kijken. Ik wil niet weten dat ik mijn pink kwijt ben. Ik weet dat het stom klinkt, maar volgens mij dacht ik dat als ik maar eenmaal weer thuis was, alles weer bij het oude zou zijn. Ik zou jou terugkrijgen, ik zou me weer normaal voelen en mijn pink zou er, weet ik veel, als door een wonder weer aan zitten.'

Hij kijkt me aan en ademt dan in en weer uit, zichtbaar met grote moeite.

'Zullen we gaan zitten?' Ik trek hem mee naar de bank en we gaan naast elkaar zitten. Ik leg mijn hand op zijn rug. 'Het is oké,' zeg ik. 'Je kunt erover praten. Je kunt me alles vertellen.'

'Het is alleen... Ik haat het al om er alleen maar aan te moeten denken. Het was... vreselijk. Alles. Mijn pink... het was denk ik de ergste pijn die ik ooit heb gevoeld. Ik heb zo mijn best gedaan om dat allemaal uit mijn hoofd te zetten.'

Ik zeg niets, in de hoop dat hij blijft praten, dat hij doorgaat met me alles te vertellen, dat hij eerlijk tegen me is, en ook tegen zichzelf, dat hij deelt wat hij heeft meegemaakt, wat hem kwelt.

'Ik sneed hem bijna in één keer door,' zegt hij na een tijdje, 'toen ik een oester probeerde te openen met een stukje rots. Ik dacht dat het vanzelf wel zou helen, maar dat gebeurde niet. Ik heb er nog een tijdje mee doorgelopen tot het zo ontstoken was dat ik...'

Ik zie dat hij het niet hardop kan uitspreken.

Maar dat hoeft ook niet.

Ik weet wat hij niet kan zeggen.

Hij heeft zijn eigen pink eraf gehakt.

Ergens in de jaren dat hij was verdwenen, was hij gedwongen om zijn hand te redden op de enig mogelijke manier.

'Wat erg,' zeg ik.

Ik kan me geen voorstelling maken van wat er nog meer is gebeurd, hoeveel dagen hij niets te eten had, hoe dicht hij bij uitdroging is geweest, de verzengende pijn van de kwallenbeten terwijl hij zich zwemmend in veiligheid probeerde te brengen. Maar ik begin te denken dat hij dat verdriet zal aanpakken wanneer hij er klaar voor is, dat hij zal praten en steeds meer zal vertellen terwijl hij weer sterker wordt. Het zal een lang proces zijn. Het kan misschien wel jaren duren voordat hij het echt achter zich kan laten. En zelfs dan zal het nog steeds in zijn geheugen gegrift staan.

Net zoals mijn verdriet om hem nog in mijn geheugen gegrift staat.

Dat zijn de dingen die ons hebben gemaakt tot wie we zijn.

Ik sta op en loop naar de keuken. In een van de kastjes vind ik een oud doosje earl grey. 'Ook zin in thee?' vraag ik.

Hij knikt. Het is zo'n klein knikje dat het nauwelijks te zien is.

Ik zet twee mokken water in de magnetron. Ik pak twee theezakjes. 'Praat maar gewoon door,' zeg ik. 'Ik luister.'

Hij begint weer en ik besef dat hij, bewust of onbewust, heeft zitten wachten op mijn toestemming.

'Volgens mij heb ik geprobeerd om de laatste paar jaren gewoon uit te wissen, alsof ze niet hebben bestaan. Ik heb geprobeerd om te doen alsof alles nog was zoals voordat ik vertrok, want dan is het alsof al die dingen niet zijn gebeurd. Maar dat werkt niet. Ik bedoel, natuurlijk werkt dat niet. Dat weet ik ook wel.'

Ik zet de magnetron uit voordat hij bliept, pak de mokken eruit en hang de theezakjes erin. De geur van thee doet me aan Marie denken. Ik ga weer naast Jesse zitten, nadat ik zijn dampende mok voor hem op tafel heb gezet.

Hij pakt hem op, maar neemt nog geen slok. 'Ik ben niet meer degene die ik toen was,' zegt hij. 'Dat weet jij en dat weet ik, maar ik denk steeds dat ik dat met een klein beetje moeite wel kan veranderen. Maar dat gaat niet. Toch?'

Hij zet de mok neer en begint te gebaren. 'Ik wil niet de rest van mijn leven in Acton wonen. Ik heb al lang genoeg ergens vastgezeten waar ik niet wilde zijn. Ik wil terug naar Californië. Ik vind het oké dat Blair Books zo belangrijk voor je is, maar begrijpen doe ik het niet. We hebben zo ons best gedaan om hier weg te komen, weg van het leven dat onze ouders voor ons in gedachten hadden. We hebben veel opgeofferd om te kunnen reizen, om niet op één plek te hoeven blijven. Ik begrijp niet waarom je bent teruggegaan, waarom je hebt gekozen voor een leven hier, en ook nog eens doet wat je ouders altijd hebben gewild.

Ik ben echt ontzettend kwaad, diep vanbinnen. En ik wou dat ik dat niet was en ik haat mezelf erom. Maar ik ben woedend. Hoe kun je nou verliefd zijn geworden op iemand anders? Ik weet dat je zegt dat dat nog niet wil zeggen dat je me was vergeten, maar op dit moment voelt dat wel zo. En ik denk dat ik zelfs daarmee wel zou kunnen leven, dat het weer goed zou kunnen komen, als alle andere dingen nog klopten tussen ons, maar... ik weet niet.

Ik ben kwaad op jou en ik ben kwaad op Friendly's, omdat die een Johnny of hoe het dan ook heet is geworden. Ik ben kwaad op alles wat is veranderd terwijl ik weg was. Ik weet dat ik daarmee moet leren dealen. Ik weet dat dat een van de vele dingen is waar ik mee zal moeten leren leven. Ik weet dat ik heb gezegd dat nu het gemakkelijkste gedeelte zou moeten zijn, maar ik weet niet waarom ik dat dacht. Thuiskomen is hartstikke zwaar. Natuurlijk is dat zwaar. Ik vind het jammer dat ik dat nu pas begrijp.

Natuurlijk ben ik veranderd. En natuurlijk ben jij veranderd. We zouden nooit meer dezelfde mensen kunnen zijn nadat we elkaar zijn kwijtgeraakt. Daarvoor hielden we te veel van elkaar. Dus wat ik eigenlijk wil zeggen is dat ik me ongelukkig voel en dat ik kwaad ben, maar dat ik het geloof ik wel snap. Wat je me in die brief schreef, klonk logisch. Je moest me loslaten om nog kans te maken op een normaal leven. Ik weet dat je toen van me hield. Ik weet dat het niet makkelijk was. En ik weet natuurlijk ook dat dit hier moeilijk voor je is. Ik zou liegen als ik zei dat ik niet zie wat jij ziet.'

Hij slaat zijn armen om me heen en trekt me tegen zich aan. En dan zegt hij iets wat ons dagen heeft gekost om te kunnen begrijpen.

'We hielden van elkaar en we zijn elkaar kwijtgeraakt. En hoewel we nog steeds van elkaar houden, lijken de stukken niet meer te passen. Niet zoals vroeger.'

Ik zou me passend kunnen maken voor hem.

Hij zou zichzelf passend kunnen maken voor mij.

Maar dat is geen echte liefde.

'Dit is het,' zegt hij. 'Het is voorbij tussen ons.'

Ik kijk hem in de ogen. 'Ja, volgens mij ook.'

Na alles wat we hebben meegemaakt, had ik nooit kunnen denken dat het zo zou eindigen.

We houden elkaar nog even vast; we zijn er nog niet aan toe om elkaar helemaal los te laten. Zijn handen voelen nog steeds koud aan.

Ik neem ze tussen de mijne om ze te verwarmen met mijn lichaamswarmte.

Hij trekt een hand los om een haar van mijn voorhoofd te vegen.

Ik denk dat dit misschien wel echte liefde is.

Misschien is echte liefde iemand opwarmen of teder een haar wegstrijken, omdat je tot in het diepst van je ziel van die ander houdt, zelfs al weet je dat wat jullie hebben geen toekomst heeft.

'Ik weet niet goed wat we nu moeten doen,' zeg ik.

Hij legt zijn kin op mijn hoofd en ademt diep in. Dan maakt hij zich van me los om me aan te kijken. 'Je hoeft toch pas morgenavond terug te zijn?'

'Ja.'

'Nou, dan kunnen we nog een dag blijven. We kunnen rustig aan doen.'

'Hoe bedoel je?'

'Ik bedoel dat ik weet hoe het verder zal gaan, maar... ik ben er nog niet klaar voor. Ik ben er gewoon nog niet klaar voor. En volgens mij kunnen we best nog even hier blijven samen, van elkaars gezelschap genieten. Ik heb er zolang op gewacht om weer bij je te zijn; het lijkt me stom om nu al afscheid te nemen, alleen maar omdat wij samen geen toekomst hebben.'

Gecharmeerd glimlach ik. Ik denk na over wat hij heeft gezegd en besef dat het precies goed is, alsof je een glas water krijgt aangereikt precies op het moment dat je merkt dat je dorst hebt. 'Dat klinkt goed,' zeg ik. 'Laten we nog even van elkaar genieten, zonder ons druk te maken over de toekomst.'

'Dank je.'

'Oké. Dus tot morgen houden we de echte wereld aan de andere kant van die deur, want we weten wat ons te wachten staat. Maar voorlopig doen we alsof het weer net zo is als vroeger.'

'En dan gaan we morgen naar huis,' zegt hij.

'Ja. En dan zullen we proberen om opnieuw zonder elkaar te leven.'

'Jij gaat met Sam trouwen.'

Ik knik. 'En jij vertrekt waarschijnlijk naar Californië.'

'Maar voorlopig... nog één dag...'

'Zullen we Emma en Jesse zijn.'

'De Emma en Jesse van vroeger.'

Ik lach. 'Ja, de Emma en Jesse van vroeger.'

JESSE STEEKT DE OPEN HAARD AAN EN KOMT DAN BIJ ME OP DE bank zitten. Hij slaat zijn arm om me heen en trekt me tegen het holletje van zijn schouder. Ik leg mijn hoofd neer.

Het voelt goed om in zijn armen te liggen, om tevreden te zijn met dit moment, om me niet af te vragen wat de toekomst zal brengen. Ik geniet ervan dat hij tegen me aan zit, dat ik hem kan voelen. Want ik weet dat dit eindig is.

Het begint weer te sneeuwen – kleine vlokjes die op de al witte grond vallen. Ik sta op en loop naar de schuiframen om ernaar te kijken.

Alles is zacht en stil. De sneeuw is wit en schoon, nog niet vertrapt door laarzen.

Ik draai me om naar Jesse. 'Ik heb een idee.'

'O?'

'Sneeuwengelen.'

'Sneeuwengelen?'

'Sneeuwengelen.'

Zodra we naar buiten gaan, besef ik wat de zwakke plek is in mijn plan. We zullen de smetteloze sneeuw besmetten door eroverheen te lopen. We zullen het ongerimpelde rimpelen, gewoon door onze aanwezigheid.

‘Weet je zeker dat je dat wilt doen?’ vraagt Jesse. ‘Naar een film kijken bij het haardvuur klinkt me ook goed in de oren.’

‘Nee, kom op, dit is beter.’

‘Nou, dat weet ik zo net nog niet.’ Door de klank van zijn stem begrijp ik ineens waarom sommige mensen de lucht als ‘bitterkoud’ beschrijven. Ze zijn verbitterd over de kou.

Ik ren vooruit in de hoop dat hij me achterna komt. Ik probeer me te herinneren hoe het was om samen met hem tiener te zijn. Ik struikel en laat mezelf vallen. Met mijn gezicht in de sneeuw. Ik draai me om. Ik zie dat Jesse komt aanrennen.

‘Kom op, slome,’ zeg ik terwijl ik mijn armen en benen spreid. Als een ruitenwisser beweeg ik ze op en neer tot ik de ijzige sneeuw raak die zit vastgevroren aan het gras eronder.

Jesse laat zich naast me vallen. Hij spreidt ook zijn armen en benen en begint de sneeuw weg te maaien.

Ik sta op en kijk naar hem. ‘Goed gedaan,’ zeg ik. ‘Mooie vorm.’

Jesse staat ook op en bekijkt zijn creatie. Dan kijkt hij naar de mijne.

‘Zeg maar gewoon, hoor,’ zeg ik tegen hem. ‘Die van jou is mooier.’

‘Ach, zit er maar niet over in. Sommige mensen hebben nu eenmaal een natuurlijke aanleg voor sneeuwkunst. En ik ben een van die mensen.’

Ik rol met mijn ogen en ga voorzichtig in het midden van zijn engel staan, op een plek waar mijn voetafdrukken niet te zien zullen zijn. Ik buig me voorover en teken een aureool over waar zijn hoofd heeft gelegen.

‘Kijk, nú is het kunst,’ zeg ik.

Maar ik heb een beginnersfout gemaakt, hier in de sneeuw. Ik sta met mijn rug naar hem toe. En wanneer ik weer rechtop ga staan, gooit hij een sneeuwbal tegen me aan.

Ik schud mijn hoofd en begin heel aandachtig en langzaam ook een sneeuwbal te kneden.

'Nee, dat wil je echt niet doen,' zegt hij met iets van angst in zijn stem.

'Jij bent begonnen.'

'Maar toch. Wat jij nu wilt gaan doen, is echt niet slim.'

'O ja? Hoe denk je me tegen te houden dan?' Ik loop naar hem toe, genietend van dit kleine beetje macht dat ik over hem heb.

'Ik zal...' begint hij, maar dan komt hij snel op me af en slaat de sneeuwbal uit mijn hand.

Onderweg komt de bal tegen mijn been.

'Je hebt me net geraakt met mijn eigen sneeuwbal!' roep ik.

Ik maak snel nog een sneeuwbal en gooi die naar hem. Hij komt tegen zijn nek aan. Dit is mijn oorlogsverklaring.

Het lukt Jesse om me met een sneeuwbal te raken op mijn arm en met eentje boven op mijn hoofd. Ik raak hem midden op de borst. Ik ren weg wanneer ik zie dat hij een enorme bal begint te kneden.

Ik ren en ren en dan struikel ik en lig ik op de grond. Ik zet mezelf schrap, wachtend op een sneeuwbal. Maar wanneer ik mijn ogen open, zie ik dat Jesse boven me staat.

'Wapenstilstand?' vraagt hij.

Ik knik en hij gooit de laatste sneeuwbal ver weg.

'En dan nu een warm vuurtje en dekens?' stelt hij voor.

Ik aarzel geen moment. 'Goed plan.'

Wanneer we zijn ontdooid, loopt Jesse naar de stapels boeken en films die hier al jaren liggen. Er zijn paperbacks bij die letterlijk stukgelezen zijn, met witte lijnen op de ruggen. Er zijn dvd's uit begin 2000 en zelfs nog een paar videobanden.

We zoeken een oude film uit en proberen de tv aan te zetten. Het lukt niet.

'Verbeeld ik me het of heeft de tv het loodje gelegd?'

Ik kijk of de stekker wel in het stopcontact zit. Dat is zo. Maar wanneer ik nog een keer op een paar knoppen druk, gebeurt er niets.

'Hij is kapot,' zegt Jesse. 'Hij is vast al jaren kapot zonder dat iemand het ooit heeft gemerkt.'

'Een boek dan.' Ik loop naar de stapel paperbacks. 'Ik ben tot de ontdekking gekomen dat lezen een heerlijke tijdsbesteding is.' Ik laat mijn blik over de ruggen glijden en ontdek tussen de John Grishams en James Pattersons een thriller waar ik nog nooit van gehoord heb. Ik pak hem. 'Zullen we deze lezen?'

'Samen?'

'Ik lees jou voor en jij leest mij voor,' zeg ik, maar Jesse is niet meteen overtuigd.

De zon gaat onder en hoewel we binnen niet het risico lopen het echt koud te krijgen, legt Jesse nog wat houtblokken op het vuur. Onder de bar vindt hij een oude fles rode wijn en ik pak twee glazen uit een van de keukenkastjes.

We drinken de wijn bij het vuur.

We hebben het over de keren dat we elkaar zielsgelukkig maakten en we lachen om de keren dat we elkaar ziedend maakten. We praten over ons liefdesverhaal als twee mensen die het hebben over een film die ze net hebben gezien, dat wil zeggen, we praten erover terwijl we al weten hoe het eindigt. Alle herinneringen zijn daardoor net iets anders, hebben een vleugje bitterzoet in zich.

'Jij was altijd de stem van de rede,' zegt Jesse. 'Altijd degene die op de rem trapte als we te ver dreigden te gaan.'

'Ja, maar jij gaf me altijd de moed om te doen wat ik wilde doen,' zeg ik. 'Ik weet niet of ik wel het lef had gehad voor al die dingen als jij niet in me had geloofd en me had aangespoord.'

We hebben het over onze trouwdag: de huwelijksplechtigheid bij de vuurtoren, onze korte vrijpartij hier, onze receptie een eindje verderop. Ik zeg tegen Jesse dat mijn herinneringen aan die dag niet vertroebeld zijn door wat er later is gebeurd. Ik zeg dat ik er nog steeds met vreugde aan terugdenk. Dat ik er dankbaar voor ben, hoe het uiteindelijk dan ook is geëindigd.

Jesse zegt dat hij niet weet of hij het daar wel mee eens is. Hij zegt dat de herinnering hem een droef gevoel bezorgt, dat die dag staat voor een pijnlijk naïef idee over de toekomst, dat hij medelijden heeft met de Jesse van die dag, de Jesse die niet weet wat hem nog te wachten staat. Het is alsof die dag hem in herinnering brengt wat hij had kunnen hebben als hij niet in die helikopter was gestapt. Maar hij eindigt met te zeggen dat hij hoopt dat hij het ooit op mijn manier zal zien.

'Als ik er ooit net zoals jij over denk,' zegt hij, 'dan zal ik je dat laten weten.'

'Dat zou ik fijn vinden. Ik zal altijd willen blijven weten hoe het met je gaat.'

'Nou, dan is het maar goed dat ik altijd weet waar ik jou kan vinden,' zegt hij.

'Ja. Ik ga helemaal nergens heen.'

Het vuur dreigt uit te doven en Jesse loopt ernaartoe, pookt het wat op en blaast erin. En terwijl het eerst zo stille vuur weer begint te bulderen, draait hij zich naar me om.

'Denk je dat je ooit in L.A. was gaan studeren als ik er niet was geweest?' vraagt hij.

'Misschien wel. Misschien ook niet. Ik weet wel dat ik daar zonder jou lang niet zo gelukkig zou zijn geweest. En zonder jou had ik me al helemaal nooit aangemeld voor die cursus reisschrijven. En had ik ook geen jaar in Sydney gewoond of al die maanden door Europa gereisd. Ik denk dat er veel dingen waren die ik anders nooit had gedaan, of die ervaringen nu goed, slecht, mooi of naar waren. Ik denk dat ik zonder jou heel veel van die dingen niet had gedurfd.'

'Ik vraag me weleens af of ik, als ik jou niet had leren kennen, misschien toch profzwemmer was geworden, zoals mijn ouders wilden. Jij was de eerste die het niet kon schelen of ik goed zwom of niet. De eerste die me leuk vond om wie ik was. Dat heeft mijn leven echt veranderd.' Hij kijkt me diep in de ogen. 'Jij bent voor een groot deel verantwoordelijk voor wie ik nu ben.'

'O Jesse.' Ik voel zoveel tederheid en liefde voor hem dat mijn hart ervan doorweekt raakt. 'En zonder jou zou ik ik niet zijn.'

Dan kust hij me.

Een kus is gewoon een kus, zeggen ze. Maar ik ben nog nooit op deze manier gekust. Het is een droevige en liefdevolle en weemoedige en bange en vredige kus.

Wanneer we ons eindelijk van elkaar losmaken, dringt tot me door dat ik lichtelijk aangeschoten ben en Jesse misschien zelfs wel echt dronken is. Ik zie de fles nergens meer staan, maar als ik opsta om mijn glas naar de keuken te brengen, schop ik er per ongeluk tegenaan. De onmiskenbare boink en bons van een wijnfles die omvalt, wordt gelukkig niet gevolgd door het bekende geluid van brekend glas. Dankbaar pak ik de fles en onze glazen.

Het lijkt me een goed idee om op wat onschuldigers over te stappen.

Ik schenk ons elk een glas water in en breng hem in herinnering dat we nog een boek zouden lezen.

'Wil je echt samen een boek lezen?'

'Het is of dat of Taboe.'

Hij legt zich er meteen bij neer en pakt wat dekens en kussens van de bank. We gaan op de grond liggen, vlak bij het vuur. Ik sla het boek open dat ik eerder al apart had gelegd.

'*The Reluctant Adventures of Cole Crane*,' begin ik.

Op zondagochtend lees ik soms voor aan kinderen. Ik durf steeds meer en verzin stemmen voor de personages en probeer het verhaal tot leven te brengen. Maar nu laat ik dat allemaal achterwege. Ik ben nu gewoon ik. Emma die een boek voorleest. Aan iemand van wie ik hou.

Helaas is het een erg slecht boek. Lachwekkend slecht. De vrouwen worden mokkels genoemd. De mannen drinken whisky en maken foute grappen. Na vijf bladzijden trek ik het niet meer en geef ik het boek aan Jesse. 'Lees jij maar voor. Ik kan dit niet.'

'Toe,' zegt hij. 'Ik heb er jaren op gewacht om je stem weer te kunnen horen.'

Ik lees verder. Tegen de tijd dat mijn ogen droog aanvoelen door het vuur, heb ik me met tegenzin ingeleefd in wat er met de Crooked Yellow Caper gebeurt en merk ik dat ik alleen nog maar wil dat Cole Crane eindelijk Daphne Monroe eens gaat kussen.

Jesse is bereid de laatste helft voor te lezen terwijl ik met gesloten ogen in zijn schoot lig.

Zijn stem is troostrijk en kalm. Ik luister naar de eb en vloed ervan, van de woorden die op- en neergaan.

Wanneer hij meer dan een uur heeft gelezen, ga ik rechtop zitten en pak het boek uit zijn hand. Ik leg het op de vloer.

Ik weet wat ik ga doen. Ik weet dat het de laatste keer is dat ik het zal doen. Ik weet dat ik wil dat het betekenis heeft. Ik heb jaren niet de kans gehad om afscheid te nemen. En nu ik die wel heb, is dit de manier waarop ik dat wil doen.

En daarom kus ik hem zoals je iemand kust als het het begin van iets is. En er begint iets.

Ik trek mijn trui uit over mijn hoofd. Ik knoop Jesse's gulp los. Ik duw mijn lichaam tegen hem aan. Het is de laatste keer dat ik zijn warmte zal voelen, de laatste keer dat ik hem onder me zie liggen, met zijn handen om mijn middel. Het is de laatste keer dat ik hem zeg dat ik van hem hou door de manier waarop ik mijn heupen beweeg en zijn borstkas aanraak.

Hij kijkt alleen maar naar mij. Ik zie zijn blik over mijn lichaam glijden, ik zie hoe hij mij in zich opneemt, vastlegt voor later.

Ik voel me gezien. Werkelijk gezien. Gekoesterd. Begeerd.

Laat je nooit wijsmaken dat het meest romantische deel van de liefde het begin is. Het meest romantische deel is het moment waarop je weet dat het moet eindigen.

Ik geloof niet dat ik ooit zo in het moment heb geleefd als op dit moment, terwijl ik de liefde bedrijf met een man die ik ooit voor mijn soulmate hield, maar van wie ik nu weet dat hij voor iemand anders bestemd is, voor iets anders, voor een leven ergens anders.

Zijn ogen zijn nog nooit zo betoverend geweest. Zijn lichaam onder me heeft nooit eerder zo veilig aangevoeld. Ik streel zijn littekens, ik verstrengel mijn linkerhand met zijn rechter. Ik wil dat hij weet dat ik hem prachtig vind.

Wanneer het voorbij is, ben ik te moe en te geschokt om te rouwen. Ik kruip weer in het holletje van zijn schouder en geef hem het boek.

'Wil je nog een stukje lezen? Nog even?'

Dit alles. Nog even.

'Ja,' zegt Jesse. 'Natuurlijk.'

Ik val in slaap in zijn armen terwijl ik hem het einde van het boek hoor voorlezen; tot mijn blijdschap pakt Cole Daphne bij haar schouders en zegt, eindelijk: 'Mijn god, vrouw, weet je dan niet dat jij het bent? Dat jij het altijd al bent geweest?'

On-verliefd worden op iemand die je nog steeds graag mag, voelt precies zo aan als in een warm bed liggen en de wekker horen.

Hoe goed het ook voelt, je weet dat het tijd is om te gaan.

TRRR. TRRR. RRRR.

De zon schijnt fel in mijn gezicht. En Jesse's horloge gaat.

The Reluctant Adventures of Cole Crane ligt opengeslagen onder zijn been.

De haard is uit.

'Tijd om op te staan,' zeg ik.

Jesse, die er nog even aan moet wennen dat hij wakker is, knikt en wrijft over zijn gezicht.

We lopen samen naar de keuken om wat te eten te pakken. Ik drink een groot glas water. Jesse drinkt koude koffie uit de pot. Onder het drinken kijkt hij uit het keukenraam. Dan draait hij zich weer naar mij om. 'Het sneeuwt weer.'

'Hard?' vraag ik. Wanneer ik uit het kamerraam kijk zie ik dat er een verse laag sneeuw op de oprit ligt.

'We kunnen maar beter gauw vertrekken,' zegt hij. 'Het ziet er nu nog begaanbaar uit, maar dat duurt niet lang meer, denk ik.'

'Oké. Goed idee. Ik neem snel even een douche.'

Jesse knikt, maar zegt niets. Hij komt me ook niet achterna om samen met mij te douchen. Hij maakt geen grapje over dat ik naakt ben. In plaats van dat alles loopt hij naar de haard en begint hem schoon te maken.

En op dat moment, terwijl ik in mijn eentje de trap op loop, voel ik het gewicht van de nieuwe werkelijkheid op me neerdalen.

Jesse is thuis. Jesse leeft.

Maar Jesse is niet meer van mij.

Nog geen drie kwartier later hebben we onze spullen gepakt en zijn we klaar voor vertrek. De afwas is gedaan, de overgebleven etenswaren zijn ingepakt, de rommel die we hebben gemaakt is opgeruimd. Zelfs *The Reluctant Adventures of Cole Crane* ligt weer op de stapel, alsof er nooit in is gelezen. Als ik niet beter wist, zou ik durven zweren dat we hier nooit zijn geweest.

Jesse pakt de sleutels en doet de deur voor me open. Met een zwaar gemoed loop ik langs hem heen.

Ik bied niet aan om te rijden, want ik weet dat hij dat toch niet wil. Hij doet de dingen op zijn manier en ik laat hem. Ik ga naast hem zitten en Jesse zet de auto in zijn achteruit.

Ik kijk nog één keer naar het huis wanneer we wegrijden.

Er lopen twee sporen van voetafdrukken vanaf de voordeur.

Ze beginnen dicht bij elkaar en nemen dan een tegengestelde richting doordat onze voeten naar de verschillende kanten van de auto lopen.

Ik weet dat die voetafdrukken snel weer verdwenen zullen zijn. Ik weet dat ze de avond niet eens halen als het zo blijft sneeuwen. Maar het voelt goed om ergens naar te kijken en het te begrijpen.

De voetafdrukken beginnen samen en groeien dan uit elkaar.

Ik snap het.

Het is goed zo.

Het is wat het is.

Twee ware liefdes

Of hoe je vrede sluit met de waarheid over de liefde

JESSE EN IK ZIJN AL BIJNA IN NEW HAMPSHIRE WANNEER WE weer iets tegen elkaar zeggen. We hebben het afgelopen anderhalf uur alleen maar naar de radio geluisterd, elk verzonken in zijn eigen gedachten.

Ik heb voornamelijk aan Sam gedacht.

Aan de stoppeltjes op zijn gezicht, aan het feit dat hij zichtbaar vroeg grijs zal zijn, aan hoe ik me erop verheug om 's avonds weer samen met hem achter de piano te gaan zitten.

Ik hoop dat hij me gelooft wanneer ik hem vertel dat hij degene is die ik wil.

Het was een hobbelige weg, maar ik ben er eindelijk achter wie ik ben en wat ik wil. Mijn identiteit is me zelfs nog nooit zo duidelijk geweest als nu.

Ik ben Emma Blair.

Eigenaar van een boekwinkel. Zus. Dochter. Tante. Amateurpianist. Kattenliefhebber. New Englander. Vrouw die met Sam Kemper wil trouwen.

Dat wil niet zeggen dat het niet pijnlijk en droevig is. Het gevoel van verlies blijft.

Want ik weet, ik weet het tot in mijn botten, dat op het moment waarop ik uit deze auto stap, wanneer Jesse me afzet en afscheid van me neemt, ik het gevoel zal krijgen dat ik instort.

Ik voel me hetzelfde als op mijn negende, toen mijn moeder me meenam om voor mijn verjaardag gaatjes in mijn oren te laten schieten.

Mijn feestje was die avond. Ik had een blauwe jurk die ik zelf had uitgezocht. Mijn moeder en ik hadden bijpassende oorknopjes van namaaksaffier gekozen. Ik voelde me bijzonder volwassen.

De vrouw zette het pistool tegen mijn rechteroor en zei dat het misschien even pijn zou doen. Ik zei haar dat ik er klaar voor was.

De pijn kwam als een schok. Ik wist niet wat erger was, de druk van het knijpen, de pijn van de doorboring of de prikkeling van lucht op een verse wond.

Er trok een rilling door me heen en ik sloot mijn ogen. Ik hield ze dicht. Mijn moeder en de vrouw met het schietpistool vroegen of het ging en ik zei: 'Kunt u het andere oor ook meteen doen? Alstublieft?'

En die pijn, dat gevoel dat ik precies wist wat ik kon verwachten en wist dat het vreselijk zou zijn, voelde precies als de pijn die ik nu voel.

Ik weet precies hoeveel pijn het zal doen om Jesse kwijt te raken. En ik zit naast hem in de auto, te wachten om doorboord te worden.

'Zodra mijn ouders weer een beetje aan het idee zijn gewend,' zegt Jesse terwijl we de staatsgrens naderen, 'en ik het gevoel heb dat ze het wel aankunnen, denk ik dat ik terugga naar Santa Monica.'

'Santa Monica? Wil je San Diego of Orange County niet eens proberen?'

Hij schudt zijn hoofd. 'Volgens mij is Santa Monica de plek voor mij. Ik bedoel, ik dacht dat wij daar samen oud zouden worden. Ik wist niet goed wat ik ervan vond toen ik hoorde dat je weer hier woonde. Maar weet je, ik denk dat het goed is dat ik er in mijn eentje naar terugga.' Hij zegt het op een toon alsof hij ineens bedenkt dat hij zichzelf van allerlei dingen heeft bevrijd door mij te laten gaan.

'Maar je houdt ons toch wel op de hoogte van hoe het met je gaat en zo?'

'Dat doe ik jullie echt geen tweede keer aan, dat jullie niet weten waar ik ben.'

Ik glimlach en knijp even in zijn hand. Ik kijk naar de kale bruine bomen en groene verkeersborden die langssnellen.

'En jij,' zegt Jesse na een poosje. 'Jij gaat zeker met Sam trouwen en blijft de rest van je leven hier wonen, hè?'

'Als hij me nog wil hebben.'

'Waarom zeg je dat? Waarom zou hij dat niet willen?'

Ik friemel aan de verwarmingsknoppen aan mijn kant van de auto en richt de warme lucht recht op me. 'Omdat ik de laatste tijd niet de makkelijkste vrouw ben geweest om verloofd mee te zijn. Ik heb hem heel wat aangedaan.'

'Daar kun jij toch niets aan doen?' zegt Jesse. 'Dat is... dat is niet het hele verhaal.'

'Dat weet ik wel, maar ik weet ook dat ik hem enorm gekwetst heb. En de laatste keer dat ik hem sprak, zei hij dat ik hem niet meer moest bellen. Dat hij mij wel zou bellen als hij daaraan toe was.'

'En hééft hij je al gebeld?'

Ik kijk voor de zekerheid even op mijn telefoon. Maar natuurlijk heeft hij niet gebeld. 'Nee.'

'Hij wil je echt nog wel,' zegt Jesse vol vertrouwen.

Hij lijkt er zo zeker van dat het pas nu tot me doordringt hoe onzeker ik er zelf over ben.

Ik heb mijn relatie met Sam op het spel gezet om te kijken of er nog iets tussen mij en Jesse was. Ik wist waar ik mee bezig was toen ik dat deed. Ik doe niet alsof dat niet zo is.

Maar nu weet ik wat ik wil. Ik wil Sam. En ik ben bang dat ik hem misschien kwijt ben omdat ik dat niet eerder wist.

'Nou, als hij je niet meer wil...' zegt Jesse. Hij maakt zijn zin niet af, want hij ziet ineens dat hij een andere rijbaan moet hebben en richt zijn aandacht op de weg.

Heel even vraag ik me af of hij gaat zeggen dat hij me dan wel wil, als Sam me niet meer wil.

Het verbaast me hoe onnatuurlijk en onjuist dat zou zijn.

Omdat het voor mij niet ging om de keuze tussen Sam of Jesse. Het was nooit de een of de ander. Hoewel ik dat op sommige momenten natuurlijk wel heb gedacht.

Het ging erom of er nog iets was tussen Jesse en mij, of juist niet.

Ik weet, net zoals ik weet dat stelen verkeerd is en dat mijn moeder liegt als ze zegt dat ze de muntcocktail van mijn vader lekker vindt, dat wat er tussen mij en Jesse is gebeurd, komt omdat wij Emma en Jesse zijn. En niet omdat er nog iemand in de coulissen staat te wachten.

Het is uit omdat we niet meer bij elkaar passen.

Als Sam na dit alles niet meer wil dat ik nog thuiskom, zal Jesse me bellen om te vragen of het goed met me gaat en hij zal me ansichtkaarten sturen uit zonnige oorden. En we zullen dan allebei weten dat ik naar hem toe zou kunnen. En we zullen ook allebei weten dat ik dat niet zal doen. En daar zullen we allebei vrede mee hebben.

Omdat we dit hebben gehad.

We hebben drie dagen in Maine gehad.

Waar we ons hebben herenigd en ons eigen hart hebben gebroken.

En in twee stukken zijn weggegaan.

'Sorry,' zegt Jesse nu hij op de goede rijstrook zit en weer kan praten. 'Waar had ik het over? O ja. Als Sam je niet terug wil, zal ik hem hoogstpersoonlijk een schop onder zijn kont geven.'

Ik lach terwijl ik dat voor me zie. Het lijkt zo absurd. Jesse zou Sam waarschijnlijk in drie seconden onderuit hebben. Het zou als zo'n bokswedstrijd zijn waarbij de ene de andere meteen knock-out slaat.

Sam, mijn Sam, mijn lieve schat van een Sam, is een *lover*, geen *fighter*. Dat is nou net wat ik zo mooi aan hem vind.

'Ik meen het,' vervolgt Jesse. 'Dit is een belachelijke situatie en als hij dat niet snapt, dan ik zal er persoonlijk op toezien dat hij fysiek lijdt.'

Ik speel het spelletje mee. 'Nee, niet doen! Ik hou van hem!'

Ik wilde het niet als een officiële verklaring laten klinken, hoewel ik het natuurlijk wel zo voel. Maar hoe ik het ook zeg, het is, gezien de omstandigheden, toch een beetje ongemakkelijk.

Ik zie dat Jesse iets moet wegslikken.

Dan zegt hij: 'Ik ben blij voor je. Echt.'

'Dank je,' zeg ik, opgelucht dat hij zo grootmoedig is. Al geloof ik niet dat hij helemaal eerlijk is. Niet nu. Maar hij doet zijn best. En daar heb ik enorm veel respect voor.

'En dat was meteen het einde van ons gesprek over hem,' zegt Jesse. 'Want ik denk dat ik anders een beetje misselijk word.'

'Oké. Mij best. We hebben het er niet meer over.'

'We zijn bijna thuis, we zijn al bijna in Tewksbury.'

'Zullen we "Ik zie, ik zie" spelen?'

Hij lacht. 'Oké. Ik zie, ik zie... iets... blauws.'

Misschien horen relaties te eindigen in tranen of met harde woorden. Misschien horen ze ermee te eindigen dat twee mensen alles tegen elkaar zeggen wat ze nooit hebben gezegd, of elkaar beschuldigingen toewerpen die niet meer teruggenomen kunnen worden.

Ik weet het niet.

Zelf heb ik in mijn hele leven nog maar één relatie beëindigd.

En dat is deze.

En deze eindigt met een vrolijk spelletje 'Ik zie, ik zie'.

We zien dingen en we maken elkaar aan het lachen.

En wanneer Jesse de parkeerplaats voor Blair Books op rijdt, weet ik dat ik nog maar een ogenblik heb voordat het schietpistool tegen mijn oor wordt gezet.

'Ik hou van je,' zeg ik. 'Ik heb altijd van je gehouden. En ik zal altijd van je blijven houden.'

'Ik weet het. Ik voel precies hetzelfde. Maar ga nu het leven leven dat je voor jezelf hebt gecreëerd.'

Ik kus hem zoals je je vrienden kust met Nieuwjaar. Ik heb het niet meer in me om hem op een andere manier te kussen.

Ik pak mijn spullen en leg mijn hand op het portier, nog niet helemaal klaar om het open te doen.

'Je was een fantastische man om van te houden,' zeg ik. 'Het voelde zo goed om van jou te houden, om te weten dat jij van mij hield.'

'Nou, het was het makkelijkste wat ik ooit heb gedaan.'

Ik glimlach naar hem en haal dan diep adem, me voorbereidend op de stekende pijn van weggaan.

'Beloof je me dat je goed voor jezelf zult zorgen?' zeg ik. 'Dat je me belt als er iets is? Dat je...' Ik weet niet goed hoe ik onder woorden moet brengen wat ik bedoel. Hij heeft zoveel moeten doorstaan en ik wil dat hij mij, dat hij iedereen die van hem houdt, belooft dat hij zijn best doet om het allemaal te verwerken.

Hij knikt en maakt een wegwerpgebaar. 'Ik weet wat je bedoelt. En ik beloof het.'

'Oké,' zeg ik met een lieve lach. Ik open het portier. Ik zet mijn voet op het trottoir. Ik stap uit en sluit het portier achter me.

Jesse zwaait en zet de auto dan in zijn achteruit. Ik zie hem de parkeerplek af rijden. Het doet me net zoveel verdriet als ik me had voorgesteld. De druk, de pijn, de steek.

Ik zwaai wanneer hij de weg op rijdt.

En dan is hij verdwenen.

Even sluit ik mijn ogen. Ik moet verwerken wat er net is gebeurd. Het is voorbij. Jesse leeft en ons huwelijk is voorbij. Maar wanneer ik mijn ogen weer open, dringt tot me door waar ik sta.

Voor mijn boekwinkel.

Ik loop naar de deur.

Ik loop naar de boeken en naar mijn familie en naar die ene dag in de lente wanneer het aanvoelt alsof de zon altijd voor jou zal blijven schijnen en de bloemen maanden zullen blijven bloeien. Ik loop naar tosti's met veganistische kaas en kattenfilmpjes en 'Piano Man'.

Ik loop naar Sam.

Ik loop naar huis.

En net als die keer dat ik gaatjes in mijn oren liet schieten, ben ik, als de pijn eenmaal is verdreven, volwassen.

MIJN VADER EN MOEDER ZIJN ALLEBEI IN DE ZAAK. NOG VOORdat ik hen kan begroeten, hoor ik ergens in de hoek kinderen krijsen.

'Zijn de meisjes hier?' vraag ik terwijl ik mijn ouders omhels.

'Met Marie bij de kinderboeken,' zegt mijn moeder.

'Hoe gaat het met je? Hoe is het gegaan?' vraagt mijn vader.

Ik wil antwoord geven, maar het is te veel om uit te leggen en ik ben er nog niet aan toe om in details te treden. 'Ik heb Sam gemist,' zeg ik. In feite dekt dat misschien wel de lading. Beknopt en pijnloos.

Ze kijken elkaar aan en glimlachen, alsof ze lid zijn van een tweepersoonsclub die dat altijd al heeft geweten.

Ik haat het dat ik zo voorspelbaar ben, vooral voor mijn ouders. Maar belangrijker is dat ik opgelucht ben omdat ik blijkbaar de juiste beslissingen heb genomen. Want ze zijn wel mijn ouders. En als je maar oud genoeg bent, kun je eindelijk toegeven dat zij het vaak het beste weten.

Ik hoor dat Marie Sophie en Ava probeert te kalmeren. Ik loop langs de kassa om hen te kunnen zien. De meisjes huilen met rode gezichtjes. Ze houden allebei hun hoofd vast. Ik kijk mijn ouders vragend aan.

'Ava is tegen Sophie aan gerend en toen hebben ze hun hoofd gestoten.'

Mijn vader stopt zijn vinger in zijn oor. Alsof hij bang is dat zijn trommelvlies zal breken door hun gegil. 'Heel goed voor de zaken, dit.'

Terwijl het gesnik afneemt en overgaat in het wat stillere maar net zo theatrale naar adem happen en boos kijken, ziet Marie ineens dat ik er ben en ze laat me met een knikje weten dat ze er zo aan komt.

'We moeten het trouwens even over Tina hebben,' zeg ik tegen mijn ouders.

Ze kijken me geen van beiden echt aan. 'Dat komt een andere keer wel,' zegt mijn vader. 'Als het allemaal wat minder... dramatisch is.'

Mijn moeder wendt haar blik af en begint dingen onder de kassa recht te leggen. Mijn vader doet alsof hij verdiept is in de winkelagenda die op de balie ligt. Ik ben al te lang hun dochter om nog in die onzin te trappen. Ze houden iets achter.

'Wat is er?' vraag ik. 'Wat willen jullie niet zeggen?'

'Ach schat, het is niks belangrijks,' zegt mijn moeder, en ik geloof haar bijna. Maar dan zie ik de blik op mijn vaders gezicht; een mengeling van 'Trapt ze erin?' en 'O god, waarom vertellen we het haar niet gewoon?'.

'Nou, we hebben wat ideetjes voor de winkel, voor het management,' zegt mijn vader dan. 'Maar daar kunnen we het beter een ander keertje over hebben.'

Wanneer Marie bij ons komt staan met een gezicht alsof ze me niet durft te vertellen dat ze mijn lievelingstrui heeft geleend, weet ik dat zij ook in het complot zit.

'Jemig zeg, ik heb op dit moment te veel aan mijn hoofd om dit er ook nog bij te kunnen hebben,' zeg ik.

'Het is niet belangrijk,' zegt Marie.

Ik kijk haar fronsend aan om haar te laten weten dat ik er geen snars van geloof.

Haar voornemen om niets te zeggen zakt in elkaar als een

plumpudding. 'Oké dan. Ik wil de baan.'

'Welke baan?' vraag ik.

'Die van assistent-manager.'

'Hier?'

'Ja, die wil ik. Papa en mama vinden het een fantastisch idee, maar de beslissing is natuurlijk aan jou.'

'Wil je hier werken?' Ik kan het niet geloven. 'Met mij samen?'

'Ja.'

'In deze winkel?'

'Zie je nou wel? Ik wist dat dit niet het moment was om het erover te hebben.'

'Nee.' Ik schud mijn hoofd. 'Ik ben alleen verbaasd.'

'Dat snap ik,' zegt ze. 'Maar dit kon weleens precies zijn wat ik zoek. Daar hebben we het nog over gehad. Dat ik iets buitenshuis moet gaan doen, iets wat niet te maken heeft met zindelijkheidstraining of doofheid. En volgens mij is dit eerlijk gezegd beter dan schrijven. Ik verheug me erop en het heeft met volwassenen te maken. Het is een reden om een mooie broek aan te trekken. Emma, ik heb een reden nodig om een mooie broek aan te trekken.'

'Oké...'

'Ik kan niet fulltime werken, maar de baan van assistent-manager zou precies goed zijn. Vooral omdat papa en mama altijd kunnen bijspringen als er hier iets is of met de kinderen. Nou ja, wat ik dus wil zeggen is... Zeg alsjeblieft ja.'

'Maar jij was vroeger zelf de manager. En nu zou ik jouw baas zijn,' zeg ik.

Marie steekt haar handen op alsof ze zich overgeeft. 'Het is jouw feestje. Ik heb die baan ooit opgezegd en jij doet het hartstikke goed. Ik wil echt niks van je afpakken. Mocht ik over een tijdje toch meer willen werken of een grotere zeggenschap over de zaak willen hebben, dan is dat mijn probleem, iets waar ik een oplossing voor zal moeten zoeken. Ik kan altijd nog manager worden van een van Mikes filialen. Maar op dit moment zou ik graag hier willen werken, samen met jou.'

Marie heeft haar zegje gedaan en nu ben ik aan zet. Ik voel de blikken van mijn zus, van mijn vader, van mijn moeder op me. Sophie en Ava, die weer helemaal zijn gekalmeerd, trekken aan Marie's been.

'Nou?' vraagt Marie.

Ik schiet in de lach. Het is allemaal zo absurd. Ze beginnen alle drie bezorgd te kijken, omdat ze niet goed snappen wat ik er zo grappig aan vind. Ik roep mezelf tot de orde en besluit hen uit hun lijden te verlossen.

Ik vind het best een eng idee om Marie's baas te zijn. Het geeft me een ongemakkelijk gevoel en ik ben ook bang dat het afbreuk zal doen aan de goede relatie die we net beginnen op te bouwen. Maar ik denk ook dat het heel goed zou kunnen uitpakken. Ik zou iemand hebben om de zaak mee te delen, iemand die begrijpt hoe belangrijk het is, iemand die niet alleen zielsveel van boeken houdt maar ook van de winkel zelf. En als we samenwerken, meer tijd met elkaar doorbrengen, wordt onze relatie misschien zelfs nog beter.

En daarom denk ik dat ik de stap wel durf te wagen.

Ik ben er klaar voor om in te zetten op Marie en mij.

'Oké,' zeg ik. 'Je bent aangenomen.'

De lach die doorbreekt op mijn vaders gezicht is zo breed en oprecht dat ik er als tiener vast van was gaan kotsen. Maar ik ben geen tiener meer en ik ga er niet dood aan als ik mijn vader geef waar hij altijd al van heeft gedroomd. 'Oké pa,' zeg ik. 'Je meisjes zullen samen je winkel runnen.'

Voor het eerst in mijn leven begin ik het idee te krijgen dat Marie en ik samen misschien weleens grootser kunnen zijn dan de som van onze delen.

Emma en Marie.

Het feestelijke moment wordt onderbroken door een man die

tegen mijn vader zegt dat hij op zoek is naar een boek voor zijn vrouw. Ik hoor mijn vader vragen of hij ook weet hoe het boek heet. De man zegt: 'Dat weet ik niet, en ik weet ook niet wie het heeft geschreven. Ik weet niet precies waar het over gaat, maar ik herinner me wel dat het omslag blauw was.'

Mijn ouders wisselen een veelbetekenende blik en proberen hem dan allebei te helpen.

Wanneer ze zijn weggelopen, kijkt Marie me aan. 'Nou, hoe was het in Maine? Ga je terug naar Sam?'

'Dat weet ik niet precies.'

'Hoe bedoel je?'

'Ik weet dat ik bij Sam wil zijn, maar hij heeft gezegd dat ik hem niet mag bellen, zelfs niet wanneer ik tot een besluit ben gekomen. Hij zei dat hij het mij wel zou laten weten als hij eraan toe was om te praten. En niet andersom.'

Marie maakt een wegwerpgebaar. 'Dat zei hij alleen maar voor het geval dat je het met hem zou willen uitmaken. Het geldt niet als je goed nieuws voor hem hebt.'

'Dat weet ik niet, hoor. Volgens mij is hij heel erg van streek.'

'Ja, natuurlijk is hij van streek. Nog een extra reden om meteen naar hem toe te gaan en met hem te praten.'

'Ik wil zijn wens respecteren.'

'Emma, luister. Ga naar hem toe en zeg hem dat je bij hem wilt zijn.'

'Bedoel je dat ik naar zijn school moet?'

'Ja! Natuurlijk! Ik bedoel, je moet hem natuurlijk geen huwelijksaanzoek doen voor de klas of als hij met een band repeteert, maar je moet wel onmiddellijk naar hem toe.'

'Ja.' Ik begin me al iets zekerder te voelen. 'Ja, volgens mij heb je gelijk.'

Mijn ouders komen weer aanlopen om een boek af te rekenen met de man. Hij heeft blijkbaar niet gevonden wat hij zocht, want hij koopt *Onder moeders vleugels*. Mijn ouders hebben het ongetwijfeld opgegeven om uit te dokteren over welk boek de man het had en hebben toen gewoon besloten om hem er eentje van Louisa May Alcott te verkopen.

Ze willen iedereen *Onder moeders vleugels* verkopen. Omdat het een fantastisch boek is natuurlijk. Maar ook omdat ze er trots op zijn dat het maar een paar kilometer hiervandaan is geschreven. Ze hebben waarschijnlijk ook geprobeerd hem iets van Henry David Thoreau of Ralph Waldo Emerson aan te smeren.

Ik heb minder met de transcendentalisten dan zij. Hun boeken blijven langer in de schappen staan dan toen mijn ouders de winkel bestierden.

Ze hebben daar nooit moeilijk over gedaan. Mijn vader heeft nooit gevraagd waarom de boeken van Thoreau hier stof staan te vergaren.

Mijn ouders hebben me een prachtig cadeau gegeven: ze hebben me deze winkel gegeven en het begin van een toekomst, maar ze hebben nooit gezegd dat hun manier de enige juiste was.

Tegenwoordig verkopen we meer kranten en kaarsen. We verkopen katoenen tassen met literaire citaten erop. We verkopen meer young adult dan in jaren. En we verkopen minder klassiekers en minder hardcovers. Dat kan allemaal te maken hebben met hoe de business verandert. Maar ik denk ook dat het met mij te maken heeft. Omdat ik dingen anders doe – anders, niet beter of slechter.

En nu Marie terugkomt, gaan er misschien weer dingen veranderen. Misschien worden we wel sterker.

De man verlaat de winkel en ik maak me op om naar mijn auto te gaan en mijn grote liefde terug te veroveren.

'Goed. Dan ga ik maar. Wens me maar succes,' zeg ik.

Ik ben al bij de deur als ik me nog even omdraai. Ik besluit dat ik iets moet zeggen wat tot nu toe ongezegd is gebleven.

'Dank jullie wel,' zeg ik tegen mijn ouders. 'Dank dat jullie me de zaak hebben toevertrouwd en hebben gewacht tot ik er uit mezelf verliefd op zou worden, op mijn eigen manier. En dank dat jullie me de weg hebben gewezen naar een leven dat me gelukkig maakt.'

Even lijkt het alsof mijn moeder gaat huilen, maar dat doet ze niet.

'Graag gedaan hoor, schat,' zegt ze terwijl mijn vader naar me knipoogt.

Echt iets voor ouders.

Je bedankt hen voor alles wat ze je hebben gegeven, dingen waaruit je je hele wereld hebt opgebouwd, en wat is hun reactie? 'Graag gedaan, hoor.'

En voordat ik echt wegga, kijk ik Marie aan en zeg: 'Welkom terug.'

WANNEER IK OP DE PARKEERPLAATS ACHTER DE WINKEL IN MIJN auto wil stappen, zie ik mijn dagen oude sandwich op de voorstoel liggen. De auto ruikt al helemaal zurig. Ik gooi de sandwich in de afvalbak en zet even beide portieren open om de boel door te luchten.

En dan zie ik een auto het terrein op rijden. Ik hoef niet door de voorruit te kijken om te weten wie het is.

Maar natuurlijk kijk ik toch.

Sam.

Mijn hart gaat sneller slaan. Ik voel een ritmische bas bonken in mijn borstkas.

Ik ben al bijna bij zijn auto voordat hij helemaal is uitgestapt.

Hij draagt een broek en overhemd, maar zijn das zit los. Hij heeft zijn jas niet dichtgeknoopt.

Het is midden op de dag en hij zou op school moeten zijn.

Maar in plaats daarvan staat hij achter mijn winkel, met rode, waterige ogen.

Ik kijk naar hem en zie een gebroken hart.

'Ik moet met je praten.' Zijn adem vormt een wolkje in de koude lucht.

'Ik moet ook met jou praten,' zeg ik.

'Nee.' Hij steekt zijn hand op. 'Eerst ik.'

Ik voel dat mijn hart breekt. Is het voorbij tussen ons? Ik ben er kapot van dat mijn eigen onzekerheid ertoe heeft geleid dat de man van wie ik hou, niet meer zeker over mij is. Ik voel de behoefte dit gesprek uit te stellen, dit moment te rekken om nog zo veel mogelijk tijd met hem te kunnen doorbrengen voordat hij me voorgoed verlaat. Als dat is wat hij wil.

'Kunnen we niet in de auto gaan zitten?' stel ik voor. 'Met de verwarming aan?'

Hij knikt en opent zijn portier. Ik loop naar de andere kant van de auto, in mijn handen wrijvend om ze warm te krijgen. Sam draait het contactsleuteltje om en we wachten tot het wat warmer wordt. Algauw beginnen mijn handen te ontdooien.

'Luister,' zegt Sam. 'Ik heb de afgelopen vier dagen zitten denken.'

Het voelt alsof er een heel leven aan tijd is verstreken, maar het waren slechts vier dagen.

'Ik kan dit niet,' zegt hij terwijl hij zich met zijn hele lichaam naar me toe draait. 'Ik kan zo niet leven. Ik kan... Dit werkt gewoon niet voor mij.'

'Oké.' Mijn borst doet pijn, alsof mijn lichaam dit niet aankan.

'Je moet thuiskomen,' zegt hij.

Ik kijk hem aan. 'Wat?'

'Vijftien jaar geleden heb ik jou met Jesse zien vertrekken en toen hield ik mezelf voor dat jij je keus had gemaakt en dat ik daar toch niets aan kon doen. En nu doe ik weer precies hetzelfde, al die jaren later. En dat is niet... Dat kan ik niet nog een keer. Ik ga voor je vechten.

Ik ben vandaag na het vijfde uur weggegaan van school, want ik overwoog om de jazzband "Total Eclipse of the Heart" te leren spelen. Ik heb letterlijk pijn in mijn hart zonder jou. Ik heb al die dagen rondgehipt als een vogeltje met een gebroken vleugel in de hoop dat je terug zou komen. Maar het is niet genoeg om alleen maar te hopen. Ik ben een volwassen man. Ik ben geen tiener meer zoals toen, die eerste keer. En het is niet genoeg om alleen maar te hopen dat je bij me terugkomt. Ik moet voor je vechten. Dus daar ben ik dan. Dat ga ik doen. Ik ga voor je vechten.'

Hij pakt mijn hand en kijkt me smekend aan. 'Ik ben de juiste man voor je, Emma. Wat wij hebben is... is ware liefde. Ik hou van je. Ik wil de rest van mijn leven met je doorbrengen. Jij bent mijn soulmate. Ik kan je gelukkig maken,' zegt hij. 'Ik kan je het leven geven dat je wilt. Dus trouw met me, Emma. Trouw met mij.'

'O mijn god,' zeg ik, overspoeld door opluchting. 'Wat zijn wij belachelijk bezig.'

'Waarom zeg je dat? Hoe bedoel je?'

'Je wilt voor mij vechten?'

'Ja.'

'Ik wilde net naar je werk rijden om voor jou te vechten.'

Hij is ontwapend en stomverbaasd. Hij is stil. En dan krijgt hij tranen in zijn ogen en vraagt: 'Echt?'

'Ik hou van je, schat,' zeg ik tegen hem. 'Ik wil de rest van mijn leven bij je blijven. Het spijt me dat ik nog wat dingen moest afhandelen. Maar het is nu afgehandeld. Het is voorbij. En ik weet dat jij de man bent met wie ik iedere dag van mijn leven wil doorbrengen. Ik wil ons leven. Ik wil met je trouwen. Het spijt me dat ik even de weg kwijt was. Maar ik weet het nu heel zeker. Ik wil jou.'

'En Jesse?' vraagt Sam.

'Ik hou van Jesse. Ik zal altijd van hem blijven houden. Maar hij was toen de juiste man voor me. Jij bent dat nu. En voor altijd.'

Sam haalt diep adem, laat mijn woorden zijn oren in stromen en bezinken in zijn hersenen.

'Meen je dat allemaal? Je zegt het niet omdat je theatraal en groots probeert over te komen?'

Ik schud mijn hoofd. 'Nee, ik probeer niet theatraal en groots over te komen.'

'Nou, daar ben je anders wel in geslaagd.'

'Maar ik meen het. Alles wat ik zei. Ervan uitgaande dat jij het me kunt vergeven dat ik zo onzeker was, dat ik weg moest, dat ik tijd nodig had met hem om uit te zoeken wat ik volgens mij allang wist.'

'Dat kan ik je wel vergeven, natuurlijk kan ik dat.'

Het is voor mij belangrijk dat hij weet wat ik heb gedaan, dat hij de waarheid kent. 'We zijn met zijn tweetjes naar Maine geweest.'

Meer zeg ik niet, want dat is niet nodig.

Sam schudt zijn hoofd. 'Dat hoef ik niet te weten. Het is voorbij. Het behoort tot het verleden. Wat er vanaf nu gebeurt, is het enige wat telt.'

Ik knik en omdat ik hem heel graag gerust wil stellen, zeg ik: 'Vanaf nu wil ik niets of niemand anders meer dan jij.'

Met gesloten ogen laat hij het tot zich doordringen.

Dan vraagt hij met een brede lach: 'Dus dan wil je met me trouwen?'

Ik weet niet of ik me ooit zo geliefd heb gevoeld; het idee dat ik zo'n lach teweeg kan brengen op het gezicht van een man...

'Ja,' zeg ik. 'O god, ja.'

Sam buigt zich naar me toe en kust me stralend. De tranen in mijn ogen zijn eindelijk tranen van geluk. Mijn hart bonkt niet meer, maar zwelt op.

Geen tegenstrijdige gevoelens meer. Geen onzekerheid meer.

'Ik hou van je,' zeg ik. 'Ik geloof dat ik nu pas besef hoeveel ik van je hou.' Volgens mij is het een goed teken dat onze liefde blijkbaar sterker wordt en niet verflauwt wanneer ze wordt uitgedaagd. Volgens mij voorspelt dat veel goeds voor onze toekomst, voor alle dingen die voor ons liggen: huwelijk, kinderen.

'O god, ik was zo bang dat ik je kwijt was,' zegt hij. 'Ik ging er bijna aan onderdoor. Ik was zo bang dat ik het mooiste wat me ooit is overkomen, kwijt zou raken.'

'Je bent me niet kwijt,' zeg ik. 'Ik ben er. Ik ben hier.'

Ik kus hem.

We zitten onhandig over de console, met scheve nekken en de versnellingspook in mijn knie. Maar ik wil hem voelen. Sam kust mijn slaap en ik kan ons wasmiddel ruiken aan zijn overhemd.

'Gaan we naar huis?' vraag ik.

Hij glimlacht. Het is het soort lach dat elk moment kan overgaan in tranen. 'Zeker weten.'

Ik maak me van hem los en ga rechtop in de bijrijdersstoel zitten, terwijl hij achteruit het parkeerterrein af rijdt.

Mijn telefoon en mijn portemonnee liggen nog in mijn auto, net als mijn tas met al mijn spullen erin. Maar ik zeg niet dat hij moet stoppen. Ik vraag niet of hij even wil wachten terwijl ik die spullen pak. Omdat ik ze niet nodig heb. Niet nu meteen. Ik heb niets anders nodig dan wat ik op dit moment heb.

Sam houdt mijn linkerhand vast met zijn rechter. Dat doet hij de hele weg naar huis, op die twintig seconden na dat ik me even losmaak om zijn favoriete Charles Mingus-cd uit het handschoenenvak te pakken en op te zetten. Ik heb nog steeds een pesthekel aan jazz en hij is er nog steeds dol op. Het is tegelijkertijd belangrijk en onbelangrijk dat Sam en ik dezelfde mensen zijn als toen. Wanneer de muziek begint, kijkt Sam me aan, diep onder de indruk.

'Je haat Mingus,' zegt hij.

'Maar ik hou van jou, dus...'

Hij lijkt genoegen te nemen met die uitleg en pakt mijn hand weer. Er is geen spanning, geen druk. We zijn tevreden omdat we naast elkaar zitten. Een gevoel van diepe kalmte daalt over me neer terwijl de straten vol sneeuwhopen van Acton overgaan in die van Concord, terwijl de groenblijvende struiken langs de snelweg die ons door Lexington en Belmont leidt, veranderen in de stenen stoepen en huizen van Cambridge. De wereld voelt aan als een spiegel, in die zin dat wat ik voor me zie eindelijk in volmaakte overeenstemming is met wie ik ben.

Ik voel me mezelf in deze straten, met deze man.

We parkeren de auto en lopen naar ons appartement. Ik loop dicht tegen hem aan, onder zijn arm, zijn lichaam gebruikend als schild tegen de kou.

Sam doet de deur van het slot en wanneer hij achter ons dichtvalt, is het alsof we de hele wereld hebben buitengesloten. Wanneer hij me kust, zijn zijn lippen nog koud, maar ik voel ze opwarmen onder de mijne.

'Hoi,' zegt hij glimlachend. Het is het soort 'hoi' dat van alles betekent behalve hallo.

'Hoi,' zeg ik terug.

De geur van ons appartement, een geur waarvan ik niet weet of die me ooit eerder is opgevallen, is kruidig en fris, als kaneeltandpasta. Ik zie onze beide katten onder de piano liggen. Ze zijn oké. Alles is oké.

Sam drukt zich tegen me aan, terwijl ik met mijn rug tegen de voordeur sta. Hij legt een hand op mijn wang en zijn vingers glijden door mijn haar terwijl zijn duim de huid onder mijn oog streelt.

'Ik was bang dat ik die sproetjes van jou voor altijd kwijt zou zijn,' zegt hij terwijl hij me aankijkt. Zijn blik voelt troostend, veilig. Ik merk dat ik automatisch mijn hoofd tegen zijn hand druk.

'Dat is niet zo,' zeg ik. 'Ik ben hier. En ik wil alles voor je doen. Voor de rest van ons leven.'

'Je hoeft niets voor me te doen. Ik wil alleen jou.'

Ik sla mijn armen om zijn nek en trek hem tegen me aan. Het gewicht van zijn lichaam tegen het mijne is tegelijkertijd opwindend en geruststellend. Ik ruik de gel in zijn haar. Ik voel de stoppeltjes op zijn wangen. 'Jij bent het voor mij,' zeg ik. 'Voor altijd. Jij en ik.'

Ik had het mis toen ik zei dat er niets romantischer was dan het einde van een relatie.

Het is dit.

Er is niets romantischer dan dit. De man vasthouden die je dacht kwijt te zijn, en te weten dat je hem nooit meer zult kwijtraken.

Ik geloof niet dat echte liefde betekent: je enige liefde.

Ik denk dat echte liefde betekent dat je oprecht liefhebt.

Puur. Totaal.

Misschien krijg je, als je het soort mens bent dat bereid is alles van zichzelf te geven, het soort mens dat bereid is met heel zijn hart van iemand te houden, al weet je hoeveel verdriet dat met zich kan meebrengen... misschien krijg je dan wel heel veel oprechte liefdes. Misschien is dat het geschenk dat je krijgt voor je moed.

Ik ben een vrouw die durft opnieuw lief te hebben.

Dat is iets wat ik eindelijk liefheb aan mezelf.

Het is rommelig om weer lief te hebben na liefdesverdriet. Het is pijnlijk en dwingt je eerlijk te zijn tegenover jezelf over wie je bent. Je moet meer je best doen om de woorden voor je gevoelens te vinden, omdat ze niet in geprefabriceerde doosjes passen.

Maar het is de moeite waard.

Want zie eens wat het oplevert:

Grote liefdes.

Betekenisvolle liefdes.

Ware liefdes.

IK DRAAG EEN LILA JURK OP MIJN TWEEDE BRUILOFT. HET IS EEN sierlijke, zacht glanzende jurk. Een jurk die voelt als de trouwjurk van een vrouw die al een vol leven heeft geleid voordat ze ging trouwen. Een jurk die zegt dat het om een sterke vrouw met levenservaring gaat die een prachtig besluit heeft genomen. Marie is mijn bruidsmeisje. Ava is ons bloemenmeisje, Sophie onze ringdrager. Olive houdt een speech waarvan de helft van de aanwezigen moet sniffen. Sam en ik gaan op huwelijksreis naar Montreal.

En dan, acht maanden en negen dagen nadat Sam en ik elkaar het jawoord hebben gegeven ten overstaan van al onze vrienden en familie, heb ik Olive aan de lijn terwijl ik op een zwoele zomeravond de winkel afsluit.

Marie is wat eerder weggegaan om de meisjes op te halen bij onze ouders. We zullen elkaar treffen bij Marie en Mike thuis om daar met zijn allen een hapje te eten. Mike grilt steaks en Sam heeft Sophie en Ava beloofd dat hij tosti's voor hen gaat maken.

Olive heeft het over het eerste verjaardagsfeestje dat ze binnenkort zal geven voor haar baby, Piper, wanneer ik de vertrouwde bliep hoor van een inkomend telefoontje.

'O, ik word gebeld,' zeg ik. 'Ik moet hangen.'

'Oké,' zegt ze. 'O, dat wilde ik nog vragen. Wat vind je van zeedieren als thema voor –'

'Olive! Ik moet echt hangen.'

'Ja, maar... lijkt je dat leuk of niet, zeedieren?'

'Nou, dat hangt denk ik af van wat voor dieren, maar ik hang nu echt op.'

'Ik bedoel, walvissen en dolfijnen en misschien wat vissen,' legt Olive uit terwijl ik begin te kreunen. 'Oké!' zegt ze. 'We facetimen morgen wel.'

Ik verbreek de verbinding en kijk op mijn toestel om te zien wie er belt.

Ik herken het nummer niet, maar wel het kengetal: 310.

Santa Monica, Californië.

'Hallo?'

'Emma?'

Ik herken de stem meteen. Het is een stem die ik nooit zou kunnen vergeten. 'Jesse?'

'Hoi.'

'Hoi!'

'Hoe gaat het?' vraagt hij terloops, alsof we elkaar continu bellen.

Ik heb een paar keer een ansichtkaart uit Californië gehad en zelfs een keer eentje uit Lissabon. De teksten zijn kort en lief, simpele updates over waar hij is, waar hij naartoe gaat. Zo weet ik altijd dat het goed met hem gaat. Maar berichtjes sturen we elkaar zelden. En telefoneren doen we helemaal nooit.

'Goed,' zeg ik. 'Heel goed. En jij?'

'Prima. Ik mis iedereen in Acton natuurlijk.'

'Natuurlijk.'

'Maar het gaat goed met me. Ik ben... ik ben hier echt gelukkig.'

Ik weet niet wat ik moet zeggen. Ik snap niet goed waarom hij belt. Mijn stilte lijkt ons te blokkeren en daarom zegt hij het maar gewoon.

'Ik heb iemand leren kennen.'

Misschien zou dat me niet moeten verrassen, dat hij iemand heeft leren kennen, dat hij me dat wil vertellen. Maar toch ben ik verrast.

'O, echt? Wat fijn voor je.'

'Ja, ze... ze is echt fantastisch. Heel uniek. Ze is een profsurfer. Maf hè? Ik had nooit gedacht dat ik verliefd zou worden op een surfmeisje.'

Ik lach. 'Ik weet het niet,' zeg ik terwijl ik de winkeldeur afsluit en naar mijn auto loop. Het is buiten nog licht, hoewel het al avond is. Ik zal dit in oktober gaan missen en breng mezelf in herinnering dat ik er nu van moet genieten. 'Nou, eigenlijk klinkt het wel logisch dat je verliefd bent op een surfmeisje. Ik bedoel, wat moet je anders in Californië?'

Jesse lacht. 'Daar zit wat in.'

'Hoe heet ze?'

'Britt.'

'Jesse en Britt. Klinkt wel goed.'

'Vind ik ook. En ik denk dat we ook goed bij elkaar passen.'

'O Jesse, maar dat is toch fantastisch. Ik ben heel blij voor je.'

'Ik wilde je dat vertellen en...' Hij maakt zijn zin niet af.

'Oké.'

'Ik wilde je ook zeggen dat ik het nu snap. Wat je toen zei. Dat verliefd worden op Sam niet betekende dat je mij was vergeten. Dat het niets verandert aan hoe je je ooit voelde. Het maakt de mensen van wie je daarvoor hield, niet minder belangrijk.

Toen snapte ik dat niet. Ik dacht... ik dacht dat jouw keuze voor hem betekende dat je niet van mij hield. Ik dacht dat onze relatie mislukt was of een vergissing, omdat ze op niets is uitgelopen. Maar nu begrijp ik het. Omdat ik van haar hou. Ik hou zoveel van haar dat ik er bijna van in de war raak. Maar ik weet wel dat het niets verandert aan wat ik toen voor jou voelde of aan hoe dankbaar ik ben dat ik ooit van je heb gehouden. Het is alleen...'

'Ik ben toen. En zij is nu.'

'Ja,' zegt hij, opgelucht dat ik het voor hem onder woorden heb gebracht, dat hij er zelf niet naar op zoek hoeft te gaan. 'Precies dat.'

Ik denk dat je de mensen van wie je eerder hebt gehouden inderdaad een heel klein beetje in de steek laat wanneer je opnieuw verliefd wordt. Maar die nieuwe liefde wist niets uit. Ze verandert niet wat je had. Je hoeft het zelfs niet zo ver achter je te laten dat je er niet meteen weer bij kunt, dat je het niet meer kan oppakken als een boek dat je lang geleden hebt gelezen en waarvan je je herinnert hoe het toen voelde.

'Nou ja, het komt erop neer dat ik er nu net zo over denk als jij. Ik ben ontzettend dankbaar dat ik ooit met je getrouwd ben geweest. Ik ben dankbaar voor onze huwelijksdag. Dat iets niet levenslang standhoudt, wil nog niet zeggen dat dat in het begin niet de bedoeling was. Het was de bedoeling dat wij bij elkaar zouden blijven.'

Ik zit voor in mijn auto met mijn toestel aan mijn oor en kan alleen maar naar hem luisteren.

'Jij en ik zullen niet samen oud worden,' vervolgt Jesse. 'Maar ik begrijp nu eindelijk dat dat niets afdoet aan de schoonheid van het feit dat we ooit elkaars ware waren.'

'Ware liefde houdt niet altijd stand,' zeg ik. 'Het hoeft niet altijd voor de rest van je leven te zijn.'

'Precies. Maar dat wil niet zeggen dat het geen ware liefde was,' zegt Jesse.

Het was waar. Het was echt.

En nu is het voorbij.

En dat geeft niet.

'Ik ben wie ik ben omdat ik ooit van je heb gehouden,' zegt hij.

'Ik ben wie ik ben omdat ik ooit ook van jou heb gehouden,' zeg ik.

En dan nemen we afscheid.

Woord van dank

Mijn grootmoeder Linda Morris heeft haar hele leven in Acton gewoond. Een paar weken voordat ik aan dit boek begon, is ze overleden. Het kwam door mijn reis naar Acton, in oktober voor haar herdenkingsdienst, toen de bladeren prachtig waren en de lucht helder en fris, dat tot me doordrong hoeveel ik van mijn geboortegrond hou. En hoe graag ik erover wilde schrijven als een eerbetoon aan mijn grootmoeder. De mensen in mijn leven die ik het langst koester, komen allemaal uit Acton en omgeving. En daarom is dit mijn manier om niet alleen 'dank jullie wel' te zeggen maar ook 'ik hou van jullie'.

Dit boek zou er, net als alle andere boeken die ik heb geschreven, niet zijn gekomen zonder drie vrouwen in het bijzonder: mijn uitgevers, Greer Hendricks en Sarah Cantin, en mijn agent, Carly Watters.

Greer, dank je voor je scherpe oog en je vertrouwen dat ik altijd wel zal weten te herstellen wat er hersteld moet worden. Deze keer waren beide eigenschappen hard nodig en ik ben je echt ontzettend dankbaar. Sarah, dank je voor al het werk dat je hebt verzet. Ik weet dat mijn boek bij Atria in goede handen is, gewoon omdat jij goed bent in wat je doet. Carly, dank je dat je altijd net zoveel enthousiasme voor mijn werk weet op te brengen als ikzelf en ook dank dat je altijd al weet wat ik ga vragen voordat ik het vraag. Na vier boeken vind ik nog steeds dat ik veel geluk heb met jou als gezicht van deze hele operatie.

Aan iedereen bij Crystal Patriarche en BookSparks: dank voor jullie ongelooflijk goede pr. Tory, dank je voor het geduldig en vriendelijk beantwoorden van al mijn idiote vragen. Brad Mendelsohn, dank dat je niet alleen een fantastische manager bent die tien stappen vooruitdenkt, maar ook dank omdat je uiteindelijk de trampoline van je dochter in elkaar hebt weten te zetten.

Verder dank ik iedereen bij Atria, en dan met name Judith Curr, die er zo'n bijzondere imprint van heeft gemaakt. Ik prijs me gelukkig dat mijn boek bij jullie van de ene getalenteerde hand naar de andere gaat op weg naar zijn publicatie.

Aan al de bloggers die me blijven steunen: dit boek is er omdat jullie zulke trouwe lezers zijn. Jullie maken mijn werk leuk en jullie liefde voor mooie verhalen en personages werkt aanstekelijk. Ik ben blij dat jullie me altijd weer in herinnering brengen dat ik dol ben op mijn werk. Duizendmaal dank.

Aan alle vrienden en familie die ik al vaker heb bedankt: nogmaals bedankt. Andy Bauch en mijn schoonfamilie, de Reids en de Hanes, ik draag dit boek op aan jullie omdat ik, hoeveel ik ook van Acton hou, ook van Los Angeles hou, en dat komt grotendeels door jullie. Door jullie voel ik me thuis in deze enorme stad. Dank jullie voor alles.

Aan *mi madre y mi hermano*, Mindy en Jake, ik hou van jullie. Mam, fijn dat je ooit in Acton bent gaan wonen, waar ik fantastische scholen heb bezocht, ongelooflijk goede vrienden heb leren kennen en waarin ik uiteindelijk een onderwerp heb gevonden om over te schrijven. Jake, dank je voor je verhuizing naar Los Angeles, zodat ik nu altijd iemand bij de hand heb om mee te praten als ik de Mahaka en de Honey Stung Drummies van Roche Bros mis.

En *last but not least*: Alex Jenkins Reid. Dank je dat je al mijn werk altijd leest alsof het van jezelf is; dank je dat je zo attent bent om te zien wat er goed aan is en dat je zo eerlijk bent om me te vertellen wat er slecht aan is. En ook dank je dat je me, als het inderdaad slecht is, een ijsthee komt brengen, je mouwen opstroopt en zegt: 'We komen er wel uit.' Je hebt altijd gelijk. We komen er altijd uit.

Lees meer van Taylor Jenkins Reid

amboanthos.nl